# 天官賜福

# 천관사복

天官賜福

묵향동후 장편소설

3

天官賜福

# 목차

## 21장 선궁을 급습한 자, 세 마디 말로 뭇 신들을 으르다

은색 빛이 어지러이 반짝였다. 사련은 고민할 틈도 없이 본능적으로 손을 들어 앞을 가로막았다. 손목에 감긴 약야는 위급한 상황에 스스로 적의 공격을 받아칠 수 있었다. 하지만 습격의 대상은 사련이 아니었다. 그를 지나친 은나비들은 방금까지 치고받느라 뒤엉켜 있던 뒤편의 두 사람을 덮쳤다.

풍신과 모정은 이 사령나비에게 제대로 골탕을 먹어 본 적 있는 몸들이었다. 이 나비들의 지독함을 뼈저리게 아는데 어찌 방심할 수 있겠는가? 둘은 눈 깜짝할 사이에 나란히 손을 쳐들고 소리쳤다.

"방패!"

수천수만의 은나비가 덤벼들어 질풍처럼 날갯짓했다. 나비들은 두 사람의 앞에서 보이지 않는 장벽에 가로막혀 장대비가 쏟아지듯 요란하게 부딪쳤다. 사방으로 불티처럼 격렬한 흰빛이 터져 나왔다. 두 사람은 법력을 사용해 몸 앞으로 방패를 펼쳤다. 그러나 이 사령나비들은 방패로 막아도 기세를 꺾지 않고 불에 뛰어드는 나방처럼 미쳐 날뛰면서 끝없이 밀려들었다. 두 사람은 방패를 펼쳤음에도 포화 같은 나비의 비에 맞아 서서히 뒤로 밀려났다.

한순간 방심한 탓에 기선을 빼앗겼다. 방패를 펼치지 않으면 사령나비들이 몸에 달라붙을 테고, 이미 방패를 펼친 상태로는 무기를 꺼낼 수 없었다. 풍신과 모정은 속으로 분통을 터트리면서 이를 악물고 버텼다. 풍신은 아직 앞쪽에서 고개를 숙이고 서 있는 사련을 보고 버럭 외쳤다.

"전하, 조심하십시오! 거기 서 있지 말고 빨리 방패 뒤로 오세요!"

하지만 그들을 돌아보는 사련은 털끝 하나 다치지 않은 모습으로 미간을 찌푸릴 뿐이었다.

"뭐?"

사련을 자세히 들여다본 두 사람은 그 자리에서 하늘 높이 피를 뿜을 뻔했다. 사련은 손에 사령나비 한 마리를 떠받친 채로 조금 얼떨떨한 표정을 하고 있었다. 방금 거센 나비 폭풍이 불어닥쳤을 때, 한 마리가 유독 느리게 날며 무리를 따라가지 못하고 사련의 앞에서 오르락내리락 날갯짓했다. 유난히 애쓰는 모습을 보고 있자니 아무래도 곧 날지 못하겠다는 생각이 들었다. 사련은 저도 모르게 손바닥을 내밀어 나비의 아래를 받쳐 주었다. 그러자 은나비는 그의 손안에서 경쾌하게 파닥거리면서 자리를 떠나지 않았다. 이 모습을 본 풍신의 이마에 핏대가 돋았다.

"그놈들을 손으로 만지지 마십시오!"

이때였다. 문득 사련의 손목이 조여 오나 싶더니, 누군가 그를 단숨에 낚아채 힘껏 끌어당겼다. 그는 대문 뒤로 펼쳐진 칠흑 같은 어둠 속으로 끌려 들어갔다.

그러나 어둠에 휩싸인 그는 불안감도 경계심도 들지 않았다. 이 어둠은 마치 따듯하고 부드러운 갑옷 같아서, 위험하게 느껴지기는커녕 오히려 묘하게 마음이 편안해졌다.

어둠 뒤편의 그 사람은 아직 모습을 드러내지 않았다. 그러나 은나비가 등장했는데 어찌 그의 정체를 모를 수 있을까? 모정은 믿을 수 없다는 듯이 소리쳤다.

"간이 부었구나. 감히 선경에서 소란을 피우다니, 너무 오만방자한 것이 아니냐!"

한 목소리가 웃으며 말했다.

"피차일반이지. 그쪽 상천정도 내 구역에서 설치고 다녔잖아?"

자신을 붙잡고 있는 사람이 누구인지 일찌감치 예상했지만, 귀에 익은 목소리가 바로 옆에서 울리자 사련은 마음이 뒤흔들렸다. 뒤이어 풍신의 목소리가 들려왔다.

"화성, 제군이 선경에 계신다. 그 사람에게서 손 떼!"

화성이 픽 비웃으며 말했다.

"그건 너희들 능력에 달렸지."

말이 끝나기 무섭게 대문이 묵직하게 닫혔다.

사련의 느낌으로는 화성이 한 손으로 자신을 단단히 움켜쥔 채 질주하고 있는 것 같았다. 사면팔방이 어두웠다. 검은 신발에 달린 맑은 은사슬 소리가 귓전을 가득 메웠다. 발아래로 울퉁불퉁한 땅이 닿아 왔다. 예상대로, 이곳은 평탄하고 밝은 선경의 대로가 아니라 황야의 계곡이었다.

화성은 분명 축지천리로 선락궁 대문을 이 계곡에 연결한 것이다. 그러나 축지술로 선경의 어딘가를 다른 곳에 연결하기란 그리 쉬운 일이 아니었다. 적어도 천계 소속 신관이 아닌 자들은 결코 해낼 수 없는데, 그는 어떻게 성공했을까? 사련이 입을 달싹이려는 순간, 느닷없이 귓가에서 벼락같은 고함이 터졌다.

"전하! 어디 계십니까!"

분노에 찬 외침의 주인공은 풍신이었다. 목소리는 들렸지만 사람은 눈앞에 보이지 않았다. 이건 통령진 안에 내지른 소리였다. 사련은 그의 고함에 고막이 욱신거렸다. 폭격을 맞은 신관들도 놀란 마음에 뛰쳐나와 벌벌 떨며 물었다.

"왜 그러십니까, 남양 장군! 무슨 문제라도 생겼습니까?"

모정도 통령진에 들어왔다.

"사고가 났습니다! 영문은 어디 계십니까? 어서 제군께 알리세요. 사련이 도망쳤습니다!"

평소에는 나긋나긋하고 점잖은 목소리가 다소 허둥거리고 있었다. 영문이 대답했다.

"뭐라고 하셨습니까? 제가 선락궁에 가 보겠습니다!"

한 신관이 놀란 기색으로 말했다.

"삼계의 웃…… 태자 전하께서 도망치셨다고요? 그분은 선락궁에 구금되지 않았습니까?"

사청현도 통령진에 들어왔다.

"아까 선락궁 밖에서 중천정 소무신들이 무더기로 감시하고 있는 걸 제가 분명히 봤습니다. 들어갈 수는 있어도 나올 수는 없었을 텐데 어떻게 도망쳤습니까?"

풍신이 다시 소리쳤다.

"도망친 게 아니라 납치당한 겁니다! 전하, 아직 저희 말이 들리십니까? 지금 어디 계십니까?"

납치당했다는 말을 듣자 신관들은 한층 기겁했다.

"선경에서 누가 감히 이런 횡포를 부린답니까!"

순식간에 저마다 목소리를 높이고 질문을 쏟아 냈다. 방심 국사와 낭천추 사건이 아직 해결되지 않은 지금, 군오가 구금한 사련이 사라지고 말았다. 이래서야 공연히 문제를 들쑤시는 꼴이 아닌가? 어떻게든 그를 되찾아 오는 게 급선무였다. 그리하여 영문은 상황을 파악하는 동시에 사련의 위치를 알아보러 떠났다. 풍신과 모정은 고함을 지르면서 손을 보태 줄 무신관을 찾았다. 사청현은 또 공덕 물결을 흩날렸다. 통령진은 중구난방 떠드는 말소리들로 아수라장이 되었다. 어찌나 난리인지, 사련이 한마디 끼어들 틈도 없었다. 숨을 깊게 들이마신 그가 다들 진정하라고 외치려던 순간, 화성이 갑작스레 그에게로 돌아서서 두 손가락을 뻗어 왔다. 서늘한 손가락이 사련의 관자놀이 위를 지그시 눌렀다. 화성이 웃으며 말했다.

"하하, 오랜만이군. 다들 안녕하신가?"

그는 이렇게 두 손가락을 얹고 사련을 통해 상천정의 통령진에 입장했다. 태연자약한 이 한마디는, 옆에 있는 사련은 물론이고 통령진에서 허둥거리느라 바쁜 신관들에게도 전해졌다. 이 목소리가 울려 퍼지자 통령진은 한순간 숨 막히는 적막에 빠져들었다.

"……."

"……."

"……."

모두가 마음속으로 소리 없이 아우성쳤다.

누가 이렇게 날뛰나 했더니, 그분이셨구나!

화성이 다시 말을 이었다.

"다들 내가 그리웠으려나 모르겠어. 물론 난 너희들이 전혀 생각나지 않았지만."

"……."

사실 천계에는 하루하루 남몰래 그를 생각하는 신관들이 아주 많았다. 하지만 자신들이 생각나지 않았다는 화성의 말에, 신관들은 너도나도 '천관사복 백무금기, 감사합니다, 감사합니다,

앞으로도 계속 우리를 생각하지 말아 줘'를 마음속으로 낭송했다. 이때 화성이 희희낙락 말했다.

"그렇지만 내가 요즘 대단히 한가롭거든. 혹 너무 한가해서 나와 붙어 보고 싶은 자가 있다면 그건 아주 환영이야."

"……."

지금 상황에서 이런 말을 꺼내는 의미야 불 보듯 뻔했다.

"너희들 중 누구라도 감히 날 뒤쫓는다면, 다음엔 그자를 찾아가 도전하도록 하지."

이 도전은, 받아들이면 절대로 패하고 거절하면 체면이 땅에 떨어진다. 이 얼마나 적나라한 협박인가?

방금까지만 해도 통령진은 사련이 도망쳤다느니 납치당했다느니 하는 소식으로 떠들썩했다. 모처럼 일어난 소란에 모두가 지극한 관심을 쏟았다. 누가 시키기도 전에 추격에 일손을 보태려던 무신관들도 있었다. 그러나 화성이 세 마디 말을 마치자 눈 깜짝할 사이에 전부 자취를 감추었다. 만약 군오가 일찌감치 추격을 명령했다면 그건 공무이니 할 수 없이 받들어야 했다. 하지만 사고는 이제 막 일어났다. 사방이 혼란스러운 지금, 이 일을 책임지고 싶은 사람은 아무도 없었다. 누가 화성의 눈에 들고 싶겠는가. 그리하여 다들 통령진에 없는 척하면서 귀를 쫑긋 세우고 상황의 흐름을 예의 주시했다. 동시에 머릿속에는 온갖 생각이 몰아쳤다. 이 혈우탐화는 어찌 이리 막무가내인지. 무려 상천정에서 납치극을 벌이고, 심지어 인질이 그 '삼계의 웃음거리'라니. 뼈에 사무치는 원한이라도 있었던 건가? 그게 아니면 대체 무슨 수작이지?

침묵에 빠져든 통령진 안, 풍신 혼자서 끊임없이 고함을 질러댔다. 한편 화성은 말을 마치자마자 두 손가락을 떼고 사련에게 말했다.

"저쪽은 신경 쓰지 마."

사련은 무의식적으로 입을 열었다.

"삼랑……."

그러나 화성은 그의 손을 놓으며 말했다.

"여기는 선경에서 멀지 않아. 서두르자."

목소리가 한없이 낮아서 감정을 읽어 낼 수 없었다. 사련의 손목을 놓아주는 동작도 너무 빠른 나머지 뿌리친 것처럼 느껴졌다. 사련은 화성과 처음 만났을 때 그를 건드렸다가 내쳐진 일을 떠올리고 곧장 굳어졌다.

그는 화성에게 왜 갑자기 나타났는지 물을 작정이었다. 어림짐작일 뿐이지만 어쩌면 자신을 구하러 왔을지도 모른다는 막연한 생각이 들었다. 방금 '삼랑'이라고 부르면서도 내심 조금 기뻤다. 하지만 화성이 손을 내친 순간, 사련은 퍼뜩 정신이 들었다. 왜 화성이 자신을 구하러 왔다고 생각했을까? 화성이 그의 동향을 지켜보고 있었다는 사실은 아무래도 좋았다. 그는 불과 며칠 전에 극락방을 불태우고 귀시장에서 도망쳐 나온 몸이다. 당연히 죄와 책임을 묻고 배상금을 요구하러 왔을 가능성이 더 크지 않겠는가?

지사가 귀계에 숨어들었다가 화성에게 들켜 감금과 고문을 당한 건 사실이다. 그러나 그건 애초에 남의 지반에서 밀정 노릇을 한 사람의 잘못이었다. 그리고 사련은 사람을 찾겠다고 귀시장에 잠입해 극락방 곳곳을 파헤치다 못해 불까지 질렀다. 극락방 대부분이 불탄 건 사청현이 바람으로 불길을 키운 탓이었지만, 결국 무기고의 첫 불씨는 그가 일으킨 것이었다. 어쩌면 다른 사람들은 불을 낼 생각조차 못 했을 터였다. 여하간 전적인 책임은 사련에게 있었다.

두 사람은 앞뒤로 떨어져 길을 걸었다. 생각할수록 미안하고 부끄러워져, 사련은 참다못해 입을 열었다.

"……삼랑, 미안해."

갑자기 화성이 걸음을 멈추었다.

"왜 형이 미안하다는 소리를 해?"

사련도 잠시 걸음을 멈추고 말을 이어 갔다.

"내가 귀시장에 갔던 건 원래 지사가 실종된 사건을 조사하기 위해서잖아. 난 그때 네게 사실대로 말하지 않았어. 넌 정성껏 환대해 주었는데 난 오히려 네 극락방을 불태워 버렸고. 진심으로 미안하게 생각해."

화성은 말이 없었다. 사련도 '진심으로 미안하게 생각한다'는 이 한마디가 얼마나 무의미한지 잘 알았다. 한층 부끄러워진 그는 가볍게 목을 가다듬고 말했다.

"그래도 난 금방 폄적될 것 같아. 하계로 내려오면 꼭 사죄할 방법을 찾을게. 어떤 식으로 갚아야 좋을지……."

그러나 화성이 말했다.

"왜 형이 사죄하는데?"

그의 말투는 더는 못 들어 주겠다는 것처럼 조금 딱딱했다. 그가 갑자기 사련을 향해 돌아섰다.

"내가 칼로 팔을 다치게 한 건 잊었어? 내가 형을 다치게 했어. 형이 날 다치게 한 게 아니라. 그런데 형이 왜 내게 사죄를 해?"

사련은 오른팔에서 별다른 통증을 느끼지 못했다. 심지어 지금은 이 팔을 다쳤다는 사실조차 까맣게 잊고 있었다. 얼이 빠진 사련은 그제야 상처를 떠올리고 말했다.

"내 오른손 말하는 거야? 이 손은 괜찮아. 금방 나을 거야. 게다가 내가 먼저 달려들어서 받아치다가 이렇게 된 거니까 너를 탓할 순 없는걸."

화성은 그를 빤히 응시했다. 왼쪽 눈동자가 유난히 눈부시게 반짝였다. 사련은 문득 그가 떨고 있다는 것을 알아차렸다.

하지만 이윽고 다시 깨달았다. 떨고 있는 건 화성이 아닌, 그의 허리춤에 있는 곡도 액명이었다.

붉은 옷 위에 매달린 은색 곡도는 멈출 줄 모르고 와들거렸다. 은색 선으로 그려진 눈도 마찬가지였다. 만약 이게 한 아이의 얼굴에 달린 눈이었다면, 이 순간 그 아이는 틀림없이 목 놓아 엉엉 울고 있었을 것이다.

## 22장 영롱한 주사위 한 사람만을 감싸네

이 모습을 본 사련은 저도 모르게 손을 뻗어 액명을 쓰다듬으려 했다.

"어쩌다 이렇게……."

하지만 화성은 살짝 비켜서서 그의 손을 피하고는 칼자루를 사정없이 내리쳤다.

"별거 아니야. 무시해."

제천 신들의 간담을 서늘하게 하는 저주의 칼 곡도 액명은 그에게 한 대 얻어맞고는 더욱 심하게 떨었다. 이때, 통령진 안에서 풍신의 목소리가 들려왔다.

"화성이 어떻게 선경에서 축지천리를 쓴 겁니까? 이 문은 도대체 어떻게 여는 거야?"

사청현이 말했다.

"남양 장군! 저저저! 제가 어떻게 여는지 대충 압니다! 전에 태자 전하와 공무를 보러 갔을 때 화성의 이 수작에 쓴맛을 봤거든요. 먼저 주사위 두 개를 문 앞에서 던진 다음 문을 열어 보세요."

사련은 문득 떠올렸다. 방금 그도 무심결에 대전에서 주사위를 던지며 놀지 않았던가? 그와 사청현이 지렁이 동굴과 야인정괴 앞에서 필사적으로 도망쳤던 낭패가 아직도 눈에 선했다. 다른 신관들도 문을 열었다가 어떤 위기에 처하게 될지 몰랐다. 사련은 황급히 외쳤다.

"기다려! 제발 그러지 마! 조심해!"

그러나 사련의 목소리는 통령진에 전해지지 않았다. 선경에서 제때 법력을 보충하지 못해 법력이 고갈된 것인지, 소리만 들리고 말을 할 수가 없었다. 더군다나 말할 수 있었어도 이미 한 발 늦었을 것이다. 풍신은 두말없이 사청현의 말대로 한 모양이었다. 이 사실은 어떻게 알았을까? 바로 다음 순간, 풍신이 통령진에서 대뜸 욕을 퍼붓기 시작했기 때문이다. 그는 감정이 격해지면 남을 욕하는데, 그 내용이 듣기조차 민망한 수준이었다. 깨끗한 시청각을 위해 여기에는 묘사하지 않겠다. 한껏 관심을 쏟고 있던 신관들이 다급하게 물었다.

"장군, 왜 그러십니까!"

이번에는 모정의 말소리가 들려왔다. 그도 몹시 경악한 기색이었다.

"여긴 대체 뭐야?"

그도 풍신과 함께 문에 들어간 모양이었다. 사청현이 말했다.

"조심하세요! 던져서 낸 숫자에 따라 장소가 달라집니다. 몇을 던지셨습니까?"

모정이 대답했다.

"4를 던졌습니다!"

사련은 풍신의 욕지거리 속에서 남들은 눈치챌 수 없는 당황과 두려움을 읽어 냈다. 두 사람이 심각한 위기에 몰렸으면 어쩌나 싶어 애가 탔다. 당장 통령진에 말을 걸 수 없었던 그는 문득 깨달았다. 이 법술의 주인이 바로 눈앞에 있지 않은가. 그는 앞뒤 가리지 않고 재빨리 물었다.

"삼랑, 주사위로 4점을 던지고 문을 열면 뭐가 나와?"

화성이 대답했다.

"무작위. 주사위를 던진 사람이 가장 무섭다고 생각하는 곳. 문을 열면 그런 곳이 나와."

이 말이 끝나자마자 모정의 싸늘한 목소리가 들렸다.

"먼저 던지게 해 줬더니 여탕이 나왔잖아! 내가 하게 이리 내놔!"

'여탕'이라는 말에 사련은 손으로 얼굴을 가렸다.

풍신은 언제나 습관처럼 여인을 피해 다녔다. '여인'이라는 말만 언급해도 맹수라도 만난 것처럼 안색을 뒤집었다. 그런 그에게 여자 목욕탕이란 그 어떤 호랑이 굴보다도 깊고 심오한, 세상에서 가장 무서운 곳이었다. 모정이 주사위를 빼앗은 듯한 분위기에 사련은 안도의 한숨을 쉬었다. 그러나 머지않아 두 사람은 또 한바탕 고성을 내질렀다. 사청현이 정신없이 물었다.

“두 분, 이번에는 뭐가 보이십니까?”

저 너머에서는 대답 대신 꾸르륵, 하는 이상한 소리만 들려왔다. 둘 다 물속에 가라앉은 것 같았다. 모두가 숨죽여 귀를 곤두세웠다. 잠시 뒤 풍신이 불현듯 숨을 몇 번 토했다. 그는 수면을 뚫고 올라온 것처럼 무언가를 뱉더니 요란하게 외쳤다.

“검은 늪 악어!”

두 사람은 김이 모락모락 솟는 여탕에서 황급히 빠져나오자마자 모정이 던진 주사위로 늪지에 들어서고 말았다. 수렁은 순식간에 허리로 차올라 입 안까지 들어왔다. 애써 수렁을 뚫고 나왔더니, 이번에는 거대한 악어 정괴 열 마리가 그들을 빙 둘러쌌다. 길이가 넉 장에 달하는 악어 정괴들은 수년간 사람을 잡아먹은 탓에 인간의 팔과 다리까지 달고 있었다. 그 숨 막히는 자태로 헤엄을 치니, 지켜보던 두 사람은 구역감이 치밀었다. 그들은 몸 절반이 늪에 파묻히고 진흙투성이가 된 채 악어를 사정없이 두드려 팼다. 치고받는 와중에 풍신이 인내심이 바닥난 목소리로 소리쳤다.

“내가 하는 게 낫겠다! 주사위 이리 내! 네놈도 잘못 던졌잖아!”

하지만 모정은 패배를 인정하려 하지 않는 사람이다. 그는 흰빛을 터뜨려 악어들을 공격하며 말했다.

“악어가 낫지! 악어가 어디 여탕처럼 문란하기를 해? 네가 또 뭘 던질 줄 알고. 내놔!"

"제기랄, 아까 너한테 줬잖아? 주사위 어딨어!"

두 사람은 신식이 통령진과 연결되어 있다는 것도 까맣게 잊고 서로의 운수를 탓하면서 또 요란하게 다투기 시작했다. 주사위도 어디로 굴러갔는지 모를 일이었다. 통령진의 신관들은 오가는 욕설을 들으면서 흥미진진하게 불구경을 했다. 훌륭해, 이리 훌륭할 수가. 두 장군께서 드디어 체면도 내버리고 본격적으로 싸우는구나. 웃음을 참느라 미치기 직전이었다. 어떤 신관은 심지어 자기 신전에서 옥좌를 미친 듯이 두드렸다. 친히 현장에 가서 함성을 지르고 응원해 주고픈 마음이 굴뚝같았다.

아무래도 풍신과 모정은 운수가 사나운 편인 듯했다. 하지만 이들은 존귀한 무신이다. 이런 산야의 정괴 따위는 기껏해야 잠깐 발목을 잡아 추격을 방해할 뿐, 큰 위기라고는 할 수 없었다. 사련은 그저 둘이 일찍 포기하고 벗어나기를 기도했다. 한편으로는 자신이 아까 던진 점수가 훌륭해서 다행이라는 생각이 들었다. 요괴가 나오기는커녕 단번에 화성이 나타났으니. 그는 걸으면서 입을 열었다.

"아까 내가 주사위로 2점을 던졌었는데, 2점을 내면 널 만날 수 있는 거야?"

사련은 말을 마치자마자 이 질문이 조금 이상하게 들린다는 것을 깨달았다. 화성이 무척 보고 싶었다는 말처럼 느껴질 수도 있는 부적절한 질문이었다. 그러나 화성이 대답했다.

"아니."

약간 멋쩍어진 사련은 뺨을 긁었다.

"음, 아니구나. 내가 착각했나 보네."

화성은 그의 앞을 걸어가면서 한마디를 덧붙였다.

"형이 나를 보고 싶다면 몇 점을 던지든 볼 수 있어."

이 말을 들은 사련은 순간 마른침을 넘겼다. 하려던 말조차 잊어버렸다.

그 문장의 의미를 자세히 곱씹어볼 틈도 없이, 문득 통령진 안에서 누군가의 가라앉은 목소리가 들려왔다.

"제가 하겠습니다!"

이 한마디가 나오고 얼마 지나지 않아 눈부신 빛줄기가 하늘가를 가로질렀다. 천지를 뒤흔드는 단단한 파열음과 함께, 화성과 사련의 앞길이 가로막혔다.

그 새하얀 빛줄기가 서서히 희미해지며 걷히고 나서야 사련은 선명하게 볼 수 있었다. 먼 하늘에서 날아들어 그들의 앞을 가로막은 것은, 검 한 자루였다.

미끈한 장검은 지면에 비스듬히 꽂힌 채 여전히 진동하고 있었다. 마치 새카만 옥을 단조해 만든 것처럼 빛깔이 깊고 선득하며 거울보다도 매끄러웠다. 누군가 가까이 다가가면 검신에 비친 자신의 모습을 또렷하게 볼 수 있을 터였다. 검의 중심부에는 가느다란 은백색 실선이 세로로 이어졌다.

이 검의 이름은, '방심(芳心)'이었다.

누군가의 그림자가 이 검 앞으로 내려앉았다.

"네 검이다."

방심 국사가 죽고 난 뒤로 그의 패검은 영안국의 태자가 보관했다. 이 방심검을 던지고 두 사람의 앞길을 가로막은 사람은 바로 낭천추였다.

풍신과 모정은 실패했지만 낭천추는 정확한 점수를 던져 낸 모양이다. 이게 낭천추의 행운인지, 아니면 사련의 불행인지 콕 집어 말하기 어려웠다. 다만 이 말만큼은 할 수 있다. 비록 똑같은 태자 전하로 태어났지만, 언제나 낭천추의 운이 사련보다 훨씬 좋다는 것.

뒷짐을 지고 서 있던 화성은 얼굴빛 하나 바꾸지 않고 몸만 살짝 움직였다. 그가 움직이자 사련은 곧장 손을 들어 그를 막고 나지막하게 말했다.

"내가 할게."

계곡 한복판, 낭천추는 길을 가로막은 채 자신의 중검을 바닥에 끌면서 말했다.

"난 전력을 다해 너와 싸우고 싶을 뿐이다. 어떤 결과가 나오든, 설령 내가 네 손에 죽게 되더라도 넌 아무것도 갚을 필요가 없다. 나 역시 네가 제군께 부탁한 자진 폄적 따위 필요 없다. 내 검술은 네가 가르친 것이다. 내게 반드시 패배한다는 법도 없는데 어째서 나와 싸우려 하지 않지?"

낭천추가 굳이 말하지 않아도 그가 당연히 전력을 다하리란 건 알고 있다. 그러나 그가 전력을 다한다면 사련도 진지하게 맞서야만 했다. 그렇게 해서 나온 결과는 무엇이 되었건 사련이 보고 싶은 결과는 아닐 터였다. 하지만 일전을 치르지 않는다면 낭천추도 순순히 넘어가지 않을 것이다.

한참 뒤, 사련은 느릿하게 고개를 끄덕였다.

"좋다."

그는 몇 걸음 나아가 그 검 앞에 다다랐다. 가루처럼 부서진 돌조각 사이에서 검을 뽑아내며 그가 조용히 말했다.

"네가 자초한 일이다."

수백 년이 흐른 지금, 마침내 방심이 주인의 손으로 되돌아왔다.

검이 사련의 손안에서 나직하고 무거운 울림을 냈다. 멀지 않은 곳에 있는 화성도 귓전에 끊임없이 맴도는 검의 울림에 감응한 것처럼 눈을 빛냈다.

사련은 손에 쥔 장검을 가볍게 휘둘렀다. 검 끝으로 땅을 비스듬히 가리키며 그가 차갑게 입을 열었다.

"이 싸움이 어떤 결과를 초래하든, 후회하지 마라."

낭천추가 소리쳤다.

"절대 후회하지 않는다!"

그의 머리카락이 바짝 곤두섰다. 양손으로 중검의 칼자루를 움켜쥔 채 숨을 죽이고 마음을 가라앉히면서도, 눈빛은 한시도 방심하지 않고 새카만 옥 같은 방심의 검 끝에 단단히 붙박았다.

검신을 툭, 털어 낸 사련은 크게 걸음을 내디뎌 앞으로 돌진했다. 낭천추가 눈에 초점을 바짝 모으고 받아치려던 순간, 갑자기 온 사지가 굳어졌다. 그러고는 무언가에 결박당한 사람처럼 묵직하게 바닥으로 넘어졌다.

낭천추는 고개를 숙이고서야 자신이 정말로 결박당했다는 것을 깨달았다. 어느새인가 하얀 비단이 독사처럼 그의 몸을 둘둘 옭아매고 있었다!

어려서부터 방심 국사에게 검술을 배운 낭천추는 국사에 대해 깊은 경외심을 품고 있었다. 훗날 류금연이 피로 물든 뒤에도 이 경외심은 옅어진 적이 없었다. 때문에 사련이 검을 쥐자, 그는 오로지 상대방의 움직임만 의식하느라 뒤쪽에서 은밀하게 자신을 감싼 흰 비단의 존재를 전혀 알아차리지 못했다. 그 흰 비단은 그가 전력으로 맞서려는 순간에 기습해 온 것이었다. 어찌 이토록 몰염치한 일이 일어난단 말인가?

한편 약야가 작전을 성공하자, 긴장했던 사련의 표정과 마음이 한순간에 풀어졌다.

그는 곧바로 방심을 내던지고 긴 한숨을 내쉬며 속으로 중얼거렸다.

'살았다, 아슬아슬했어.'

낭천추는 땅에 누워 쉬지 않고 발버둥을 쳤다. 그러나 이 비단이 얼마나 사특한지, 발악하면 할수록 한층 단단하게 몸을 옭아맸다. 그가 벌컥 역정을 냈다.

"국사, 이게 무슨 짓이냐! 당장 이거 풀어! 생사를 걸고 결전을 치르자고!"

사련은 이마의 땀을 훔치며 말했다.

"우린 지금 막 생사가 걸린 결전을 마쳤어. 지금 네 몸을 휘감은 건 내 법보 중 하나야. 넌 이미 졌어."

"……."

잠시 침묵한 낭천추가 대꾸했다.

"이런 게 결전이라고? 생사를 걸고 겨루자는 건 당연히 검을 들고 싸우자는 소리다! 사내라면 검을 써야지, 무슨 비단으로 기습을 해? 비겁하게!"

그는 진심으로 검이 '무기 중의 조상'이라고 생각했을 뿐, 별다른 의미는 없었다. 다만 듣기에는 마치 비단을 법보로 둔 남성 신관을 차별하는 말처럼 느껴졌다. 하지만 남자답지 않다고 욕을 얻어먹는 건 물론이고 여인의 옷도 입어 본 데다가, '저는 안 서요'라며 떠들고 다니는 사련이 이런 말을 신경이나 쓰겠는가?

사련은 낭천추의 옆에 웅크리고 앉아 말을 꺼냈다.

"네가 사전에 생각이 모자랐던 탓이지. 반드시 검을 써야 한다는 말도 없었잖아. 먼저 빈틈을 보여 놓고 지금 누구한테 억지를 부려?"

잠시 말을 고른 사련이 진지하게 덧붙였다.

"그래, 내가 기습했어. 기습이 뭐 어때서. 성공했잖아. 그래, 나 비겁해. 비겁하면 또 어때. 내가 이겼는데. 만약 너의 상대가 내가 아니라 다른 사람이었다면, 지금 넌 이미 죽었어."

화성은 두 사람과 멀지 않은 곳에 서서 소리 없이 웃고는, 팔짱을 끼고 다른 곳을 바라보았다. 낭천추는 얼이 빠졌다.

이 사람이 영안국의 국사였을 때 그에게 주었던 가르침은 '떳떳하게 행동하라', '용감하게 전진하라', '전력으로 노력하라', 하나같이 이런 말들이었다. 그런 옛 스승의 입에서 '그래, 내가 기습했어. 기습이 뭐 어때서. 성공했잖아. 그래, 나 비겁해. 비겁하면 또 어때. 내가 이겼는데' 같은 말을 듣는 날이 오다니. 그는 놀란 나머지 넋이 다 빠져나갔다.

말을 마친 사련이 몸을 일으키며 말했다.

"스스로 잘 생각해 봐. 다음에는 이렇게 다른 사람 갈 길 막지 말고."

사련이 떠나려는 순간, 낭천추가 재빠르게 외쳤다.

"거기 서!"

사련은 정말 자리에 멈춰 섰다. 낭천추가 이를 갈며 말했다.

"너…… 나에게 설명해야지."

사련이 물었다.

"무슨 설명을 듣고 싶은데?"

"선대의 원한, 나라와 가문의 원수. 당신이 영안을 증오하는 것도 어느 정도는 이해해. 하지만……."

한참이나 목이 멘 그는 떨리는 목소리로 간신히 말을 이었다.

"하지만 국사— 나와 내 부황, 모후께서 언제 선락국의 유민을 하대했던가? 나는 수많은 선락인과 좋은 벗으로 지냈어. 난,

난 언제나, 최선을 다해 그들을 보호했다."

그의 말은 어김없는 사실이었다.

선락국은 멸망했지만 많은 유민들이 자기 정체성을 잊지 않았다. 영안이 국가를 세우고 통치를 시작했음에도 그 유민들과 후손들은 선락인임을 자처하며 새로운 왕조의 백성들과 시시각각 충돌했다.

초기의 영안 황족은 끈질기게 저항하는 선락 유민들을 강경한 진압 정책으로 몇 세대에 걸쳐 학살했다. 거꾸로 선락인이 동맹을 맺고 영안의 황족을 암살하려는 경우도 적지 않았고, 수차례 성공하기도 했다. 이렇게 맺힌 원한은 점차 깊어만 갔다.

그러나 낭천추와 그 부모의 세대에 이르러서는 전에 없던 온화한 태도가 전 왕조의 유민들을 반겼다. 이들은 새로운 왕조의 백성과 옛 왕조의 유민을 어우르려고 끊임없이 노력했다. 심지어 반대의 목소리도 저버리고 선락 황실의 후예를 왕으로 봉하는 터무니없는 조치까지 고려하는 등, 성의를 보이는 것에만 그치지 않고 진심으로 선락인을 예우했다. 특히나 낭천추는 옛 원한 때문에 편견을 가지고 선락인을 바라본 적이 없었다.

그 당시 방심 국사는 몹시 비밀스럽게도 자신의 신분을 밝힌 적이 없었다. 또한 류금연을 피로 물들인 살인범이 어느 나라 출신인지 아는 이도 없었다. 그러나 지독한 앙숙 관계인 영안과 선락은 양쪽에 무슨 일만 생기면 서로를 배후 세력으로 몰아세우곤 했다. 운 좋게 화를 피한 영안 황족과 조정 대신들 역시 선락 유민 세력이 뒤에서 이 사건을 지휘했으리라고 믿었다. 따라서 많은 자들이 이를 빌미로 영안국의 선락 유민을 숙청하자는 진언을 올렸다. 그러나 낭천추는 전력을 다해 이런 진언을 잘라냈다.

그의 결연함이 무고한 선락인의 수많은 목숨을 지켰다. 적어도 하루아침에 변고를 당하거나 영문도 모른 채 학살당하지는 않았다. 다만 지금 다시 돌이켜 보니, 그때 잘해 주었던 만큼, 딱 그만큼 억울했다.

아까운 게 아니라, 억울했다. 옳은 일을 행하는 것이야 얼마든지 아깝지 않았다. 하지만 분명히 선의를 베풀었음에도 그만한 선의를 되받지 못했으니 억울할 수밖에 없었다.

낭천추는 붉어진 눈시울로 따지고 들었다.

"국사, 내 어디가 부족했어? 내 부모님은 뭘 잘못하셨지? 나한테 왜 그래야만 했는데?"

생각할수록 서러워진 그는 약야에게 속박된 채로 윗몸을 힘껏 들어 올리며 발악했다.

"우리에게 설명해야겠다는 생각은 안 들어?"

사련이 대답했다.

"설명 못 해."

이 간단명료한 대답에 낭천추는 한순간 말문이 막혔다.

"국사, 정말 많이 변했군. 예전의 당신은 이렇지 않았어."

"……."

사련은 손가락을 굽히고 미간을 문지르며 말했다.

"내가 옛날에도 말한 것 같은데. 네 마음대로 나에게 신성불가침이라는 비석을 세워 주지 마. 나는 네가 생각하는 그런 사람이 아니야. 마지막에 실망하게 되는 건 너 자신일 뿐이고."

낭천추는 다시 바닥에 누워 중얼거렸다.

"……옛날의 당신과 지금의 당신, 어느 쪽이 진짜인지 하나도 모르겠어."

사련이 대답했다.

"모두 나야. 하지만 옛날의 너는 고작 열일곱이었잖아. 이제 이만큼이나 자랐으니 보고 배우는 것도 자연히 달라져야겠지."

낭천추는 입을 꾹 다물고 있다가 불쑥 물었다.

"당신의 열일곱이 인생의 고비여서, 그래서 나의 열일곱도 고비로 만들 생각이었던 건가?"

사련은 말이 없었다.

대답이 돌아오지 않자 낭천추는 울분이 치밀었다. 그가 화를 되삼키고 외쳤다.

"혹여나 그럴 생각이었다면, 난 당신 뜻대로 되지 않을 거다!"

이 말을 들은 사련의 두 눈이 조금 커졌다.

낭천추는 일어서지 못했다. 그러나 눈빛은 맑게 빛나고 목소리는 카랑카랑하게 울렸다. 마치 눈동자에서 새하얀 화염이 타오르고 있는 것만 같았다. 오기를 부리듯, 또는 선전포고하듯, 그가 사납게 목청을 높였다.

"날 당신처럼 원한 가득하게 만들 작정이라면, 난 그렇게 되지 않을 거다! 당신처럼 자포자기하도록 몰아붙일 셈이라면, 난 절대 그렇게는 안 해! 절대로! ―나한테 무슨 짓을 하든! 난 절대 당신처럼은 되지 않아!"

이 호언장담이 울려 퍼지자 사련은 완전히 얼이 빠졌다. 한참이 지나고서야 그는 픽, 바람 빠지는 소리를 내더니 끝내 웃음을 터뜨렸다.

그렁그렁한 눈으로 피를 끓이면서 울부짖고 있는 와중에 사련이 웃자, 낭천추는 맥이 쑥 빠졌다. 금세 경악과 분노가 뒤를 이었다. 하지만 사련은 웃음을 터트리면서 박수까지 치기 시작했다. 갈수록 방자해진 웃음 끝에 사련이 목청 높여 말했다.

"좋아!"

그는 이렇게 마음껏 웃어 본 것이 언제 적 일이었는지도 기억나지 않았다. 가까스로 웃음을 삼킨 그가 눈을 비비면서 고개를 끄덕였다.

"좋아. 네가 오늘 한 말을 잘 기억해 둬. 넌 절대 나처럼 되지 않는 거다!"

화성은 내내 팔짱을 끼고 냉담하게 지켜보고만 있었다. 그런데 사련의 이 말이 떨어지기 무섭게, 느닷없이 앞쪽에서 붉은 연기가 터져 나왔다.

예상치 못한 폭발에 사련은 간담이 서늘해졌다. 그는 낭천추가 괴이한 수법을 썼다는 생각이 들어 재빨리 비켜나 경계심을 곤두세웠다. 하지만 폭발음이 울리기는 했어도 살상력은 없는 것 같았다. 다만 연기가 걷히자, 바닥에 누워 있던 낭천추는 온데간데없이 사라진 뒤였다. 그곳에는 제자리에 서서 좌우로 흔들리는 오뚝이 하나만 남아 있었다.

이 오뚝이는 머리와 몸뚱이가 동글동글한 것이 마치 커다란 조롱박 같았다. 쭉 뻗은 눈썹과 검은 눈이 늠름하면서도 천진난만했다. 두 눈을 뾰로통하게 부릅뜬 채 칼날이 넓은 대검을 의기양양하게 메고 있으니, 다름 아닌 낭천추의 모습이었다. 하지만 지금은 꼬마들이 애지중지하며 가지고 노는 커다란 장난감 신세가 되어 버렸다. 사련은 웃음기를 거두었다.

"천추?"

약야는 묶고 있던 사람이 없어지자 바람처럼 날아와 사련의 손목을 휘감았다. 유유자적 걸어온 화성이 오뚝이를 한 번 튕기고는 비웃으며 말했다.

"이자는 참, 어떤 모습이 되든 한결같이 멍청해 보이네."

사련은 오뚝이를 손바닥 위에 받쳐 들고 떨떠름하게 물었다.

"이…… 이게…… 삼랑, 이게 천추야? 왜 이런 꼴이 된 거야? 이 아이 그만 놀리고 어서 되돌려 줘."

하지만 화성은 거절했다.

"안 돼. 그자도 데리고 가자."

"어디로 가는데?"

이 무렵 두 사람은 좁다란 동굴 앞에 다다랐다. 화성은 아무

대답 없이 주사위 하나를 위로 던지고 다시 손바닥으로 받아 들었다. 그는 고개를 숙여 주사위를 흘긋 확인하고 먼저 동굴 안으로 들어섰다.

사람을 오뚝이로 둔갑시키는 짓궂은 법술이라니, 참으로 화성다웠다. 하지만 그만큼 풀기는 무척 어려울 터다. 어찌 됐든 자신은 고사하고 다른 신관이 풀 수 있으리라는 보장도 없었다. 사련은 하는 수 없이 천추 오뚝이를 들고 걸음을 옮겼다. 그때 문득 바닥에 내팽개친 방심검이 생각났다. 잽싸게 되돌아간 그는 검을 주워 등에 메고 화성을 따라 동굴 안으로 걸어 들어갔다.

그는 화성에게 법술을 풀어 달라고 말했지만 화성은 별다른 반응이 없었다. 동굴 안으로 들어선 지 얼마 지나지 않아 비좁았던 내부가 점점 넓어졌다. 발소리가 탁 트인 동굴에 메아리쳤다. 앞쪽에서는 은은한 불빛과 노랫소리가 들려오고 있었다.

사련이 귀시장에서 극락방을 발견했을 때도 노랫소리가 먼저 들려왔었다. 극락방 요괴 여인들의 꾀꼬리처럼 고운 노랫소리는 매혹적인 속삭임처럼 사람의 마음을 취하게 했다. 반면 지금 이 노랫소리는 마귀들이 춤추듯 난잡하고 듣기 거북했으니, 극락방과 나란히 견줄 만한 대상도 못 되었다. 사련이 궁금증을 참다못해 물었다.

"삼랑, 여긴 어디야?"

화성이 가볍게 속삭였다.

"쉿."

가뜩이나 조용한 목소리로 물었던 사련은 화성의 속삭임을 듣고 반쯤 숨을 죽였다. 그는 곧 조용히 해야 하는 이유를 깨달았다. 맞은편에서 푸르스름한 불꽃이 떠다니고 있었다. 불꽃 몇 덩어리가 이쪽으로 가까워지고 나서야 분명한 모습이 눈에 들어왔다. 불꽃의 정체는 청록색 옷을 입은 꼬마 귀신들이었다.

이 꼬마 귀신들은 저마다 머리에 등불을 이고 있었다. 흡사 머리부터 발끝까지 하나의 새파란 양초 같았다. 당장 피할 곳이 없는 이 막다른 동굴에서 적을 마주친 셈이었다. 사련은 손을 등 뒤로 뻗고 방심을 움켜쥐었지만, 약야를 쓰는 게 낫겠다고 판단해 다시 손을 내렸다.

예상과 달리 그 귀신들은 두 사람을 잠깐 훑어보고는 계속 저들끼리 속닥거리면서 앞으로 걸어갔다. 분명 그들을 본 것 같았는데도 그저 시큰둥했다. 사련은 화성을 쳐다보았다. 그런데 웬걸, 그 무섭도록 준수한 홍의(紅衣) 귀왕은 어디로 간 것일까? 옆에 서 있는 사람은 분명 머리에 푸른 불꽃을 매단 창백한 꼬마 귀신이었다.

언제부터인지는 몰라도 화성이 그 자신과 사련, 두 사람을 가짜 가죽으로 둔갑시켜 놓은 것이었다. 사련은 지금 자신의 머리에도 푸르스름한 등불이 달려 있을 것이라는 생각이 들어 머리를 더듬더듬 짚어 보았다.

"꼭 이렇게까지……."

꼭 이렇게까지 괴상망측한 모습을 해야 하나?

입 밖으로 낸 말은 아니었지만, 화성은 그의 속마음을 어렴히 이해한 모양이었다.

"내가 말했잖아, 청귀척용은 품위가 저속하다니까. 그놈 수하의 귀신들은 전부 이렇게 차려입어야 해."

놀랍게도 화성은 그를 청귀척용의 지반으로 데리고 온 것이다.

예전부터 천계와 귀계는 청귀척용을 두고 품위가 저속하다며 빈정거렸다. 그때까지만 해도 사련은 이유를 잘 몰랐지만, 청귀척용이 수하의 귀신들을 이런 차림으로 통일시킨다는 사실을 알게 되자 조금은 이해가 갔다. '청등야유'라는 칭호만 들으면 제법 묘한 운치가 느껴진다. 하지만 글자 그대로 '푸른' '등불'이 밤중을 걸어 다닌다는 무식한 뜻이라면, 그가 원래 상상했던 그림과는 다소 차이가 있었다. 사련이 입을 열었다.

"그자의 소굴은 네가 예전에 전부 소탕하지 않았어?"

화성이 대답했다.

"소굴은 박살 냈는데 놈을 놓쳤어. 도망친 뒤로는 오십 년을 들여 또 새로운 둥지를 틀었더군."

사련은 낭천추 오뚝이를 품에 넣은 뒤, 주변에 아무도 없는 것을 확인하고는 목소리를 낮추어 말했다.

"삼랑, 여긴 청귀를 찾으러 온 거야? 그럼 우선 천추의 주술을 풀어서 먼저 보내 주고 내가 너랑 가면 되지 않을까?"

하지만 화성은 칼같이 잘라 말했다.

"아니. 형이 데리고 있어. 낭천추에게 만나게 해 줄 사람이 있거든."

사련은 의아했다. 화성의 반응을 보면 낭천추를 무시하는 게 틀림없는데, 애써 그에게 누군가를 만나게 해 준다고? 하지만 사련은 두 사람 모두에게 밉보인 처지라 더 말을 꺼내기 어려웠다. 얼마나 지났을까, 두 사람은 마침내 동굴을 빠져나왔다. 눈앞이 탁 트이나 싶더니, 한층 많은 동굴이 두 사람의 눈앞에 펼쳐졌다.

이 산은 사면팔방이 동굴이었다. 모든 동굴에 길을 뚫어 굴까지 이어 놓은 구조였다. 머리에 푸른 등불을 이고 있는 요괴와 귀신들이 동굴 입구마다 들락날락하는 모습이 거대한 벌집이나 개미굴을 연상케 했다. 만약 사련이 혼자서 왔다면 분명 한 구간만 걸어도 길을 기억하지 못했을 것이다. 그러나 화성은 길이 익숙한 모양인지 동굴 안을 제집 드나들듯 서슴없이 누비고 다녔다.

푸르른 꼬마 귀신 가죽을 뒤집어쓴 덕분에 도중에 막아서는 자들은 없었다. 사련이 안도의 숨을 내쉬자, 화성은 그가 한숨을 쉬는 줄 알고 물었다.

"왜 그래?"

"아니, 나는 네가 정면으로 들이닥칠 줄 알았거든. 그런데 잠복해서 들어올 줄이야. 난 싸움에 서투니까, 다행이다 싶어서 한숨 돌린 거야."

싸움에 서툴다는 건 진심에서 우러나온 말이었다. 싸움은 잘

해도 뒷수습은 서툴렀으므로. 화성이 그 말을 듣고 살짝 웃나 싶더니 곧바로 입을 열었다.

"지난번에 대놓고 쳐들어갔더니 척용이 소식을 듣고 도망쳐 버렸거든. 이번에는 그 본인을 만나러 왔으니까 당연히 들킬 수는 없지."

사련은 마음속으로 생각했다.

'설마 삼랑이 천추에게 만나게 해 주려는 사람이 청귀인가? 두 사람이 무슨 사이라도 되나? 어휴, 삼랑도 대체 무슨 생각인지 모르겠다. 아무튼 일단 같이 가 보자. 천추의 주술을 풀어 달라는 건 나중에 천천히 부탁해도 되니까.'

그는 아직도 화성의 극락방을 불태웠던 일이 마음에 걸려 조금 의기소침했다. 한창 생각에 잠겨 있는데 화성이 다시 말을 이었다.

"이 폐물은 뭘 해도 안 되는 놈이지만 경계심은 상당히 높아. 저 귀신들은 놈에게 가까이 갈 수 없어. 그렇다고 놈의 심복으로 위장하기도 쉽지 않지. 놈에게 접근하려면 방법은 하나뿐이야."

이때 정면에서 꼬마 귀신 넷이 떠들썩하게 웃으면서 걸어왔다. 화성이 발걸음을 늦추자 사련도 뒤따라 느릿하게 걸었다. 청록색 옷차림의 꼬마 귀신들 뒤로는 산 사람들이 밧줄에 일렬로 묶여 끌려가고 있었다.

옷차림이 남루한 사람부터 화려한 사람까지, 다들 서른 살 밑의 젊은 남녀들처럼 보였다. 어린아이도 하나 있었는데, 젊은 사내의 옷자락을 꼭 붙들고 있는 것을 보니 부자가 나란히 끌려온 모양이었다. 양손이 묶인 채 이 마귀의 소굴을 걷는 사람들은 저마다 겁에 질려 혼절하기 직전이었다. 화성은 그들 옆을 지나치자마자 자연스럽게 몸을 돌려 행렬의 꼬리에 따라붙었다. 그러면서 팔꿈치로 사련을 슬쩍 찔렀다. 사련은 곧장 뒤따라 움직이면서 화성을 다시 바라보았다. 어느새 다시 가죽을 바꿨는지, 이번에는 이목구비가 수려한 소년이 서 있었다. 아마 자신도 비슷한 모습으로 바뀌었을 터였다.

이 행렬은 동굴 안을 굽이굽이 에돌며 나아갔다. 앞장서서 걷는 꼬마 청귀들은 자기들이 맡은 일이 아주 만족스러웠는지, 시시각각 권위 의식을 잊지 않고 툭하면 뒤쪽 행렬을 향해 쓸데없는 참견을 늘어놓았다.

“다들 얌전히 굴어! 질질 짜지 말고! 눈물 콧물 흘리면서 갔다가 우리 어르신 입맛이 떨어지기라도 하면, 그땐 차라리 죽는 게 나은 삶이 뭔지 가르쳐 주마!”

귀계의 사대해 가운데 다른 세 명의 ‘절’이 사람을 잡아먹는다는 소리는 들어 보지 못했다. 청귀척용 혼자 여전히 식탐을 버리지 못했으니, 동료와 적이 입을 모아 ‘언급할 가치도 없다’거나 ‘소갈머리가 좁다’며 비웃을 만도 했다. 방금 화성이 말한 청귀척용에게 들키지 않고 접근할 수 있는 유일한 방법은 바로 식재료 사이에 섞여 드는 것이었다. 사련은 걸음을 옮기면서 화성의 손을 잡았다. 손이 맞닿자마자 화성이 경직되는 것이 느껴졌다. 손을 빼내고 싶은 눈치였다. 사련도 모르는 바는 아니었으나 지금은 더 생각할 겨를이 없었다. 그는 화성의 손바닥을 그러쥐고 살며시 한 글자를 썼다.

'구하자(求).'

이미 이렇게 마주쳤으니, 이 사람들을 반드시 구해야 했다. 사련은 화성에게 이 사실을 알리고 직접 이들을 구하고 싶었다.

필담이 끝나자 화성은 손가락을 가볍게 말아 쥐었다. 이윽고 행렬은 동굴 길을 벗어나 한없이 커다란 굴에 접어들었다.

굴에 들어서자마자 새까맣게 모여 있는 형체가 눈에 들어왔다. 사련이 눈을 가늘게 뜨고 자세히 보려는데, 화성이 손을 뻗어 그의 손목을 잡더니 손등에 몇 글자를 적었다.

'머리 위 조심해. 닿지 마.'

처음에는 이 굴의 위쪽에 넝마 조각들을 빼곡하게 걸고 아래로 늘어뜨린 줄 알았다. 그러나 다시 가만히 들여다본 사련의 동공이 급격하게 수축했다. —이게 무슨 넝마 조각이란 말인가? 이건 분명 새까맣고 빽빽하게 들어찬 사람들이었다. 모두 발은 위를 향하고, 머리는 아래를 향한 채 허공에 매달려 있었다.

거꾸로 매달린 시체의 숲!

그러나 거꾸러진 시체에서 피가 쏟아지지 않는 이유는 이것들이 전부 마른 시체이기 때문이었다. 핏물은 진작에 빠져나가고 없었다. 마른 시체들은 고통이 역력한 표정으로 입을 크게 벌리고 있었다. 얼굴과 몸은 눈 같은 결정으로 뒤덮인 채였다. 소금

이었다.

등불이 굴의 가장 깊숙한 곳을 환하게 밝혔다. 커다란 의자와 긴 탁자에 금잔이며 옥 술잔까지, 그 화려함은 깊은 산 속의 굴이라기보다는 황궁의 연회장처럼 보였다. 탁자 옆, 조금 멀찍한 곳에는 사람 수십 명이 들어가 헤엄칠 수 있을 만큼 거대한 가마솥이 보였다. 시뻘건 물이 그 솥 안에서 부글부글 끓고 있었다. 자칫 실수로 빠졌다가는 순식간에 푹 익어 버릴지도 몰랐다.

네 명의 꼬마 귀신들은 그 솥으로 사람들을 몰아세웠다. 누군가 이 광경을 보고 겁에 질려 철퍼덕 주저앉자, 귀신들은 그를 때리고 욕하며 질질 끌고 갔다. 이때 사련은 문득 옆에 있던 화성의 팔이 굳어진 것을 느끼고 발걸음을 멈추었다.

그는 옆을 돌아보았다. 화성은 여전히 그 수려한 소년의 모습이었다. 그러나 눈빛 속에는 사나운 분노가 불길처럼 치솟고 있었다.

화성은 매사에 웃는 얼굴이지만, 사련은 그가 언제나 자신의 감정을 아주 깊은 곳에 빈틈없이 숨긴다는 걸 잘 알았다. 지금껏 이렇게 노골적으로 격노한 눈빛은 본 적이 없었다. 화성의 시선을 따라간 사련은 한순간 숨이 멎는 듯했다. 화려하고 커다란 의자 앞에 누군가가 무릎을 꿇고 있었다.

얼핏 보기에는 사람이다. 하지만 다시 보면, 실제 사람과 크기가 같은 석상이란 사실이 눈에 들어온다. 이 석상은 특이하게도 무릎을 꿇은 자세로 조각되었는데, 사련을 등진 채 낙심한 듯 고개를 푹 숙이고 있었다. 한눈에 봐도 '상갓집 개'라는 네 글자를 그림처럼 묘사해 놓은 모습이었다. 이런 석상을 조각한 목적은 오로지 하나, 바로 이 사람에게 치욕을 주기 위해서였으리라.

사련은 이 석상의 앞모습을 보지 않아도 알 수 있었다. 이 석상의 얼굴은, 틀림없이 자신과 똑같을 터였다.

보통 사람들은 자신의 뒷모습이 어떻게 생겼는지 모른다. 그러나 사련은 달랐다. 그는 자신의 뒷모습이 너무나도 눈에 익었다.

선락국이 멸망한 당시, 사람들은 분풀이로 그의 태자전 8천 채를 태우고 모든 태자상을 넘어뜨려 칼자루의 보석을 훔치고 옷의 황금을 긁어 갔다. 그럼에도 사람들은 직성이 풀리지 않았고, 누군가 차츰 새로운 방법을 고안해 냈다. 바로 무릎을 꿇은 석상을 만드는 것이었다.

한때는 높이 받들어 모신 태자 전하를, 무릎을 꿇고 사죄하는 자세로 빚어 사람들이 많이 오가는 곳에 두었다. 그러고는 지나갈 때 이 석상에 침을 뱉거나 두 번 때리면 부정을 물리칠 수 있다고 부추겼다. 한술 더 떠서, 머리를 조아리고 엎드린 자세를 빚어 문지방으로 삼고 수천수만 사람들이 짓밟게 하기도 했다. 선락국이 멸망한 이후 수십 년 동안, 수많은 도시와 마을에서 이런 석상을 볼 수 있었다. 그러니 꿇어앉아 있는 자신의 뒷모습이 어찌 사련의 눈에 익지 않을 수 있겠는가?

바로 이때, 젊은 남자의 목소리가 들려왔다.

"배숙 이 비루먹은 개새끼, 종마 같은 배명 놈에게 거머리처럼 빌붙어 선경에 올라 놓고 정녕 제 주제를 모른다? 이제는 유배당한 들개 신세면서 감히 내 일을 망치다니! 내 그놈을 바람에 바싹 말려도 감히 시체를 거두러 올 자가 없을 것이다!"

사람이 모습을 드러내기도 전에 욕지거리가 먼저 날아왔다. 사련은 슬쩍 시선을 던졌다. 소탈한 자태에 청록빛 장포를 걸친 사람이 이쪽으로 걸어 들어왔다. 무척 보잘것없는 이유 때문이었지만 사련은 그의 머리꼭지를 가장 먼저 올려다보았다. 하지만 등불은 없고 가면만 쓴 모습이 보이자 조금 실망스러워졌다. 푸르른 꼬마 귀신 무리가 청록빛 장포를 입은 사람을 에워쌌다. 흡사 빙 둘러놓은 촛불 가운데 사람이 서 있는 모양새였다. 바로 이자가 그 전설 속 귀계의 사대해 중 하나, 청귀척용이리라.

남풍이 척용이라는 이름을 처음으로 언급한 뒤로 사련은 이 '척용'이란 자가 자신이 알고 있는 그 척용은 아닐까, 내심 생각해 본 적이 있었다. 그러나 '요괴와 귀신은 자신의 본명과 과거를 숨긴다'는 통속적인 관념 때문에 같은 사람이 아니라 동명이인이겠거니 넘겨짚었었다. 하지만 이제는 어느 정도 확신이 섰다. 무릎 꿇은 태자상에 이토록 집착하는 척용이, 자신이 알고 있던 그 척용 말고 더 있겠는가? 심지어 목소리도 이렇게 익숙한 것을?

척용을 에워싼 꼬마 귀신들이 큰 소리로 '왕'이라고 외치며 떠들어 대는 내용을, 사련은 대강 귀담아들었다. 알고 보니 척용이 심복 몇 명을 귀시장에 보냈는데, 사고도 일으키지 못하고 화성에게 흠씬 얻어맞아 재 가루가 되어 버린 모양이었다. 그리하여 척용은 다시 싸울 채비를 했다. 하지만 이 두 번째 판을 벌이러 가던 길에 유배된 배숙을 마주칠 줄 누가 알았으랴. 비록 인간 세상으로 내쫓겼지만, 배숙은 명색이 신관 출신에 달리 할 일도 없었기에 마주친 귀신들을 말끔하게 정리했다. 이렇게 척용의 부하는 또 흠씬 얻어맞아 재 가루가 되었다는 이야기였다.

단시일 내에 심복 둘을 연달아 잃은 척용은 이 소식을 듣자마자 노발대발해서는 저주를 퍼부었다.

"그 조상에 그 후손이지. 배명, 이 아랫도리에 종기가 돋은 종마 같은 새끼. 그 자식과 배숙의 썩은 좆을 잘라다 놈들의 사당 앞에 걸어야 해. 거기다 대고 절하는 것들은 놈들처럼 걸음마다 고름을 흘리게 될 거다!"

듣고 있던 사련은 진지하게 귀를 막고 싶은 충동이 일었다. 풍신도 감정이 격해지면 차마 입에 담을 수 없는 욕을 한다. 하지만 아무리 듣기 거북한 욕을 해도 잠깐 피가 거꾸로 솟은 것일 뿐, 진심으로 저주하려는 게 아니란 것쯤은 들여다보였다. 반면 척용이 욕하는 방식은 달랐다. 그의 욕을 들어 보면, 본인이 욕한 대상이 내용 그대로 더럽고 추잡하게 죽기를 바란다는 것을 확신할 수 있었다. 사람 하나 욕하겠다고 아랫도리까지 아낌없이 공격하니, 이토록 저열할 수가 없었다.

꼬마 귀신들은 목청 높여 맞장구를 쳤다. 척용은 자신이 발탁했던 유능한 부하가 떠올랐는지 다시 입을 열었다.

"맹렬한 성정에 참된 여인인 선희만 가엾게 되었다. 낯짝 두

꺼운 배씨네 개 두 마리에게 붙잡혀 천하에 없는 억울함을 겪고 있거늘, 여태껏 구하지를 못했으니!"

사련은 이 말에 동의할 수 없었다. 물론 선희에게도 안타까운 사정은 있다. 하지만 저들 말마따나 배 장군 한 사람만의 잘못은 아니지 싶었다. 결국 신부 열댓 명은 그녀가 자발적으로 납치한 것이다. 살인을 저지른 장본인 역시 그녀다. 성정이 맹렬한 것은 사실이고, 참된 여인인지에 관해서는 논의가 더 필요했다. 게다가 사련은 척용이 앞서 떠들어 댔던 '소배가 배 장군에게 빌붙어 하늘에 올랐다'는 욕에는 더더욱 동의할 수 없었다. 오랜 세월 하늘과 땅을 오르내린 그는 감히 이렇게 단언할 수 있었다. '능력이 있는 자라고 반드시 선경에 오를 수 있는 것은 아니다. 하지만 선경에 오른 자는 반드시 자신만의 능력이 있다.' 본인에게 실력이 없으면 아무리 남에게 손길을 뻗어도 천겁을 이겨 낼 수 없다. 기껏해야 '동신관' 자리 하나쯤 얻어걸릴 뿐이다. 사련은 배숙과 교집합이 많지 않지만, 이 소배의 무력이 낭천추를 웃돈다는 사실은 알아볼 수 있었다. 다만 능력이 뛰어나도 높은 지위에 오를 수 있으리란 보장은 없다. 운도 하나의 요인이다. 그렇지 않았으면 배숙은 벌써 독채로 쓰는 궁전을 얻었을 것이다.

반면 척용은 이런 것들을 전혀 고려하지 않았다. 그는 하늘부터 땅까지 모든 존재를 저주하고 싶은 것처럼 악다구니를 썼다. 배명은 썩은 종마, 소배는 거머리, 군오는 가식덩어리, 영문은 망할 계집, 낭천추는 백치, 권일진은 개똥, 수사는 능구렁이, 풍사는 천한 여자. ―그는 아마 사청현이 남자라는 사실을 모를 것이다. 직접 귀로 들었으니 망정이지, 아니었다면 사련은 혼자서 이 많은 원한을 품는 사람이 있으리라곤 상상도 못 했을 것이다.

마지막으로는 화성과 소심한 흑수침주가 감히 자신을 업신여긴다며 호되게 쏘아 댔다. 하찮기 짝이 없는 '절' 놈들을 언젠가 자기 앞에 무릎 꿇리겠다는 게 요점이었다. 상상할 방도조차 없는 비현실적인 장면이라 그랬을까. 화를 내야 할 사련은 유감스럽게도 우습기만 해서, 저도 모르게 화성을 흘긋 쳐다보았다. 화성 본인은 오히려 별다른 반응도 없이 그 무릎 꿇은 석상에 시선을 단단히 붙박고 있었다. 욕을 쏟아 내고 속이 후련해졌는지, 감격스럽게도 척용이 드디어 화제를 돌렸다.

"지난번에 시킨 일은 어찌 되었느냐? 권일진과 배씨 종마가 싸우기 시작했어?"

그는 수하들에게 물으면서 화려하고 길쭉한 의자에 털썩 몸을 파묻었다. 그러고는 신발을 신은 발을 들어 올려 석상의 어깨 위에 걸쳤다. 그는 무려 이 석상을 발 받침대로 쓰고 있었던 것이다.

아까부터 화성의 팔을 잡고 있던 사련은 그가 걸음을 내디디려 하자 다급하게 팔을 잡아당겼다. 문득 잡아당기는 것만으로는 부족하다는 생각이 들어 그의 손바닥에 또 한 글자를 썼다.

'고마워(謝).'

화성은 이 글자를 해석하고 잠시 고개를 숙였다가 사련을 바라보았다. 사련의 눈길 속에 감사한 빛이 역력했다. 화성의 호의가 고맙다는 뜻이었다. 곧이어 사련은 고개를 가볍게 가로젓더니 화성의 손바닥에 '듣자(聽)'와 '천계(天)'를 썼다.

척용의 말을 듣자 하니 수하를 보내 무슨 일을 처리한 모양이고, 여기에 천계의 두 신관이 엮였다. 썩 좋은 일도 아니니만큼 반드시 들어 볼 필요가 있었다. 석상이 발 받침대로 쓰이는 일쯤이야, 문지방까지 되어 본 과거를 생각하면 당연히 대수롭지 않았다. 어차피 저건 돌덩이에 불과하며 진짜 사련 본인도 아니지 않은가. 남긴 것이라곤 짤막한 세 글자뿐이었지만, 화성과 시선을 마주친 순간 사련은 그가 자신의 뜻을 이해했다는 확신이 들었다. 화성은 천천히 그의 손을 다잡았다. 고개를 돌린 탓에 표정은 보이지 않았다.

청록빛 옷을 입은 꼬마 귀신 하나가 말했다.

"왕의 말씀을 받들어 서쪽 지역에 배명이 배숙을 서방의 무신으로 세우려 한다는 소문을 퍼뜨렸습니다. 사태가 점점 커지길래, 이 소문을 핑계로 기영전 신도로 변장해 북쪽에서 명광전 백여 채를 박살 냈는데도 전혀 의심을 사지 않았지요. 하하하! 신도들이 얼마나 멍청해 빠졌는지 왕께선 모르실 겁니다. 저희가 부수는 걸 보더니만 저들도 신명 나게 부수더라니까요!"

척용은 칭찬하며 말했다.

“두 놈에게 계속 불을 지펴라! 권일진은 참을 수 있어도 배 종마는 절대 못 참을 것이다!”

그들이 퍼뜨린 것이 헛소문인지 아닌지는 둘째 치고, 소문을 퍼뜨린 심보 자체가 괘씸했다. 더군다나 인간으로 변장해 사당을 부수고 공덕을 해치는 비열한 수작을 동원하기까지. 남의 칼을 빌어 사람을 죽이겠다는 악랄한 속셈이었다. 상천정 신관들이 척용에 대해 능력은 대단치 않으나 아주 성가시다고 말할 만도 했다. 사련은 조용히 명심해 두었다.

‘나중에 기회가 되면, 누군가 두 신관을 이간질하고 있으니 조심하시라고 제군께 아뢰자.’

공적인 이야기를 끝낸 척용은 뒤로 한껏 눕더니 석상의 어깨에 놓인 긴 다리를 고쳐 올렸다. 꼬마 귀신들은 다음으로 해야 할 일을 알고 있었다. 그들은 산 사람들이 모인 이쪽으로 다가와 깐깐하게 후보를 골랐다. 아까 그 아이는 열 살도 채 되지 않은 철부지라 큰 눈을 깜박대면서 제 아버지의 옷자락만 붙들고 있었다. 아이는 겁이 나자 옷자락을 몇 번이고 잡아당겼다. 그 젊은 사내는 창백한 낯빛으로 벌벌 떨며 말했다.

“무서워 마라, 겁낼 것 없다.”

그러나 그 자신도 무서워 까무러칠 지경이었다.

한 꼬마 귀신이 아이를 보더니 싱글벙글 기뻐하며 팔을 뻗어 붙잡으려 했다. 젊은 사내는 크게 놀라며, 외마디 비명과 함께 파르르 떨어 댔다. 무슨 일이 일어날지 모르는 상황이라 사련은 희미하게 몸을 움직였다. 이때, 옆에 서 있던 그림자가 빠르게 흔들렸다. 고개를 돌리자, 이미 앞으로 나선 화성이 보였다.

화성은 청귀를 찾으러 온 것이니 척용을 만난 지금, 가짜 가죽을 벗어야 마땅했다. 화성 혼자서 이곳을 파죽지세로 쓸어버릴 수 있다는 것을 사련은 믿어 의심치 않았다. 그러나 화성은 원래 모습을 드러내는 대신, 평범한 소년의 가죽을 쓴 채로 느릿하게 걸음을 옮겼다.

꼬마 귀신들이 어수선하게 무기를 꺼내 들고 경계하며 외쳤다.

"거기 서라! 넌 뭐 하러 나온 게냐?"

척용이 다리를 꼬면서 의아하다는 듯 말했다.

"저건 웬 놈이야? 끌어내."

그러나 화성은 웃으며 입을 열었다.

"선락 황족이 여기에 계시는데, 조금이라도 경의를 표할 생각은 없나?"

그 말에 척용은 물론이고 사련마저 얼이 빠졌다.

이윽고 척용이 자리를 박차고 일어났다. 분노가 극에 달해 나온 웃음처럼, 가면 아래에서 외마디 웃음소리가 흘러나왔다.

"간덩이가 배 밖으로 나왔구나! 내 앞에서 그따위 농을 지껄여? 어디 한번 말해 봐라. 네놈은 선락 황족의 어느 가문인데? 어디야?"

화성은 태연하게 대답했다.

"안락왕."

순간 사련은 품에 숨긴 낭천추 오뚝이가 바르작대며 기울어진 듯한 기분이 들었다.

안락왕. 그는 낭천추와 같은 세대의 선락 황실 후예였다. 낭천추와는 친구라고 할 수 있었다.

척용의 독살스러운 웃음소리가 가면 아래로 새어 나왔다.

"안락왕? 네가 죽고 싶은 게로구나! 누가 네놈한테 여기 와서 분탕질하라고 사주하더냐? 널 사주한 놈은 사서도 가르쳐 주지 않은 게야? 안락왕은 겨우 하나 남은 선락 황실의 핏줄이었지만, 그 핏줄도 옛날에 죽어서 끊어졌다! 웬 놈이기에 감히 내 앞에서 선락 황족 행세를 해?"

화성이 눈썹을 치켜올리며 되물었다.

"오? 죽었다고? 어떻게 죽었지?"

척용이 소리를 내질렀다.

"끌어내! 저 괴상한 놈을 끌어내라!"

그의 명령이 떨어지자 수십에 달하는 꼬마 귀신들이 연신 악을 지르며 동굴 사방에서 쏟아져 나왔다. 어지러이 창궐한 귀신들 속에서, 화성은 희미하게 웃었다

바로 직전까지 미풍이 얼굴을 스치는 것 같았다면, 다음 순간에는 혹한의 서리가 그의 표정을 뒤덮었다. 어떻게 자취를 감추었는지 보지도 못했건만 그는 순식간에 척용의 뒤에 나타났다.

그는 꼬마들이 가지고 노는 공을 다루듯이 한 손으로 척용의 머리를 움켜쥐고 아래로 내리찍었다. 척용이 고함쳤다.

"이 염병할 잡놈은 또 뭐야! 감히 내 앞에서 이딴 식으로 죽음을 자초해?"

쾅, 하는 굉음이 메아리쳤다. 화려한 의자 앞으로 모래와 자갈이 날리면서 먼지가 풀풀 솟아올랐다. 사련은 아이를 몸 뒤로 숨겨 작은 돌 조각을 막아 주었다. 다시 먼지가 걷혔을 무렵, 척용은 사라지고 없었다. 그러나 자세히 살펴보니 사라진 게 아니었다. 단지 그의 머리가 화성의 일격에 땅속 깊이 들이박힌 것이었다.

동굴에 있던 사람이며 귀신들이 비명을 지르면서 사방으로 도망쳤다. 사련이 재빨리 외쳤다.

"뛰지 마세요!"

혹여나 자극받은 귀신들이 산 사람들을 마구잡이로 죽여 버리면 어쩌겠는가? 물론, 늘 그래 왔듯 아무도 그의 말을 듣지 않았다. 사련은 낭패스런 심정으로 손을 거두었다. 그 역시 당장은 남들의 안위를 돌볼 겨를이 없었다. 한편 화성은 천천히 자세를 낮춰 앉더니, 한 손으로 척용의 머리카락을 움켜쥐었다. 거대한 구멍이 뚫린 땅에서 피에 젖은 머리를 뽑아내자 몸뚱이까지 위로 딸려 올라왔다. 화성은 무척 즐겁다는 듯 크게 웃음을 터트렸다.

웃고는 있지만, 눈빛은 여간 심상치 않았다. 보고 있으면 소름이 끼쳐 오는 그런 종류의 눈빛이었다. 약야가 빠르게 날아가 달아나는 사람들에게 칼을 휘두르는 귀신들을 공중으로 내갈겼다. 다시 화성을 바라본 사련은 본능적으로 사태의 심각성을 알아차렸다.

"삼랑? 삼랑!"

척용이 쓴 가면에 가닥가닥 금이 가더니 파편이 한 조각 떨어져 내렸다. 그는 피를 한 움큼 토하며 소리를 질렀다.

"여봐라! 빨리 이 자식을 막아! 전부 와서 이 자식을 막아!"

방금까지 그를 죽도록 두들겨 패던 화성은 이제 시답잖은 한담을 나누는 것처럼 씩 웃으면서 유유자적하게 말했다.

"아, 모르나? 세상에는 막을 수 없는 일들이 있다. 예를 들면, 해가 서쪽으로 지는 것. 예를 들면, 코끼리가 개미를 밟아 죽이는 것. 예를 들면— 내가 네 천한 목숨을 거두는 것!"

마지막 한마디를 내뱉는 얼굴이 흉악하게 물들었다. 화성이 손으로 붙들고 있던 척용을 송두리째 아래로 내리꽂았다.

다시 굉음이 메아리쳤다. 바닥에 부딪친 척용의 상반신은 진흙탕만도 못하게 뭉그러졌다. 가면이 파각, 소리와 함께 부서지면서 그의 얼굴이 반쯤 드러났다.

누구든 이 얼굴을 보면 놀라운 사실을 발견하게 될 것이다.

청귀척용과 선락 태자. 이 한 귀신과 한 신, 천양지차인 두 존재의 얼굴이 이렇게나 닮았다니!

## 23장 참과 거짓을 어찌 가려내랴

그러나 가면의 나머지 반쪽도 떨어지고 척용의 온 얼굴이 드러나면, 그다지 닮지 않았다는 사실을 알아채기 마련이다. 두 사람의 코와 입, 턱의 윤곽은 닮았지만 눈매는 명백하게 달랐다. 사련의 눈매는 차분하고 온화하다. 반면에 척용은 눈썹이 높게 솟았고, 눈도 훨씬 가늘고 길었다. 영준한 소년으로 꼽을 만하지만, 그 얼굴만 봐도 무척 다루기 까다로운 종류의 사람임을 알 수 있었다. 화성에게 두 눈에 피가 터지도록 얻어맞은 그는 간신히 눈을 떴다. 희끄무레한 시야 속, 자신을 붙잡은 자가 다른 모습으로 변해 있었다. 붉은 옷을 입은 소년인 것 같았다. 척용은 화성의 본모습을 본 적이 없었지만 붉은 옷이 눈에 들어오자 놀란 동시에 분노가 치밀었다.

"너구나. 네놈이었어!"

이미 본모습으로 현신한 화성이 입을 열었다.

“아직 아까의 질문에 대답하지 않았잖아. 안락왕은 어떻게 죽었지?”

지금 화성의 이 눈빛은 실로 공포스러웠다. 사련은 황급히 앞으로 끼어들었다.

“삼랑!”

동굴 속 산 사람들과 귀신들은 벌써 뿔뿔이 흩어지고 없었다. 사련이 그의 곁에 바짝 다가붙으며 물었다.

“너 왜 그래? 화내지 마, 제발 화내지 마. 괜찮아. 일단 진정하자. 괜찮아…….”

그는 화성의 어깨를 부드럽게 쓰다듬으며 목소리를 서서히 낮추었다. 어린 시절 사련이 화가 나거나 속상해할 때면 부모님이 이렇게 그의 등을 쓰다듬으면서 부드러운 목소리로 달래 주고는 했었다. 그래서 사련은 이 방법을 화성에게도 써 보았다. 예상 밖에 정말로 효과가 있었다. 방금까지 혼돈한 기색이 역력했던 화성은 사련이 쓰다듬자 입술을 움찔 떨더니, 차츰 흥분을 가라앉히고 맑은 정신을 되찾았다.

이를 본 사련은 안도의 한숨을 내쉬었다. 그러나 누가 알았으랴. 숨을 끝까지 돌리기도 전, 화성이 불현듯 손을 뻗어 사련의 어깨를 툭 쳤다.

그가 어깨를 친 순간, 사련의 몸이 그대로 얼어붙었다.

화성이 자신을 건드릴 줄은 몰랐기에 무방비하게 틈을 내주고 말았다. 사련은 화성이 무엇을 하려는 것인지 당최 알 수가 없었다. 물론 자신의 안위는 염려되지 않았다. 다만 화성이 또 아까처럼 자제력을 잃으면 어쩌나 걱정스러웠다. 한마디 묻고 싶었지만, 입을 열고 보니 전신이 굳어졌을 뿐 아니라 목소리도 나오지 않았다. 사련은 막연하게 불안해졌다.

척용은 싸움에는 일가견이 없었으나 주둥이 하나만큼은 대단했다. 그는 온 얼굴에 피를 뒤집어쓴 채로 욕을 퍼부었다.

"이 미친 애꾸눈 자식아! 이 몸이 집에서 밥 먹겠다는데 왜 네 놈이 지랄이야?"

화성은 미소를 띤 얼굴로 그의 머리를 다시 한번 땅에 처박았다. 그러고는 다시 들어 올리며 물었다.

"안락왕은 어떻게 죽었지?"

"빌어먹을, 네놈이 뭔 상관이라고……."

화성은 또 그를 처박았다.

"안락왕은 어떻게 죽었지?"

같은 말을 거듭하면서도 화성은 한결같이 고상한 미소를 잃지 않았다. 그는 척용의 머리가 공이라도 되는 듯 열 번 가까이 땅으로 무섭게 내리찍었다. 이렇게 내리찍는다 한들 척용은 죽지 않는다. 하지만 죽지 않는 것이야말로 낭패였다. 철로 주조한 머리라도 이런 고문은 견딜 수 없었다. 척용은 끝내 버티지 못하고 말을 바꾸었다.

"그렇게 한가하면 사서나 뒤져 보지 그랬냐?"

화성이 냉소하며 말했다.

"역사가 사실만을 기록해 놓은 것이었으면 내가 너 같은 폐물한테 물으러 왔으려고?"

그는 말하는 동시에 다시 손을 들어 올렸다. 척용이 외마디 소리를 지르면서 말했다.

"낭천추다! 낭천추가 죽였어!"

사련의 품속에 있던 오뚝이가 움찔하더니 격렬하게 흔들리기 시작했다.

오뚝이는 너무 심하게 흔들렸고, 사련은 그를 말릴 수 없는 처지였다. 결국 사련은 품에서 굴러떨어지는 천추 오뚝이를 속수무책으로 바라볼 수밖에 없었다. 오뚝이는 땅 위에서 핑그르르 돌고 돌았다. 화성은 뒤 한번 돌아보지 않고 법술을 풀었다. 붉은 연기가 터지자 낭천추의 몸이 그 사이를 가르며 훌쩍 튀어나왔다.

그는 황실의 귀한 자제로 살아온 한평생 이런 억울한 누명을 쓴 적이 없었다. 그는 척용을 손가락으로 겨냥하며 분노했다.

"어디서 사실을 날조하고 모함을 지껄이는 것이냐? 나와 안락은 벗인데 누가 그를 죽였다고!"

척용은 그의 느닷없는 등장에 화들짝 놀랐다.

"너는 낭천추? 제기랄, 넌 또 왜 여기 있어?"

낭천추도 화성이 자신을 데리고 온 이유는 몰랐다. 다만 척용이 방금 한 고발에 눈이 뒤집힐 지경이었기에 사실을 짚고 넘어

가야 직성이 풀릴 것 같았다.

"안락왕은 분명히 병으로 죽었는데, 왜 까닭도 없이 내가 죽였다고 말한 것이냐!"

화성은 옆에서 무덤덤하게 지켜볼 뿐, 다시 척용의 머리를 공삼아 바닥에 내리찍지는 않았다. 덕분에 척용은 낭천추와 본격적으로 싸우기 시작했다.

"그 개소리를 믿는 놈도 너밖에 없을 거다. 류금연 사건이 일어나고 얼마 못 가 죽었으니, 틀림없이 네놈들이 암살했겠지! 네가 죽인 게 아니더라도 영안의 그 늙은 개들이 죽였을 거다."

척용이 터무니없는 억설을 늘어놓자, 낭천추는 분이 차올라 얼굴이 새파랗게 질렸다.

"사람들이 청귀척용은 저열하다며 입을 모으는 이유가 있었군. 오늘 만나 보니 참으로 저열하기 짝이 없구나!"

그가 내뱉은 한마디는 척용의 역린을 정확히 건드렸다. 척용은 명성을 얻고 몇백 년 동안이나 알게 모르게 각지의 천신과 귀신들에게 품위가 저질이라는 비웃음을 샀다. 이 말에 깊은 한이 맺힌 그는 벌컥 안색을 뒤집었다.

"내가 아무리 저열해도 멍청한 네놈보단 낫다. 말끝마다 친구타령에 평화롭게 같이 산다느니 하는 말을 지껄이는데, 선락인과 영안인이 친구가 될 수는 있냐? 평화롭게 함께 살아? 네 아비 어미처럼 가식 떨기에만 바쁘지! 구역질이 나는구나!"

자신의 부모님을 비꼬는 말에 낭천추는 분노했다.

"입 닥쳐! 부황과 모후께선 진심을 다하셨다. 가식이 아니라고. 그분들을 함부로 모욕하지 마라!"

척용이 췟, 소리를 내며 대꾸했다.

"반란군 무리의 후손 주제에 낯짝은 어찌 이리 두꺼운지! 진심이 어딨는데? 선락인을 왕으로 봉하고 영토를 하사한 것 말이냐? 뻔뻔함에도 정도가 있지, 남의 걸 훔쳐 가 놓고 그걸 다시 베풀었다고 생색을 내다니. 네놈들이 가진 모든 것은 본디 우리 선락의 것이었다!"

원체 논박에 서투른 낭천추는 결국 말문이 막히고 말았다.

"너! 너……."

척용은 낭천추가 홧김에 말을 더듬자 아주 유쾌해져서는 한층 더 약을 올리기로 마음먹었다. 그는 하하, 웃으면서 말을 이었다.

"아무튼 네놈들이 안락을 죽이긴 했지만, 그 아이의 죽음도 손해 보는 장사는 아니었지. 우리 선락이 사람 하나를 잃을 때 너희 영안은 연회장을 통째로 잃었으니까. 그때 너까지 함께 죽이지 못한 게 아쉽구나. 네놈들에게도 대가 끊기는 맛을 보여 줬어야 했는데!"

이 말을 들은 낭천추는 순간 멈칫했다.

"……뭐라고?"

사련은 마음속으로 이마를 짚었다.

그는 당장이라도 뛰어들어 화성처럼 척용을 땅속으로 처박아 입을 다물게 하고 싶었다. 그러나 화성은 그의 움직임을 속박했고, 아무리 몸부림쳐도 법술은 풀릴 기미가 없었다. 낭천추가 거듭 물었다.

"나까지 함께 죽이지 못했다니?"

척용은 자신을 저열하다고 욕한 낭천추에게 복수해 줄 속셈으로 득의양양하게 말했다.

"과연 그 부모에 그 자식이로다. 오랜 세월을 뛰어넘는 어르신의 멍청함에 소인이 큰 가르침을 얻습니다그려. 머리를 굴려 보란 말이다. 선락인들은 네놈들 영안인을 죽도록 혐오했다. 네놈들을 미워하지 않는 자는 선락인 자격도 없었어! 그런데 정말로 선락 황실의 후손이 영안 황실의 후손과 벗이 될 수 있다고 생각했나? 그저 너희 황궁의 내부 사정을 염탐할 목적이었다. 네 생일 기념 연회를 뒤집어엎으려면 계획을 짜야 했으니까!"

사련은 아직도 안간힘을 다해 몸부림치고 있었다. 낭천추는 제자리에 멍하니 얼어붙었다. 한참이 지나서야 그는 더듬더듬 말을 꺼냈다.

"……안락왕과, 국사가, 하, 한패였다고?"

낭천추는 스승과 친구가 결탁해 자신을 속였다고 생각하니 비분이 차올라 견딜 수 없이 괴로웠다. 그러나 척용이 되물었다.

"국사? 그 무슨 요도 방심인가 하는 그거? 누가 그놈과 한패야?"

낭천추는 척용이 반문하자 더욱 혼란스러웠다.

"네…… 네가 안락왕이 류금연을 뒤집어엎으려 했다면서. 하지만 류금연 학살의 범인은 국사니까, 그럼 그들이 한패란 소리 아니냐? 나는…….”

그는 갈피를 잡지 못하고 갈팡질팡했다. 척용이 다시 대꾸했다.

“그 요도가 뭐 하는 작자인지는 귀신이나 알겠지. 그놈은 알 바 아니야! 낭천추, 잘 들어라. 영안국의 류금연 학살은 선락인이 해낸 거다! 안락은 계획대로 연회장의 망할 반란군 후손들을 몰살했다. 그런데 그 괴상한 국사가 갑자기 끼어들 줄 누가 알았겠냐? 안락은 일이 발각된 줄 알고 내 쪽으로 도망쳐 와서 누군가에게 들킨 것 같다고 말하더군. 그런데 그날 밤 류금연에서 학살을 벌인 게 너희 나라 국사라는 얘기가 들리더니 전국에 수배령이 내려진 게 아니겠어?”

낭천추는 한참을 멍하니 있다가 겨우 정신을 차렸다.

“그게 사실이라면 왜 진작에 알리지 않았지?”

척용이 코웃음을 치며 말했다.

“너 혹시 머리에 문제 있냐? 내가 그걸 뭐 하러 알려? 누가 대신 덮어써 주면 좋잖아? 내가 그런 거짓말을 하면 네가 날 절 등급으로 올려 주기라도 하냐?”

여기까지 말한 그는 고소해하기 시작했다.

“얼씨구, 알겠다. 못 믿겠다 이거지? 듣자 하니 그 뒤로 네 사부를 관에 못 박아 죽였다던데. 하하하하하하! 이 멍청한 놈아, 너 사람 잘못 죽였어!”

사련은 눈을 감고 악의로 가득한 그 통쾌한 웃음소리를 들으면서 속으로 욕을 뇌까렸다.

낭천추는 화가 치민 나머지 뼈마디가 으드득, 울렸다.

"……거짓말!"

그는 휙 몸을 돌려 사련을 향해 말했다.

"저게 사실이라면, 저자는 그렇다고 쳐도, 당신은? 당신은 왜 말하지 않았어?"

척용은 부러진 이를 뱉어 내고 말했다.

"이 염병할 놈은 또 누구야? 이 많은 것들이 내 거처에 잔치라도 열러 온 거야, 뭐야?"

그를 상대해 주는 사람은 없었다. 낭천추가 사련에게 쏘아붙였다.

"당신 짓이 아니었다면, 당신은 분명 살인을 저지르지 않은 거잖아. 그런데 왜 스스로 죄를 인정했지?"

이때 사련의 온몸이 느슨해졌다.

화성이 드디어 그를 속박한 법술을 푼 것이다. 그러나 이미 때는 늦었을지도 모른다. 낭천추는 사련의 대답을 기다렸다. 사련은 천천히 몸을 일으켜 굳어 있던 팔목과 근육을 풀었다. 한참 뒤, 그가 짧고 굵게 외쳤다.

"허튼소리!"

낭천추는 사련이 '사실이야, 그가 말한 대로야'라고 말할 줄 알았다. 그러나 사련은 차가운 말투로 이 네 글자를 말할 뿐이었다. 자신에게 유리하게 돌아오는 척용의 말을 완전히 부인한 셈이었다. 척용은 불쾌해하며 입을 열었다.

"누가 허튼소리를 했다고 그래?"

"너."

사련은 척용을 내려다보며 말했다.

"하나부터 열까지 전부 근거 없는 말일 뿐이다. 류금연 학살을 자행한 자가 선락 황실의 후예라는 걸 증명할 증거라도 있나?"

척용이 우습다는 듯이 되받아쳤다.

"죽이면 죽인 거지, 무슨 증거를 바라? 게다가 몇백 년씩이나 지난 일인데 증거가 남아 있겠냐?"

사련이 말했다.

"그래서 네가 허튼소리를 했다는 거다. 선락과 영안은 모두 옛 왕조이고 진작 멸망해 사라졌다. 지금에 와서 그깟 해묵은 옛일을 붙잡고 선동하는 게 무슨 의미가 있지?"

척용은 사련이 말하는 어조를 듣고 한순간 멍해졌다. 그는 뭔가 기억난 것처럼 두 눈을 가늘게 떴다. 사련은 다시 낭천추를 돌아보며 온화한 말투로 말했다.

"내가 네 아버지를 죽이는 거, 네가 직접 봤잖아. 그때 나는 두 번째로 폄적된 지 몇 년 되지 않았을 때여서 분한 마음에 큰 죄를 저질렀어. 내 잘못이야. 다만 관계없는 사람을 끌어들일 필요는 없다고 생각해. 이자는 그저, 네가 아까 했던 저열하다는 말에 복수하려고 거짓을 꾸며 대면서 안락왕을 모함한 거야."

만약 제삼자에게 이 대화를 들려주면 웃음을 금치 못할 것이다. 잔혹한 살인 사건의 살인범이라는 칭호를 두고 옥신각신하다니. 모르는 사람들은 류금연을 피로 물들였다는 게 무슨 대단한 공적이라고 여길지도 모를 일이었다. 혼란스러워진 낭천추는 머리를 감싸 쥐고 한참을 고민한 끝에 말했다.

"맞아…… 당신이야. 다른 사람이 아니었어."

분명히 자신의 두 눈으로 보았다. 그날 밤, 그는 콧노래를 부르며 류금전으로 뛰어들었고, 검은 옷의 국사가 미끈한 장검을 제 아버지의 가슴에서 뽑아내면서 피가 사방으로 튀는 장면을 마주쳤다. 그 순간, 그의 부황이자 영안국의 국주가 그를 향해 손을 뻗었다. 아직 숨이 붙어 있었다. 그리고 낭천추가 넘어지며 덮쳐 온 뒤에야 비로소 손을 떨구었다.

이때 바닥에 누워 있던 척용이 불쑥 말했다.

"태자 표형[#1]? 형 맞지?"

사련의 시선이 다시 척용에게 가닿았다. 그를 잠시 바라본 끝에 사련이 운을 뗐다.

"척용, 요 몇 년간 꽤 멋지게 살아온 모양이네."

이 말이 끝나자 화성은 사련에게 씌웠던 가짜 가죽을 벗겼다. 제 거처에 쳐들어온 세 사람의 진짜 모습이 모두 드러나자 척용의 눈이 한층 커다래졌다. 낭천추는 경악했다.

"표형이라고?"

아까 척용의 말에서 '우리 선락'이라는 호칭을 들은 그는 청귀의 생전 신분이 선락인일 것이라고 짐작한 참이었다. 하지만 그

#1 **표형** 表兄. 외사촌과 이종사촌 중 남자를 이르는 호칭

가 사련과 이런 관계일 줄은 생각지도 못했다. 척용은 사련의 얼굴을 노려보면서 느릿하게 위아래로 훑어보았다. 그건 어떤 호기심과 탐욕이 뒤섞인 괴이한 눈빛이었다. 사련이 메고 있는 방심검에 시선이 닿은 순간, 그가 난데없이 크게 웃어 젖혔다.

"그래, 그런 거였어! 방심이 바로 너였구나. 네가 바로 방심이었어. 하하하하하하하하하하!"

낭천추는 척용이 왜 웃는지 모르면서도 본능적으로 심기가 불편해졌다. 그가 노기등등하게 물었다.

"뭐가 그렇게 웃기지?"

척용은 표독스럽게 대답했다.

"우리 훌륭하신 사촌 형님이 웃겨서 웃는다, 왜! 소인이 아까 어르신의 멍청함이 오랜 세월을 뛰어넘는다고 했는데, 죄송합니다, 사과드리지요! 넌 훌륭한 스승이 배출한 훌륭한 제자다! 네 스승이 이 모양이니 네가 똑똑할 수가 있겠냐?"

그는 다시 사련을 향해 말했다.

"영안으로 가서 국사를 하더니, 마지막에는 제자의 검에 찔려 죽다니. 훌륭하지 않아? 웃기지 않아? 솔직히 죽어도 싼 짓 했잖아? 천박한 줄 알아야지!"

그가 '천박'이라는 단어를 꺼낸 순간 화성이 벼락같은 일격을 내리쳤다. 가뜩이나 맷집이 좋은 척용은 사련이 얼굴을 드러내자 웬일인지 열 배는 더 흥분해서는, 얼굴이 땅에 들어박혔는데도 꿋꿋하게 소리를 질러 댔다.

"천박한 것! 천박한 것! 천박한 것!"

화성은 척용이 한마디를 외칠 때마다 뒤통수를 내리찍었다. 그야말로 피비린내가 진동하는 살풍경이었다. 사련은 다시 아래로 향하려는 화성의 손을 막으며 소리쳤다.

"삼랑, 이제 됐어!"

화성이 날카로운 목소리로 대꾸했다.

"뭐가 됐는데?"

사련이 말했다.

"괜찮아, 신경 쓸 것 없어. 제정신이 아니라 많이 성가시거든. 내가 상대하면 돼. 너는 그냥 무시해."

그는 화성의 어깨를 가볍게 토닥였다. 오랜 침묵 끝에 화성이 낮은 목소리로 말했다.

"알았어."

척용은 땅에서 머리를 뽑아내고 간신히 옆으로 도망치더니 불퉁하게 혀를 찼다.

"뭘 착한 척하고 있어? 진짜로 날 못 때리게 하고 싶었으면 처음부터 저놈을 막았어야지! 이제 와서 호의를 베푸는 척 말려 봤자 너그럽다고 칭찬해 줄 사람은 아무도 없다고!"

사련이 입을 열었다.

"내가 삼랑을 막은 건 삼랑의 손을 더럽히고 싶지 않아서야. 뭔가 착각한 것 같은데."

이 말을 듣자 피범벅이 된 척용의 얼굴에 노기가 번득 스쳤다. 그가 곧바로 킬킬 웃기 시작했다.

"하이고, 태자 표형. 화성과 사이가 좋은가 봐? 중원절에 이 아우가 표형께 문안이나 여쭐 겸 보냈던 부하들이 어째 한 놈도 못 돌아왔나 했더니. 형님이 화성한테 달라붙어 있어서 그랬구나!"

척용이 자신에게 부하를 보낸 적이 있다는 사실을 사련은 전혀 모르고 있었다. 중원절 밤, 사련은 때마침 마주친 화성을 보제관으로 데려갔었다. 척용이 보낸 부하들은 화성이 이미 처리한 모양이었다. 여기까지 생각한 사련은 저도 모르게 곁에 있는 사람을 흘긋 쳐다보았다. 척용이 다시 말했다.

"게다가 삼랑이라고 부르던데. 쯧쯧쯧, 진짜로 친하구나. 표형. 상천정의 대신관씩이나 되는 사람이 이런 요괴와 시시덕거려도 돼? 그러다 품위가 더러워지면 어쩌려고? 하긴, 표형이야 워낙에 완벽하고 마음도 깨끗한 분이니까. 그 성스러운 후광으로 온 대지를 두루 비추시니, 하하하하하하하……."

상천정 신관들은 다들 조금씩은 모정의 말투가 음흉하다고 생각한다. 그러나 지금 그들을 여기로 데려와 듣고 비교해 보라 한다면, 진정한 음흉함이 무엇인지 몸소 깨닫고 한때 모정을 오해했다며 미안해할 터였다. 게다가 척용은 말로만 그치지 않고 행동으로 실천하는 자가 아니던가. 그는 양손을 가슴에 얹고 비비 꼬면서 말했다.

"태자 표형, 이 아우는 오랜 세월 시도 때도 없이 표형을 생각하고 있었어. 내가 표형을 위해 정성껏 만든 석상을 봐. 언제든지 표형의 용맹한 자태를 감상하고 싶어서 저걸 곁에 달고 살았어. 어때, 잘 만들었지? 마음에 들어? 괜찮아, 마음에 안 들면 나야 좋지. 몇 개 더 만들어 주면 되니까. 하하하하하…….”

그가 석상 이야기를 꺼내자 화성의 얼굴에 한기가 밀려들었다. 사련이 아까 그를 말리지 않았다면 당장 척용을 발로 짓밟아 버렸을지도 몰랐다. 하지만 사련은 척용의 성격을 아주 잘 알았다. 이 사람은 다소 제정신이 아니어서 상대의 반응이 격할수록 그만큼 흥분해 날뛰므로 반드시 그 반대로 행동해야 했다. 그래서 사련은 살짝 웃으며 건성으로 대답했다.

“만듦새는 나쁘지 않다만, 품위가 조금 떨어지네. 만드느라 고생했다.”

아니나 다를까, 척용은 금세 불쾌한 얼굴을 하며 차갑게 말했다.

“고마운 줄 알아야지. 그나마 내가 옛날 체면을 생각해서 만들어 준 거라고. 지금 누가 널 모시려고 하는데? 이번에 다시 등선할 수 있었던 것도 군오의 허벅다리를 끌어안고 질질 짜면서 무릎이 걸레짝이 되도록 꿇어 댄 덕분이었겠지. 가서 상천정이나 한번 둘러봐. 너보다 영예와 체면이 뒤떨어지는 신관이 있기나 하냐? 등선한 지 이백 년 된 놈도 너를 밟고 다니겠다. 팔백 살 넘게 먹은 사람이 이런 꼴로 살고 있으니, 정말 실패했어.”

사련은 가볍게 미소를 지었다.

“이 사촌 형이 많이 실패했지. 겨우 팔백 년 만에 ‘흉’이 된 사촌 아우보다 못해.”

사련은 그를 어떻게 다루어야 하는지 너무나 잘 알고 있었다. 화성은 옆에서 코웃음을 쳤고, 척용은 말 그대로 얼굴이 새파래졌다. 척용이 사람들 사이를 쓱 훑어보고는 대뜸 입을 열었다.

"지금 이 상황, 설마 오늘 화성한테 날 혼쭐내서 대신 화풀이해 달라고 부탁한 건 아니겠지?"

사련은 한순간 멍해졌다. 상황을 생각해 보니 놀랍게도 반박할 말이 떠오르지 않았다. 척용이 말을 이었다.

"이거 봐라. 내가 표형을 나쁘게 말하니까, 우와, 펄펄 날뛰는 것 좀 봐. 혹시 형이 머리로 뿜고 다니는 후광에 감화되어서 눈이 멀어 버린 거야? 아차차, 맞다. 원래 눈 하나가 멀어 있었던가! 하하하……."

말끝을 맺으려는 순간, 문득 눈앞이 새카매졌다. 척용은 뺨에 극심한 통증을 느끼면서 피를 뿜었다. 결국 또 한 방 얻어맞은 것이다. 그러나 이 주먹을 내지른 사람은 화성이 아니라, 사련이었다.

눈 깜짝할 사이에 일격을 가한 그가 냉담하게 말했다.

"예전에는 널 때린 적이 없었지. 하지만 그게 앞으로도 계속 때리지 않는다는 뜻은 아니야."

주먹이 얼마나 맵던지, 척용은 한참이 지나고서야 소리를 낼 수 있었다. 그는 비루먹은 개처럼 바닥에 드러누운 채 땅을 치며 폭소했다.

"태자 표형, 날 쳤어? 진짜 날 쳤어? 세상에, 우리 고귀하고 선량하신, 남을 연민하고 도울 줄 아시며, 개미 한 마리 밟아 죽이지 못하는 태자 전하가 인상을 쓰고 사람을 쳤다! 무려 사람을 때렸다고! 대단하다! 대단해!"

척용은 어처구니없을 정도로 흥분하다 못해 거의 실성한 것 같았다. 낭천추는 살면서 이렇게 언행이 괴상한 사람을 본 적이 없었던지라, 척용이 선보이는 일인극을 보고 놀라서 얼이 빠졌다. 낭천추가 가만히 중얼거렸다.

"이…… 이 사람, 미쳤어?"

이런 상황이 익숙한 사련은 척용을 외면하며 태연하게 말했다.

"너도 봤지? 이 사람은 실성해서 이성적인 사고를 못한다. 그가 한 말은 믿을 만한 것이 못 돼."

이때 척용의 웃음소리가 뚝 그쳤다. 그가 난데없이 정색하더니 비웃음을 흘렸다.

"내가 실성했다고 말하기는 이르지. 대답해 봐. 안락왕이 어떻게 죽었는데!"

아까는 화성이 척용에게 묻더니 오히려 지금은 척용이 사련에게 묻고 있었다. 문득 낭천추는 다시 이 질문에 마음이 쓰이기 시작했다.

사련은 심장이 콱 조여드는 바람에 곧바로 대답하지 못했다. 척용은 꾸물꾸물 몸을 일으켜 무릎 꿇은 석상에 기대어 앉아 입을 열었다.

"안락이 죽고 나서 내가 시신의 배를 갈라 살펴봤어. 맹렬한 검기로 오장육부가 진동하면서 죄 찢겨 나갔던데. 그래서 외상은 없지만 기침과 각혈이 멎지 않았던 거지. 이런 방법, 보통 검객들은 절대 못 써. 처음에는 영안의 반역자들이 무슨 신통한 도사라도 불러다 안락이 병사한 것으로 꾸민 줄 알았는데, 지금 생각해 보면 이런 일을 할 수 있는 사람이 또 하나 있어. 이 사람은 말이지, 당연히 나의 공정하고 정의로운 사촌 형님 되시겠어. 누가 뭐래도 우리들의 화관무신 태자 전하께선 성스러운 절세의 천산설련[#2]이니까……."

화성이 발로 그를 밟자 척용은 고통에 꽥 비명을 질렀다. 머리가 터질 것 같았던 낭천추는 머리를 감싸 쥐고 핏발이 들어찬 눈으로 소리쳤다.

"닥쳐! 그래서 무슨 진실을 깨달았지? 대체 누가 살인자고 류금연은 어찌 된 거야? 안락왕은 또 무슨 일이 있었고? 대체 뭐가 어떻게 된 거야?"

척용이 말했다.

"낭천추, 넌 아직도 이해가 안 가냐? 하다못해 나도 대충 감잡았는데. 넌 네 스승이 어떤 인간인지 전혀 모르는 모양이구나. 자자자, 내가 우리 훌륭하신 사촌 형님을 낱낱이 파헤쳐 주도록 하지. 이 선락국의 전(前) 태자 전하께선 영안국에서 국사를 하며 네게 오 년간 검술을 가르쳤고……."

그가 몇 마디를 늘어놓자 사련이 검을 빠르게 떨쳤다. 하지만

**#2 천산설련** 天山雪蓮. 천산의 고지대에서 자란다는 진귀한 약초

앞으로 나서기도 전에 낭천추의 중검이 그를 가로막았다.

"끝까지 말하게 둬!"

사련이 일갈했다.

"저자가 미치광이인 줄 알면서 저 허튼소리를 듣겠다고?"

방심이 허공을 갈랐다. 한없이 가냘픈 검신에서 퍼진 진동이었으나, 낭천추는 그 울림을 견디지 못하고 거대한 중검을 놓칠 뻔했다. 그런데 이때 굽어진 은빛 날이 교묘하게 틈을 파고들더니 방심검의 검날을 낚아채 옆으로 튕겨 냈다. 사련은 한순간 움칫했다.

"삼랑!"

사련은 분명 자신이 떠들어 대는 것을 원치 않는다. 낭천추가 그 이야기를 듣지 않기를 바란다. 이 사실을 알아챈 척용은 기회를 놓치지 않고 꾸역꾸역 말을 쏟아 냈다.

"안락왕은 우리 선락의 훌륭한 남아였다. 내 말을 아주 잘 듣는 녀석이었지. 녀석은 친구인 척 네게 접근한 다음, 너희 영안 역적 일가족의 천한 목숨을 류금전에서 소탕했다. 그러다 네 스승을 마주치는 바람에 도망쳤고. 한편 류금전에 도착한 너는 곧장 전국에 방심 국사 수배령을 내렸다. 여기까지가 서론이다. 전부 틀림없는 사실이지……."

사련이 척용의 입을 막으려 나설 때마다 화성이 앞을 가로막았다. 사련이 소리쳤다.

"삼랑!"

화성은 입을 다물고 사련이 지나가지 못하게 막을 뿐이었다. 사련이 다급하게 덤빌수록 척용의 입도 빨라졌다.

"그런데 우리 성인군자 표형께선, 안락이 사람을 죽이는 걸 목격하고 분명 이렇게 생각했을 거야. '어떻게 이런 짓을? 이건 옳지 않아.' 그래서 따끔하게 훈계해 주려고 안락왕을 찾아갔어. 그런데 찾아가자마자 깨달은 거야. 어이쿠, 야단났네! 안락의 계획이 얼마나 대단한지, 고작 반역자 몇 놈을 암살하는 게 다가 아니었거든. 훈계로 해결될 일이 아니었지. 그렇게 표형은 결심을 굳히고, 자기 황실의 마지막 남은 핏줄을 제 손으로 죽였어! 결국 너는 네 스승을 추포해 관 속에 못 박아 죽였고, 우리 표형의 파란만장한 국사 인생도 마침표를 찍게 됐다. 형님, 나 제대로 말한 거 맞지?"

그는 무릎 꿇은 석상의 발치에 피 섞인 침을 탁 뱉었다.

"알다가도 모를 놈이야! 왜 그런 짓을 못 해서 안달인지. 하늘에 계신 조상님들, 여러분이 어떤 훌륭한 자손을 낳았는지 좀 보십쇼. 선락 사씨의 모든 걸 앗아 가고 세상에 남길 핏줄도 끊어 놨다고요! 사련! 이 불길한 놈, 역신! 네 탄생 자체가 선락국의 가장 큰 불행이다. 넌 왜 죽지를 않아? 왜 그 뻔뻔한 낯짝으로 이 세상에 살아 있는 거냐?"

"하지만 나는 국사가 칼로 부황을 살해하는 걸 내 눈으로 직접 봤다. 이건 어찌 설명할 거지?"

척용이 대답했다.

"우리 어르신이 눈에 뵈는 게 없고 멍청해서 잘못 본 게 아니라면, 내놓을 만한 설명은 한 가지뿐이겠네. 안락이 네 아비를 찌른 건 맞지만, 죽지는 않았다."

"그럼…… 국사가 다시 찌른 건가?"

척용은 버럭 괴성을 질렀다.

"뭔 소리를 하는 거야! 우리 표형이 얼마나 선량한 사람인데 바로 칼을 꽂았겠냐? 다가가긴 했는데 바로 다시 찌르자니 조금 미안해져서 예의상 살려 보려고 했겠지. 하지만, 헤헤, 아마 네 아비가 죽음을 자초했을 거다."

낭천추가 물었다.

"죽음을 자초했다니?"

척용이 거듭 말했다.

"막 살해될 뻔한 사람이 목숨을 건진 다음에 당장 해야 할 일이 뭐겠냐? 너, 류금전에서 그 많은 시체들을 보고 가장 먼저 생각났던 일이 뭐였어?"

낭천추는 아직도 갈피가 잡히지 않았다.

"……살인범을 추포하는 것."

"그럼 이제 답 나왔잖아? 우리 훌륭하신 표형이 네 아비를 구해 준 뒤, 겨우 정신을 차린 네 아비가 이렇게 말했을 거야. '국사, 서두르게. 안락왕의 짓이네. 어서 가서 안락왕을 죽이게!' 아니지, 아니지, 여기서 끝이 아냐. 분명 더 심한 말을 했을걸. 예를 들면, '국사! 천추를 불러오게! 사람들을 다 불러와! 온 나라의 선락인들을 모조리 죽여 버리게! 내 그놈들을 순장할 것이야!'"

척용은 격노와 절망이 섞인 말투를 소름 끼치게 연기했다. 낭천추의 안색이 희게 질려 갔다. 척용이 다시 말을 덧붙였다.

"네 아비는 그때 당장 선락인을 죽이진 않았어. 하지만 네 어미, 그리고 네놈 가문의 친족들이 자기 눈앞에서 안락왕에게 몰살당했는걸. 조만간 영안국에 거주하는 다른 선락인들을 참수하려 할 게 뻔하지. 네 훌륭한 스승님은 심각성을 깨닫고 이리저리 고민해 보다가, 안 돼, 이 늙다리를 살려 두면 안 되겠어, 그렇게 생각하고 푹 찔러서 가슴에 바람구멍을 내 줬어. 표형은 바로 그런 인간이야. 부조리는 눈 뜨고 못 보는 성인군자처럼 굴면서 매번 너 죽고 나 죽는 해로운 짓만 벌이는 인간. 양국의 비위를 맞추려다 결국 둘 다 망했잖아. 히히힛, 하하하하하……."

사련이 고함쳤다.

"척용, 그 입 다물어!"

낭천추가 고개를 홱 돌리며 말했다.

"왜 입을 다물라고 하지? 그러니까, 이자의 말이 전부 사실이다? 류금전에서 너와 안락이 무기를 들고 한 명은 나의 모든 친족을, 한 명은 나의 부황을 찔렀다는 게, 두 사람 모두 날 속였다는 게 사실이다?"

"그 말은……."

척용이 끼어들어 반박했다.

"당연히 널 속인 거지! 이리 멍청한데 널 안 속이면 누굴 속여? 중간에 웬 놈이 훼방을 놓지만 않았어도 우리 선락인은 네가 열두 살 때 죽였을 거다. 아니면 이렇게 다 커서 선경에 오를 때까지 가만히 놔뒀겠냐?"

"열두 살?"

그가 열두 살 되던 해에 일어난 큰 사건은 바로 도적에게 납치당하던 자신을 사련이 구해 준 일이었다. 낭천추가 말했다.

"그때 거리에서 날 납치한 도적들이 선락인 무리였다고?"

척용이 대답했다.

"말이 되는 소리를 해라! 어떤 평범한 도적이 황실 무사 수백 명 앞에서 태자를 납치해. 당연히 내가 안락을 도와준 거 아니겠냐?"

낭천추는 고개를 끄덕이며 말했다.

"도와줬다? 좋아, 이제 알겠어. 그래, 그러니까, 친구는 가짜였다. 너희 선락인들은 우리가 베푼 호의는 안중에도 없었고, 안락왕은 애초부터 우리의 목숨을 노리고 접근했다는 소리네."

그는 다시 사련을 향해 말했다.

"그러니까, 당신이 말했던 것도 거짓이야."

척용은 짐짓 궁금한 척하며 물었다.

"자자자, 우리 성인군자 표형이 너한테 뭐라고 말했는지 어서 들려주실까?"

낭천추는 그를 깨끗하게 무시하고 사련을 향해 말을 이었다.

"당신은 영안과 선락이 한 뿌리라고 했어. 황실끼리 마찰이 있을지언정 백성과는 관계가 없다고. 양국 백성은 본디 한 집안이니 우리 세대의 손에서 달라질 수 있다고. 백성들을 아끼는 일에는 출신도 성씨도 상관없다고. 양국은 원한을 씻고 다시 어울려 살아갈 수 있다고. 이것도 다 가짜였어. 전부 허튼소리, 개소리, 거짓말이었어!"

이건 사련이 가장 듣고 싶지 않은 말이었다. 그는 재빨리 대답했다.

"그렇지 않아! 가짜가 아니야. 잘 생각해 봐. 정말로 너의 손에서 달라졌잖아?"

낭천추는 입을 다물었다. 급격히 오르내리던 가슴도 일순 잠잠해졌다. 사련이 말했다.

"넌 분명 잘 해냈잖아? 그 뒤로 선락 유민들과 영안인들은 문제없이 어우러졌잖아? 후세의 분쟁도 갈수록 적어지고 있는데 이게 어떻게 가짜일 수 있겠어?"

오랜 침묵 끝에, 낭천추가 눈물을 보이며 말문을 뗐다.

"하지만…… 하지만, 나의 부황과 모후는? 영안과 선락의 융합은 그분들의 가장 큰 숙원이었다. 그래서 선락 황실의 마지막 후손을 안락왕으로 봉했는데. 그 숙원은 이루어졌지만, 두 분의 말로는 결국 뭐였지?"

척용이 퉤, 볼멘소리를 내며 끼어들었다.

"무슨 일만 생기면 질질 짜는 정신머리라니, 정말 우리 성인군자 표형의 옛 모습과 똑같구만! 왜 자꾸 내 앞에서 네 어미 아비를 찾아? 나도 네놈들 조상님 앞에서 내 엄마 아빠 찾은 적 없구만. 양쪽이 융합되는 게 소원이라 안락이라는 작위에 봉했다고? 말은 잘해요. 안락, 안락. '안'이 먼저고 '락'이 뒤에 딸렸지. 너희 영안 개자식들이 선락인의 머리를 한평생 밟고 싶다는 뜻인 거 내가 모를 줄 알았냐?"

격분한 사련이 일갈했다.

"척용, 적당히 해!"

낭천추는 눈물을 떨어뜨리면서 척용을 무섭게 노려보았다.

"네가 배후에서 내 친족을 죽이라고 사주했느냐? 류금연 사건에도 가담한 것이냐?"

척용이 히죽거리며 대답했다.

"맞아. 나도 가담했고, 안락도 가담했고, 네 스승도 가담했다. 우리 선락인 셋이서 한몫씩 했지. 하하하하하하……."

웃음을 반쯤 터트렸을 무렵, 낭천추가 돌연히 중검을 내리쳤다. 척용의 온몸이 캑, 외마디 소리와 함께 두 동강으로 갈라졌다.

피비린내가 진동하는 장면이었다. 반으로 잘려 나간 척용의 몸뚱이가 땅을 뒹굴었다. 그의 상반신이 입을 열었다.

"안 아파, 안 아파, 하나도 안 아파! 태자 표형의 주먹에 비하면 넌 새 발의 피거든! 하하하하하하!"

낭천추는 말없이 그의 머리를 움켜쥐고 들어 올렸다. 척용은 여전히 빈정대고 있었지만, 사련은 낭천추의 표정이 심상치 않음을 알아차렸다.

"척용! 목숨 아까운 줄 알면 그만 지껄여!"

사련은 언제나 온화하고 예의 바르게 사람을 대하지만, 척용이라는 자는 상식적인 도리가 전혀 통하지 않는다는 점을 잘 알았다. 그래서 그를 상대할 때마다 전혀 정중해지고 싶지 않았고, 저도 모르게 거칠어지곤 했다. 낭천추는 척용의 상반신을 끌고 물이 부글부글 끓어오르는 커다란 솥 앞에 다다랐다.

"평소에 이 솥으로 산 사람을 먹었나?"

척용은 끌려가는 내내 땅 위에 굵직한 핏자국을 남겼다.

"맞아. 그러면 어쩌려고?"

그가 대답을 마치자, 낭천추는 손을 툭 놓았다.

"아아아아하하하하—."

비명을 지르는 것인지 목청 높여 웃는 것인지, 척용은 커다란 솥 안에 던져지자마자 살이 벌겋게 찢기고 터졌다. 이런 장면이 펼쳐질 줄은 꿈에도 생각지 못했다. 사련의 동공이 급격히 죄어들었다. 경황없는 목소리가 터져 나왔다.

"천추!"

낭천추가 냉혹한 목소리로 입을 열었다.

"왜? 청귀척용이 산 사람을 얼마나 많이 잡아먹었는데, 그에게도 삶기는 기분이란 게 뭔지 가르쳐 주면 안 되나? 이자는 나의 가문을 멸족한 원수인데, 이자에게 고통을 맛보게 해 주면 안 되나?"

당연히 그래도 된다. 그래서 사련은 아무 말도 할 수 없었다.

애초에 말을 보탤 입장도 아니었다. 그러나 낭천추는 일국의 태자로서나 상천정의 동방 무신으로서나 이런 일을 저지른 적이 없었다. 죽이면 죽였지, 이런 잔인한 수단을 사용하는 걸 언제나 경시해 온 사람이었다. 하지만 지금 저 모습은 사련이 알고 있는 낭천추와 너무나도 달랐다.

끓는 물에 던져진 척용을 다시 건져 올렸을 때 그는 이미 사람의 형상이 아니었다. 온몸의 피부가 녹은 것처럼 푹 삶겨 한데 덩어리졌고, 몇몇 부위에서는 섬뜩한 백골이 드러나 있어 끔찍하기 그지없었다. 그러나 척용은 무척 즐거운 듯 변함없이 킬킬대면서 시원하게 웃음을 터트렸다.

"표형! 축하해! 이 훌륭한 제자 말이야, 이제 다 커서 하직해도 되겠어! 고문도 할 줄 알고, 사람 괴롭힐 줄도 알고!"

낭천추가 거듭 손을 놓고 척용을 끓는 물속으로 집어넣었다. 이번에는 뼈대마저 국물에 녹은 것처럼 다시는 떠오르지 않았다. 푸르른 천 조각 몇 개만 물 위로 떠다녔다. 사련은 오랫동안 그의 모습이 보이지 않자 결국 소리 내어 외쳤다.

"척용!"

과거 그의 이 사촌 아우는 말끝마다 '태자 표형'을 달고 살면서 사사건건 그를 떠받들고 열광적으로 숭배했었다. 그러나 선락국이 멸망한 뒤로 척용은 순 미치광이가 되고 말았다. 그는 사련의 사당을 불태우고 궁전을 때려 부수는 데 앞장서면서 사방팔방 무릎 꿇은 석상과 태자 문지방을 세웠다. 사련을 고통스럽게 하기 위해서라면 어떤 대가라도 치를 수 있었고, 어떤 일이든 할 수 있었다. 사련은 여태껏 척용의 이런 행동을 최대한 참고 넘겨 왔다. 타인이 얽히는 날에는 애써 그를 저지했다. 인내심이 바닥난 마지막까지도, 이제 더 이상 마주치는 일이 없기만을 바랄 뿐이었다. 그 뒤로 여러 해가 지나도록 만나지 못했기에 사련은 척용이 이미 세상을 떠났다고 생각했다. 그러나 오랜 세월이 흐른 이 세상에서 옛 지인을 다시 만나게 될 줄 누가 알았을까. 자신과 닮은 얼굴을 마주하고 느낀 감정에 그리움이 조금이라도 있었는지는, 사련도 알 길이 없었다. 어찌 되었든 오늘날 세상에 남아 있는 선락 황족은 그들 두 사람뿐이 아니던가. 하지만 만난 지 얼마 되지 않아 그가 자신의 눈앞에서 돌연히 죽어 버렸다. 심지어 곤장을 치는 것조차 질색하던 낭천추의 손에 이토록 잔혹한 방식으로 죽었다. 눈 깜짝할 새에 너무 큰 사태를 겪어서였을까. 사련은 한순간 사고가 멈춘 것 같은 느낌에 마음이 착잡해졌다. 낭천추는 말없이 고개를 숙인 채 그 솥 옆에 서 있었다. 이때 화성이 입을 열었다.

"죽지 않았다."

낭천추는 고개를 들어 그를 바라보았다. 화성이 말을 이었다.

"이것으로 원수를 갚았다고 생각하는 건 아니겠지? 너는 고작 놈의 분신 중 하나를 죽였을 뿐이다. 척용을 철저하게 죽이려면 놈의 유골을 찾아내야 해."

낭천추가 차갑게 대답했다.

"충고 고맙군. 나는 반드시 그를 내 손으로 붙잡아 그 유골로 부황과 모후를 추모할 것이다. 그 뒤에 다시 당신을 찾아와서 매듭을 짓겠어. 국사, 다시 도망칠 생각은 하지 마라!"

말을 마친 그는 검을 휘둘러 거대한 솥을 베고는 몸을 돌려 떠났다. 펄펄 용솟음치던 물과 함께 솥 안에 있던 뼛조각과 잔해들이 바닥으로 쏟아졌다. 사련은 그를 뒤쫓고 싶었지만, 지금에선 아무 소용도 없다는 것을 잘 알고 있었다.

사련은 걸음을 멈추고 제자리에 서서 말을 잇지 못했다. 화성이 그의 곁으로 다가왔다.

"이제 막 진상을 알게 되었으니 혼자 진정할 수 있게 두는 편이 나아."

사련이 멍하니 물었다.

"왜 굳이 알렸어? 진상이 어땠는지가 그렇게 중요해?"

"중요해. 낭천추는 형이 한 일이 뭔지, 하지 않은 일은 뭔지, 왜 그렇게 했는지를 알 필요가 있어."

사련은 불현듯 돌아서서 싸늘한 목소리로 말했다.

"그렇게 명확히 알면 뭐가 달라지는데? 사실 내가 몇 사람 덜 죽였으니 내 고충도 이해해 달라, 그런 거야?"

화성은 말이 없었다. 문득 사련의 가슴속에 분노가 치밀어 올랐다. 분노의 대상이 누구인지도 모를 노릇이었다.

"난 그런 젠장맞을 고충 따위 없었거든? 양국을 융합하려고 진심으로 노력한 그 아이의 부황, 내가 죽인 거 아니야? 내 가문의 마지막 핏줄이었던 안락왕도 내가 죽이지 않았어? 난 무슨 일을 당해도 싼 놈인데, 나 한 사람이 전부 뒤집어쓰는 게 이상해? 내가 뭐가 두렵겠어? 모두가 나한테 덤벼 와도 난 죽지 않는데! 애초에 나 혼자서 저질렀던 짓이야. 내가 문제였다고. 그런데 이제 안락왕도 얽혔고, 척용도 얽혔고, 온 선락인이 얽혀 버렸어. 한 사람을 원망하는 게 한 무리를 원망하는 것보다 낫지 않아? 이전에 내가 가르쳤던 것들이 사실 전부 허무맹랑한 거짓부렁에 빌어먹을 개소리였단 걸, 그렇게 그 애한테 알려 주고 싶었어?"

화성은 달리 반박하지 않고 조용히 그를 바라볼 뿐이었다. 두 사람은 짧게 눈을 마주쳤다. 사련은 불현듯 자신의 얼굴을 감싸며 말했다.

"미안해. 삼랑, 미안해. 내가 미쳤나 봐. 미안해."

화성이 대답했다.

"괜찮아. 내 잘못이야."

"아니야. 넌 잘못한 거 없어. 내 문제야."

사련은 바닥에 털썩 앉아 머리를 감싸 안고 중얼거렸다.

"엉망진창이야. 내가 다 망쳤어."

이윽고 화성도 그의 곁에 앉았다.

"형의 잘못이 아니야."

사련은 두 손으로 머리를 감싸 쥐고 말이 없었다. 화성이 말을 이었다.

"영안의 국주를 죽여서 선락의 유민을 지켰어. 안락왕을 죽여서 두 민족이 더는 갈등하지 않도록 막았어. 마지막에는 살인범 신분으로 낭천추의 손에 죽었어. 세 사람의 목숨과 몇 세대의 평안을 맞바꾸는 것이야말로 가장 수지맞는 장사지. 나라도 그렇게 했을 거야. 내 말 들어 봐."

그의 말투는 의심할 여지 없이 확고했다.

"형은 틀리지 않았어. 누구도 형보다 잘 해내지 못했을 거야."

긴 침묵 끝에 사련이 입을 열었다.

"난 그냥, 옳지 않다고 생각했어."

그가 천천히 고개를 들었다.

"누군가 선의를 베풀었는데 좋은 결과를 얻지 못하는 거, 그런 건 옳지 못하다고 생각했어. 설령 거짓이라도 천추에게 알려주고 싶었어. 네가 선락에게 잘하면 선락도 네게 잘할 거라고. 옳은 일을 할 땐 거침없이 밀어붙이라고. 내가 예전에 했던 말, 그 아이가 믿어 온 신념, 그게 전부 가짜에 거짓말이라고 말하려던 게 아니었어. 죄다 빌어먹을 개소리라고 말하려던 게 아니라! 난 그저……."

사련은 오른손을 들고 가만히 바라보았다.

"……내가 질리도록 겪었던 일들을, 다른 사람이 다시 겪지 않았으면 했어."

화성은 가만히 듣고만 있었다. 사련은 문득 방금 자신이 또 거친 말을 뱉었다는 걸 깨닫고 사과했다.

"미안해. 하지만 이 세상사도 참 우습다니까. 영안국 초기에는 시대를 거스르면 비명횡사를 당했어. 그러다 낭천추의 부모님 세대에 이르러서는 좋은 일을, 큰일을 하고자 했지. 그런데도 이런 결말을 맞이했으니."

영안의 국주는 그를 국사로 존중하며 오 년 동안 빠짐없이 융숭하게 대우했다. 생의 마지막 순간에도 채 가시지 않은 믿음을 품고 떠났다. 사련은 망연한 시선으로 앞을 바라보며 작은 목소리로 말했다.

"내 검이 그를 찔렀을 때…… 그 표정, 난 정말 잊을 수가 없어."

화성이 담담하게 말했다.

"잊어버려. 그건 척용과 안락왕의 잘못이었어."

고개를 가로저은 사련은 무릎 사이에 머리를 파묻고 고단한 목소리로 중얼거렸다.

"……다 잘되어 가고 있었는데."

제위에 오른 낭천추의 부황은 선락 유민을 탄압하던 선대의 기풍을 바로잡았다. 선락인과 영안인은 모처럼 평화롭게 몇십 년을 공존하게 되었고, 눈앞에 변화와 융합의 바람이 불어왔다. 분쟁을 잠재울 희망이 내다보였다. 그러나 안락왕은 하필 그때를 골라 류금연을 피로 물들였다.

도주하던 그날 밤, 사련은 다시는 문제를 일으키지 말라고 경고할 생각으로 안락왕을 찾아갔다. 그러나 이 선락국의 유일한 후손은 그의 정체를 알게 되자 흥분한 기색으로 덥석 매달려 왔다. 영안국에 대한 복수와 선락국 재건이라는 대업에 참여하라는 요구도 덧붙였다. 소름이 끼칠 정도로 광적인 눈빛과 격앙된 목소리였다. 그는 류금연에서 거사를 치르고 낭천추를 죽여 영안국을 뒤집어 놓겠다고 맹세했다. 서로 마음을 열기 시작한 두 백성들이 갈라선다 해도, 모든 선락 유민을 희생한다 해도, 영안 황실과 영안인을 지옥에 떨어뜨릴 수만 있다면 조금도 아깝지 않았다.

그러나 죽인 건 죽인 것이다. 아무리 번지르르한 이유를 대고 '어쩔 수 없었다'며 떠들어 대도 소용없다. 진심으로 반대파를 포용하고자 했던 훌륭한 군주, 그리고 세상에 남은 선락국의 마지막 혈통을 제 손으로 죽였다는 사실은 달라지지 않는다.

그러니, 마땅한 대가를 치러야 했다.

## 24장 귀왕과 천관, 식인의 소굴에서 맞서다

사련은 먼발치에 힘없이 꿇어앉은 그 석상을 돌아보며 말했다.

"그래도 척용이 맞는 말 하나는 했네. 난 정말 실패했어."

화성이 담담한 목소리로 말했다.

"척용 같은 폐물의 말을 왜 믿어. 죽지 않고 내빼는 것 말고는 내세울 것도 없는데. 팔백 년 넘게 허송세월하면서 '절' 한번 되지 못한 놈이야. 때리면 손만 더러워져."

사련은 입가를 끌어 올리며 속으로 생각했다. 죽지 않고 내빼는 건 자신도 마찬가지 아닌가? 자신도 팔백 년 넘게 허송세월하다 지금 이 모양 이 꼴로 살고 있지 않은가?

동방의 무신으로 등선한 낭천추를 처음 만났을 때가 떠올랐다. 그는 상천정 천관이 되었음에도 예전 모습 그대로 지루한 집의에서 졸고 있었다. 사련은 그 모습을 보고 내심 기뻤다. 그런 낭천추가, 이 순간을 기점으로 어떤 변화를 맞이하게 될까? 당장은 척용을 추격하고 있지만, 일을 끝내고 돌아온다면 자신과 어떤 매듭을 짓게 될까?

자리에서 일어난 사련은 천천히 석상을 향해 걸어갔다. 석상의 정면으로 돌아가자, 예상대로 자신과 똑같은 얼굴이 보였다. 다만 표정은 흐느끼고 있었다. 이목구비가 비틀리도록 울어 눈물범벅이 된 모습이 퍽 흉측했다. 잠시 석상을 바라본 사련은 가볍게 한숨을 내쉬고 그 머리 위에 손을 얹어 힘을 흘려 보냈다.

손을 뗀 순간, 석상의 뺨 위에 조용히 두 줄로 금이 갔다. 흐느끼는 얼굴은 곧 산산이 부서졌다. 무너진 석상은 작은 돌이 되어 땅에 새까맣게 쏟아졌다. 이제 다시는 예전 모양으로 이어 붙일 수 없을 터였다.

다시 돌아선 사련은 예전의 온화하고 평온한 얼굴로 돌아와 있었다. 그는 미간을 문지르면서 말했다.

"척용은 이 소굴에 산 사람을 제법 숨겨 놨을 거야. 찾아서 전부 풀어 줘야겠어."

화성도 자리에서 일어나며 대답했다.

"가자."

방금 벌어진 소동으로 척용의 꼬마 귀신들은 여기저기로 달아난 뒤였다. 도망치지 않은 귀신들은 어두운 곳에 숨어서 나올 엄두를 내지 못했다. 두 사람은 사방을 수색하는 김에 운 나쁜 꼬마 귀신 몇몇을 붙잡아 앞장세우고 '신선한 식재료'를 저장하는 동굴을 제법 찾아냈다. 대강 세어 보니 척용이 먹으려고 잡아들인 산 사람은 무려 3백 명에 육박했다. 대부분 근처 마을 사람이거나 길을 지나던 나그네였다.

두 사람은 계속해서 걸어가며 감옥의 문을 열고 갇힌 사람들을 풀어 주었다. 당장 할 일을 해결해 나가자 사련의 마음도 조금 가라앉았다. 이제 화성과 잡담을 나눌 여유도 생겼다. 그는 잠시 고민한 끝에 말을 꺼냈다.

"참, 삼랑. 네게 아직 묻고 싶은 일이 있는데."

"무슨 일?"

"류금연 사건을 배후에서 사주한 사람이 척용이라는 건 어떻게 알았어?"

처음에는 화성이 무슨 이유로 그와 낭천추를 청귀의 소굴에 데려왔는지 몰랐지만, 이제는 안다. 화성의 목적은 바로 척용이 스스로 털어놓는 류금연 사건의 내막을 낭천추에게 직접 듣게 하는 것이었다.

"내가 방심이었다는 사실을 척용은 모르고 있었어. 알고 있었다면 진작에 치근덕거렸겠지. 난 그때 선락의 옛 황족들이 비밀리에 이것저것 모의하는 건 눈치챘는데, 배후에서 지휘한 인물이 척용인 줄은 몰랐어. 넌 어떻게 알았어? 얼마나 오래전부터 알고 있었던 거야?"

"오래되진 않았어."

화성은 뒷짐을 지고 그와 나란히 걸으며 말했다.

"난 척용과 몇 차례 접촉하면서 놈의 내력을 파악했어. 척용은 생전에 선락인이었고, 영안을 극도로 적대시했지. 이간질로 잔꾀를 부리거나 선동질하는 게 몸에 배어 있더군. 영안국의 황족과 귀족을 노렸던 대규모 암살 사건은 전부 놈이 배후에서 지휘한 것이었고. 그걸 지금까지 감쪽같이 숨겨 왔어."

사련이 고개를 내저으며 말했다.

"이미 전과가 있었구나. 용케 잘도 숨겼네. 이런 인간사에 끼어들었다는 걸 상천정이 알았으면 진작에 가만두지 않았을걸."

"류금연 학살은 놈의 평소 일 처리 방식에 잘 들어맞아. 그래서 배후 주모자는 척용이고, 방심 국사는 놈의 사람일 거라 생각했지. 그런데 낭천추가 상천정에서 형을 방심 국사로 지목하면서 방심과 척용이 한패일 가능성은 사라졌어."

사련의 발걸음이 조금 느려졌다. 화성은 분명 천계에 없는데도 신무전에서 무슨 일이 일어났는지 손바닥 보듯 훤히 알고 있는 것 같았다. 심지어 사련과 척용의 관계와 원한에 관해서도 낱낱이 알고 있었다.

화성은 말을 이어 갔다.

"그래도 난 사건의 주모자는 척용이고, 적어도 놈이 먼저 손을 댔으리라는 판단에 무게를 뒀어. 평범한 선락 유민들은 낭천추의 부황이 즉위한 뒤부터 처지가 크게 개선됐잖아. 원수를 갚느니, 나라를 재건하느니, 이제 예전처럼 하루 종일 그런 생각에 빠져 살지는 않겠지. 그렇다면 여기에 집착할 가능성이 있는 건 선락 황실뿐이야. 당시 선락 황실의 후손은 안락왕 한 사람만 남아 있었어. 척용이 반란을 부추길 만한 사람이 있다면, 그건 필시 안락왕이겠고. 마침 안락왕은 류금연이 끝나고 얼마 못가 뜬금없이 병사했어. 과거에 병을 앓은 적도 없는 사람이 그리 죽었으니 수상하지 않을 수가 있어야지."

사련은 고개를 끄덕였다. 화성이 계속해서 말했다.

"그러니 살해됐을 가능성이 커. 살해된 이유는 류금연과 관계가 있을 테고. 처음에는 영안국 황족의 소행으로 추측했어. 하지만 그들은 사건이 끝나고도 선락 유민에게 누명을 씌워 죽이지 않았으니, 이치상 들어맞지 않았지. 그렇게 계속 추측하다보니 지금의 결론에 도달하게 됐어."

사련은 살짝 웃으며 감탄했다.

"단서가 그렇게 적었는데도 열에 여덟아홉을 짐작해 냈네."

"어렵지 않았어. 연관된 자들의 내력을 사전에 충분히 알아봤을 뿐이야."

"네가 정말 자세하게 알고 있긴 해. 하지만 너의 추론에는 아주 중요한 전제가 하나 있는데, 난 그게 이해가 잘 안 가."

화성이 물었다.

"뭔데?"

"왜 류금연에 먼저 손을 댄 자가 척용일 거라고 확신했어?"

"놈이라고 확신한 건 아냐. 형이 한 게 아니라고 확신했을 뿐이지."

사련은 이 말을 듣고 웃음기를 거두었다.

잠시 침묵한 그가 다시 물었다.

"어째서?"

화성이 대답했다.

"만약 형이 류금연 학살을 자행했다고 시인하면서 다른 이유를 들었다면, 정말 형이 한 짓일 수도 있겠다고 믿었을지도 몰라. 하지만 영안 국주는 성실한 통치로 민심을 크게 얻은 자인데, 낭천추 말로는 형이 당시 이런 이유를 들었다고 했지. '너희들이 그 자리에 앉아 있는 꼴을 두고 볼 수 없었다.'"

그가 말을 덧붙였다.

"왕위를 찬탈하는 자들이 흔히들 하는 선언이지. 하지만 형이 이 말을 했다면, 그건 구차한 자폭 작전일 뿐이야."

사련은 '자폭'이라는 두 글자를 듣고 소리 없이 웃었다.

"자폭? 생각해 봐, 내게 정말 그런 마음이 있었을지도 모르잖아? 실은 나도 마음 깊숙한 곳에 원한 몇 개 정도 숨겨 놓았다든지?"

"마음이 있으면 뭐 어때? 형은 그렇게 하지 않았을 텐데."

"삼랑. 사실, 나는 네가 생각하는 그런 사람이 아니야. 넌—."

사련은 말을 이어 가도 될지 모르겠다는 듯 눈을 감고 고개를 저었다. 화성이 말했다.

"얘기해. 괜찮아."

한참을 머뭇거린 끝에 사련이 어렵사리 말문을 뗐다.

"내 생각은 그래. 사람은 이 세상에서 누군가에게 너무 큰 희망을 품지 않는 게 좋다고."

화성은 오, 하고 짧게 대답하더니 다시 물었다.

"형이 말하는 '너무 큰 희망을 품는다'는 게 뭔데?"

"누군가를 지나치게 미화해서 상상하지 않는 것. 한평생 서로 사귈 일 없이 멀리서 허상만 바라보는 거라면 그나마 괜찮아. 하지만 인연을 맺고 차츰 서로를 알아가다 보면, 결국 이 사람이 자신의 상상과는 다르고 심지어 완전히 반대라는 사실을 깨닫는 날이 올 거야. 그때가 되면 실망감이 무척 크겠지."

그러나 화성이 말했다.

"꼭 그렇지는 않아. 난 남들이 실망하든 말든 관심 없어. 하지만 어떤 사람에게는, 누군가 이 세상에 존재한다는 그 자체가 희망이야."

그는 '어떤 사람'이 누구인지, '누군가'는 또 누구인지 분명하게 밝히지 않았다. 말투도 그저 나오는 대로 뱉은 것처럼 무미건조했다. 그러나 사련은 문득 마음이 붕 떠올랐다.

그는 자리에 멈춰 선 채로 한동안 말을 잇지 못했다. 이윽고 사련은 불쑥 물었다.

"삼랑. 넌 대체 누구야?"

화성도 걸음을 멈추고 그를 돌아보았다.

사련은 화성과 시선을 맞추며 진지하게 말했다.

"너는 척용이 누구인지 알았고, 그의 내막도 간파하고 있었어. 너는 내가 누구인지도 알았고, 태자열신도를 그릴 줄도 알았어. 넌 나를 손바닥 보듯 훤히 알고 있어. 넌 많은 것들을 알고 있어. 어쩌면 내 생각보다 더 많을지도 몰라."

화성이 눈썹을 치켜올리며 말했다.

"난 항상 아는 게 많지 않았나?"

사련은 고개를 가로저었다.

"달라."

그는 왼손으로 오른쪽 팔꿈치를 괴고, 오른손으로 턱을 만지작거리며 조금 넋을 잃은 듯 말을 이어 갔다.

"난 자꾸 네가 예전에 알던 사이 같다는 느낌이 들어. 아주 먼 옛날부터 나를 알고 있었던 것처럼. 어쩌면 내가 처음 선경에 올랐던 때, 아니 아마 그때보다도 더 먼저. 하지만…… 언제 너 같은 인물을 만났었는지는 전혀 기억나지 않아."

화성 같은 인물이면 한 번 만난 이상 다시는 잊지 못했을 터다. 사련은 머리가 깨져 기억을 잃은 적도 없으니, 그를 만났다면 기억하지 못할 이유가 없었다.

사련은 그를 응시하며 혼란스러운 기색으로 물었다.

"넌 대체 누구야? 내가 널 만난 적이 있어?"

화성은 아무런 대답 없이 살짝 웃고만 있었다. 사련은 곧 이 질문이 얼마나 부적절했는지를 뼈저리게 깨달았다.

보통 귀신의 진짜 이름은 전부 비밀이다. 척용처럼 일반적인 상식으로 짐작할 수 없는 미치광이가 아니고서야, 이름을 함부로 다른 사람에게 알려 주겠는가?

사련은 다급히 말했다.

"미안해. 생각 없이 물어본 거니까 신경 쓰지 마. 꼭 대답하지 않아도 돼. 네가 누구인들 난 상관없어."

바로 이때, 화성이 눈을 가늘게 좁혔다. 사련은 기척을 느끼고 뒤를 돌아보았다. 두 사람의 뒤편, 멀지 않은 동굴 안에서 한바탕 떠들썩한 소리가 들려왔다. 그중 하나는 맑은 여인의 목소리였다.

"제가 말씀드렸죠. 여상으로 변신하면 법력만 강해지는 게 아니라 운수까지 좋아진다니까요! 아직도 인정 못 하시는데, 이거 봐요. 이번엔 맞게 던졌잖아요!"

사청현의 목소리였다. 사련은 엉겁결에 그를 불렀다.

"풍사 대인!"

아니나 다를까, 동굴 속에서 흰옷을 걸친 여관이 뛰어나왔다. 그녀는 사련을 보자 두 눈을 반짝 빛냈다.

"찾았다! 태자 전하가 여기 계세요!"

하지만 곧 사련의 뒤에 있는 화성을 발견한 그녀는 안색을 바꾸며 뒤로 훌쩍 도약하더니 풍사선을 옆으로 들어 올렸다. 사련이 입을 열기도 전에 동굴 속에서 또 한 남자의 목소리가 들려왔다.

"찾았습니까? 상태는요?"

발소리가 가까워지며 사람의 형체가 불쑥 나타났다. 풍신이었다. 왼손에 새카만 활을 들고 있던 그는 화성을 보자마자 은백색 활시위를 당겨 경계 태세를 갖추었다. 화성은 코웃음을 칠 뿐 별다른 말이 없었다. 사련이 서둘러 말했다.

"우리 좋게 말로 하자. 일단 무기부터 내려놔."

청귀의 동굴 속 좁다란 길 위에 네 사람이 두 사람씩 갈라서서 서로를 견제했다. 풍신은 활시위를 팽팽하게 당긴 뒤, 오른손에 영광을 응결해 화살을 만들고 화성을 겨냥했다. 그가 가라앉은 목소리로 입을 열었다.

"태자 전하, 전하께서 먼저 오십시오."

군오가 하사한 풍신의 이 활은 '풍신궁(風神弓)'이라 불리는 몹시 골치 아픈 법보였다. 사련은 그가 정말로 화살을 쏘면 어쩌나 싶어져 화성의 앞으로 몸을 날렸다. 그러나 사련에게 가로막힌 화성은 그를 다시 제자리로 끌어당겼다.

화성이 사련을 낚아채자 지켜보던 두 신관들은 간담이 서늘해졌다. 사청현이 곧바로 손을 쳐들고 말했다.

"화성! 혈우탐화! 너, 너, 너, 얌전히 있어라. 극락방을 태운 건 실수였다. 불만이 있으면 말해 봐. 우리 상천정이 배상할 터이니. 제군께서 그 정도도 배상 못 하실까 봐. 태자 전하를 풀어 주고 편하게 대화해 보자."

사련은 울지도 웃지도 못했지만 한편으로는 무척 고마운 마음이 들었다.

"풍사 대인, 오해가 있는 것 같아요. 사실……."

그는 화성이 극락방 때문에 자신을 문책하러 찾아온 게 아니라고 설명할 생각이었다. 하지만 사청현은 조용히 하라는 듯 은근슬쩍 눈짓을 보냈다. 화성 역시 반박하지 않고 사청현의 말을 받았다.

"군오가 내 수하에 밀정을 심어 놓은 일도 아직 청산하지 않았는데, 뭘 가지고 내 앞에서 조건을 내세우는 거지?"

사련은 깨달았다. 사청현은 화성에게 악의가 없음을 알고 있다. 다만 화성이 그에게 책임을 따지려고 선경에 침입한 것처럼 꾸며 대고 있었다. 이렇게 상천정에 전하면 사련이 악의를 품고 도주했다는 유언비어를 막을 수 있을 터다. 화성도 그의 의도를 이해하고 적당히 말을 맞춘 것이다. 하지만 사련은 이러고 싶지 않았다.

"됐어요, 연극 그만하세요. 삼랑은 저를 구하려고 선경에 올라온 거예요. 호의로 그리한 것을 굳이 숨길 필요는 없잖아요?"

사청현이 대답했다.

"연극은 끝이에요. 방금 화성의 말을 통령진에 전했거든요. 전하가 모르셔서 그래요. 호의도 돌고 돌다 보면 악의로 돌아오기 마련이니, 차라리 처음부터 악의인 편이 낫답니다."

화성이 눈썹을 추켜세웠다.

"현명하군."

사청현은 의기양양하게 대꾸했다.

"당연하지. 그렇지 않으면 이 풍사가 상천정에서 어떻게 먹고 살았으려고? 남양 장군, 활을 내려놓으시죠."

하지만 풍신은 여전히 활시위를 팽팽하게 당긴 채 조용히 숨을 죽이고 있었다. 사청현은 그를 손바닥으로 두드리며 말했다.

"내려놓으시래도요. 잘 아는 사람입니다. 저 사람, 나쁜 마음 없어요."

풍신이 낮은 목소리로 말했다.

"태자 전하, 전하 옆에 있는 놈은 절입니다……."

그는 적의를 누그러뜨리지 못하고 활과 화살을 내리지 않았다. 이를 지켜보던 사청현은 느닷없이 이얍, 하고 기합을 넣더니 그의 팔꿈치에 몸을 들이밀었다.

그 순간 풍신은 귀신을 본 것보다 만 배는 더 무섭다는 표정으로 고함을 내질렀다. 오른손에 희미하게 응결되어 있던 영력도 연기처럼 흩어졌다. 그는 창백한 얼굴로 욕을 줄줄이 쏟아 내더니 마지막에는 이성을 잃고 소리 질렀다.

"제기랄! 이게 무슨 짓입니까!"

방금 풍신이 화살을 잡은 손에 부딪쳐 온 것은, 가슴이었다. 아무래도 이 접촉이 풍신을 기절초풍하게 만든 모양이었다. 한편 사청현은 방금 자신의 행동이 얼마나 체통에 어긋나는 일인지 전혀 모르겠다는 듯 소탈한 풍채로 불진을 탁 휘둘렀다.

"장군이야말로 무슨 짓입니까. 혈우탐화는 태자 전하를 구할 생각이었다는데 아직도 화살로 겨누기나 하시고. 아무리 싸우고 싶으셔도 이 풍사는 합세하지 않을 겁니다."

풍신은 단번에 십만 팔천 리 밖으로 물러났다. 이제 두 번 다시는 그녀에게 가까이 가지 못할 것 같았다. 그는 목이 쉬도록 고함을 질렀다.

"다시는 이런 짓 하지 마십시오! 다시는 하지 마십시오! 제 말 알아들으셨습니까?"

풍신이 뱀이나 전갈을 피하듯 자신을 피하자, 본인의 곱고 수려한 외모에 자신이 넘쳤던 사청현은 왠지 모르게 울적해졌다.

"그래요, 알겠어요. 안 해요, 안 해. 장군도 손해 본 거 없잖아요? 이게 무슨 태도예요?"

체면이 구겨졌다고 생각했는지 사청현은 남자의 모습으로 돌아갔다. 그가 다시 고개를 돌리며 말했다.

"어라, 천추는요?"

이 말을 듣자 풍신이 어렵사리 정신을 차리고 사방을 둘러보았다. 사련이 아, 하며 운을 뗐다.

"통령진에 없던가요?"

사청현이 대답했다.

"없어요! 주사위를 던지고 맞는 길로 갔는데 이후로 소식이 없었거든요. 제가 정확한 점수가 뭐냐고 몇 번을 물어봤지만 대답해 주지도 않았고요. 예전에는 누가 말을 걸면 아주 빨리 대답했었는데. 중천정의 소신관이 말을 걸어도 무시한 적이 없었다고요. 정말 이상하네."

사련은 한숨을 내쉬며 말했다.

"태화 전하는 척용을 쫓고 있어요."

풍신과 사청현이 나란히 멍하게 되물었다.

"척용?"

사련이 대답했다.

"맞아요. 여기가 바로 척용의 소굴입니다. 후, 아무튼……."

이때 풍신이 불쑥 물었다.

"잠깐. 태화 전하는 어째서 척용을 쫓아갔습니까? 전하를 쫓아온 거 아니었습니까?"

옆에서 화성이 입을 열었다.

"별 이유 없어. 낭천추가 쫓는 건 류금연 학살을 자행한 살인범이었다. 하지만 태자 전하께서는 살인범의 뒤치다꺼리를 하셨을 뿐이거든. 진상을 알게 된 낭천추는 진짜 살인범을 쫓아갔다. 이게 다야."

풍신의 표정이 얼어붙었다.

"진짜 살인범? 그게 사실입니까?"

이 짧은 시간 안에 다시 한번 상황을 설명하는 것은 무리였다. 사련은 고개를 저으며 말했다.

"그렇게 단순한 일은 아니야. 돌아가서 다시 자세히 말해 줄게."

사청현은 속사정도 모르고 기뻐하며 말했다.

"역시 오해가 있었던 거군요! 이 풍사가 아주 귀신같이 정확하게 알아맞혔어요. 이제 선경에 돌아가셔도 궁에 갇힐 필요는 없겠습니다."

"잘됐군!"

뒤따라 한마디 외친 풍신은 크게 한시름을 놓은 듯 활을 거두었다. 방금 드러냈던 경계심도 제법 누그러졌다. 하지만 화성은 오히려 찬웃음을 지었다. 사련이 풍신에게 말했다.

"있잖아, 척용이 바로 그 척용이었어."

"그 척용? 누구 말입니까?"

풍신은 아연실색하며 다시 물었다.

"우리가 아는 그 척용입니까?"

사련이 말했다.

"역시, 너도 그게 정말 척용인 줄은 몰랐던 거지?"

풍신의 안색이 어두워졌다.

"몰랐습니다. 저는 청귀 본인과 만난 적이 없어서 우연히 이름이 겹친 것이라고만 생각했습니다. 무슨 귀신이 머리에 자기 진짜 이름을 내걸고 당당하게 돌아다닌답니까? 미친 거 아닙니까?"

말이 끝나기 무섭게 척용이라는 사람이 정말 미쳤다는 사실이 떠올랐다. 그는 곧장 사련을 바라보았다. 두 사람은 서로를 마주 본 채 침묵에 빠졌다.

두 사람이 선경에 오르기 전인 먼 옛날, 풍신은 척용을 무척 싫어했다. 척용은 사련의 어머니, 즉 선락국의 마지막 황후의 여동생이 낳은 아이였다. 어려서부터 황실에서 자란 그는 날이면 날마다 사련에게 매달렸다. 그런 이유로 사련의 호위인 풍신도 날마다 그를 만나야 했다.

당시 척용은 나이가 어렸다. 철이 없고 말도 듣지 않는데 기력은 왕성하고 행동이 극단적이었다. 최악인 것은 국주의 친인척이라 감히 훈계할 사람이 없다는 점으로, 얼마나 무법천지였을는지 가히 짐작하고도 남으리라. 과거에 그는 '태자 표형은 완벽해!', '내 표형이 어쩌고저쩌고' 따위의 말을 입버릇처럼 달고 살았다. 누군가가 사련에게 반 푼어치라도 무례하게 굴면, 혹은 사련을 털끝만큼이라도 번거롭게 하면, 척용은 그게 누구든 반드시 마대 자루에 넣고 변을 지릴 때까지 두들겨 팰 위인이었다. 그는 노약자를 공경하고 아껴야 한다는 생각 따위는 품어본 적도 없었다. 사련은 언젠가 그의 손에서 열 살도 안 된 아이를 구해 낸 적이 있었다. 온몸이 피투성이가 되도록 얻어맞은 아이의 모습은 사람의 형상을 알아볼 수 없을 정도로 끔찍했다. 사련은 척용의 신세를 가엾이 여겼고, 아울러 진심으로 자신을 따른다고 생각해 여태껏 손찌검으로 그를 훈계한 적이 없었다. 그러나 말로만 타이르거나 큰소리로 꾸짖어서는 누차 반복해도 고쳐지지 않으니 참으로 골치가 아팠다. 대쪽 같은 성정에 입이 거친 풍신은 사련만큼 인내심이 깊지 못해 척용에게 여러 번 대들고 명령을 거역했다. 척용도 풍신이라면 진저리를 치며 다양한 방법으로 그를 골탕 먹이고 머슴처럼 부렸다. 게다가 척용은 사련이 선경에 오른 뒤로 한층 극성을 부렸다. 심지어 사람이 무심코 하게 되는 실수들, 예를 들어 태자전 앞에서 생각 없이 침이라도 뱉으면 그 사람의 입에 벌겋게 타는 숯을 쑤셔 넣으려

했다. 풍신은 척용의 과도한 행실을 막기 위해 하계로 내려가 뒤치다꺼리를 하기 일쑤였다. 얼마나 귀찮아 죽을 지경이던지, 그는 늘 사련에게 이렇게 말했었다.

— 척용, 이 인간은 미쳤습니다. 조만간 큰 사고를 칠 겁니다!

풍신이 입을 열었다.

"정말 그놈이라면, 이렇게 행동해도 이상할 게 없군요."

사청현이 의아한 목소리로 물었다.

"뭐야, 다들 청귀와 아는 사이예요?"

사련이 고개를 끄덕이며 대답했다.

"제 사촌동생입니다."

놀란 사청현은 팔짱을 끼고 말했다.

"엄청나네요."

"척용이 확실히 엄청나긴 하죠."

"그가 엄청나다는 게 아니라요, 태자 전하 말이에요. 태자 전하, 잘 들어 보세요. 동남 무신과 서남 무신은 전하의 옛 지인이고, 동방 무신은 전하의 제자예요. 청등야유는 사촌동생, 혈우탐화는 전하와 의형제를 맺은 아우, 이 풍사는 전하의 벗입니다. 이게 엄청나지 않다고요?"

사련은 살짝 웃었다. 풍사는 정말 바람 같은 사람이구나, 그런 생각이 들었다. 바람이 불면 먹구름은 곧 흩어지기 마련이므로. 한편 화성과 풍신은 '혈우탐화는 전하와 의형제를 맺은 아우'라는 대목에서 둘 다 썩 인정하지 못하겠다는 표정을 지었다. 화성은 눈썹을 치켜올렸고, 풍신은 미간을 찌푸린 채 침묵을 고수했다. 이윽고 풍신이 사련에게 말했다.

"이제 다른 일이 없으시면 서둘러 선경으로 돌아가십시오. 아까 소동을 일으키셨잖습니까. 나머지 신관들은 상황도 파악하지 못하고 위에서 기다리고 있습니다. 제군께서도 아셨을 테니 어찌 된 일인지 고하셔야 합니다."

풍신의 말을 들은 화성이 하하, 웃음을 터트렸다. 풍신이 말했다.

"뭐가 웃기지?"

"난 네 성미가 제법 솔직한 줄 알았는데. 지금 보니 말을 빙빙 돌려 하는 놈이었어. 넌 태자 전하에게 나 같은 요괴하고 어울려 다니지 말라고 하고 싶은 거잖아. 한데 왜 똑바로 말을 못해? 그리 말할 자격도, 입장도 못 되어 그런가?"

사련은 가볍게 헛기침을 했다.

"삼랑……."

풍신이 서늘한 목소리로 대꾸했다.

"원래 사악한 요괴 따위와는 어울리지 말아야 할 분이다. 네가 알고 있다니 잘됐군."

화성은 이 말에 가타부타 의견을 더하지 않았다. 침착하게 끼어든 사련이 풍신에게 부드러운 목소리로 말했다.

“올라가면 바로 고할게. 하지만 지금은 할 일이 남아 있어. 척용이 자기 소굴 안에 산 사람을 3백 명 정도 숨겨 두고 먹으려 했는데, 아까 삼랑이 도와준 덕분에 겨우 이 사람들을 밖으로 구해 냈거든. 그런데 아직 작은 귀신들이 남아 있어서 차차 처리해야 해. 정리되는 대로 올라갈게.”

풍신이 말했다.

“너무 오래 끌면 좋지 않습니다. 처리는 저에게 맡기시면 됩니다.”

화성이 고개를 끄덕이며 말했다.

“상천정의 능률로는 아마 다음 달쯤에나 처리가 끝나겠군.”

“너는 순식간에 끝낼 수 있는 것처럼 말하는구나.”

두 사람은 결국 날을 세우고 팽팽하게 맞서기 시작했다. 사청현은 눈짓으로 사련에게 물었다.

‘둘이 무슨 원수지간이에요?’

사련은 고개를 가로저었다. 그가 다시 화두를 옮기려는데, 화성이 불현듯 어디선가 우산을 꺼냈다. 단풍처럼 붉고 불꽃처럼 선명한 우산이었다. 화성은 한 손으로 우산을 펼치고 자신과 사련의 머리 위를 가렸다. 우산의 빛깔이 쏟아져 두 사람의 뺨을 붉게 물들였다.

분명 여군산에서 시체 숲을 지나갔을 때 핏방울을 막아 주었던 그 우산이었다. 하지만 지금은 비가 오지 않으니 사련은 조금 의아할 수밖에 없었다.

"삼랑, 우산은 왜 펼쳤어?"

화성은 그를 마주한 채 사련 쪽으로 우산을 기울이더니 싱긋 웃었다.

"기다려 봐. 곧 날씨가 변할 거야."

말이 떨어지기 무섭게 하늘에서 억수 같은 장대비가 쏟아졌다.

후드득, 요란한 소리가 뒤를 이었다. 갑작스레 내린 비에 사련은 그저 얼떨떨해졌다. 하지만 화성의 우산 아래에 서 있었던 그는 빗방울 하나 맞지 않았다. 반면 두 사람의 맞은편에 무방비 상태로 서 있던 풍신은 쏟아진 장대비에 머리끝에서 발끝까지 흠뻑 젖고 말았다.

더욱 불행하게도 이 비는 핏빛이었고, 풍신은 새빨갛게 물들어 피를 뚝뚝 흘려야 했다. 동그랗게 부릅뜬 두 눈만이 유일하게 새하얬다. 사청현은 마침 동굴 안에 서 있었던 덕분에 화를 면했다. 그는 입을 떡하니 벌리고 있느라 불진을 휘두르는 것조차 잊었다.

이 피의 비는 빠르게 쏟아져 빠르게 멎더니, 금세 고요함을 되찾았다. 풍신은 가까스로 정신을 차리고 얼굴을 닦았다. 피투성이가 된 새빨간 얼굴은 나아질 기미가 없었다. 사련이 말문을 뗐다.

"이게……."

화성은 우산을 접고 하하, 웃었다.

"순식간. 어때?"

이 다섯 글자를 내뱉는 사이에 그는 유유자적 몇 걸음을 내디뎌 저 멀리 앞서 나갔다. 사련은 소매 안을 뒤져 헝겊을 찾는 중이었고, 사청현은 불진에서 하얀 털 몇 움큼을 뽑아 침묵에 빠진 풍신에게 내주었다. 화성이 떠나자, 사련은 뒤쪽에 있던 인기척이 사라졌다는 것을 알아차리고 재빨리 뒤돌아 몇 걸음 내달렸다.

"삼랑, 귀시장으로 돌아갈 거야?"

화성이 고개를 돌리며 말했다.

"형도 선경으로 돌아갈 거잖아?"

그가 농담조로 한마디 덧붙였다.

"하지만 형이 나와 함께 귀시장으로 돌아가고 싶다면 나야 환영이지."

"다음에."

웃으며 대답한 사련이 진지한 얼굴로 말을 이었다.

"다음에 기회가 되면, 귀시장에 꼭 다시 갈 거야. 네가 극락방을 다시 세울 때 내가 벽돌을 나를게."

화성이 말했다.

"벽돌 나를 필요 없어. 형은 앉아서 구경만 해도 괜찮아."

사련은 느릿하게 웃음기를 거두었다.

"천추의 일, 뭐가 어찌 됐든 정말 고마웠어."

잠시 말을 삼킨 그가 다시 입을 열었다.

"뭐가 옳은 결과인지는 모르겠지만, 이렇게 된 것도 나쁘진 않은 것 같아."

화성이 담담하게 한마디를 던졌다.

"너무 깊게 생각하네."

어리둥절해진 사련은 고개를 살짝 갸웃거렸다. 화성이 다시 말했다.

"형은 그냥 마음대로 하면 돼."

이 말을 끝으로 그는 빙글 뒤돌아서서 손을 흔들었다.

머지않아 그 붉은 옷자락은 산중에서, 달 아래에서, 사련의 눈 속에서 서서히 자취를 감추었다.

## 25장 과거를 찾아 태창산에 오르다

무슨 까닭이었을까. 문득 사련은 다시 용기가 솟아오르는 것만 같았다.

낭천추가 떠난 뒤부터 그는 발걸음이 자꾸만 더뎌졌고 등도 조금 움츠러들었다. 하지만 어디서 왔는지, 또 어디로 향할지 모를 이 용기가 어느새 온몸을 바짝 일으켜 세웠다. 그는 제자리에 가만히 서 있었다. 사청현이 다가와 그의 어깨를 두드리며 말했다.

"참 의리 있는 사람이네요. 태자 전하, 어쩌다 사귀게 되셨는지는 몰라도 참 운이 좋으십니다."

다른 사람에게 '운이 좋다'는 말을 들은 건 이번이 처음이었다. 사련은 사청현을 바라보고 살짝 웃으며 말했다.

"그래요? 그런가 봐요. 저도 그렇게 생각해요."

풍신은 두 사람 뒤에서 묵묵히 얼굴을 닦고 있었다. 고개를 돌린 두 사람은 온 얼굴에 하얀 털을 붙인 풍신의 모습에 터질 뻔한 웃음을 간신히 참았다. 사련이 입을 열었다.

"미안해."

화성을 대신해 건넨 사과였다. 하얀 털을 말끔하게 떼어 낸 풍신이 겨우 대답했다.

"제 기량이 부족했던 탓입니다. 드릴 말씀이 없네요."

세 사람은 동굴 안을 다시 한번 수색했다. 그렇게 더 갇힌 사람과 몰래 빠져나간 귀신이 없다는 것을 확인하고 난 후에야 바람을 타고 선경으로 복귀했다.

비승문을 지나니 중천정의 하급 신관들이 길을 막고 분주히 오가며 경비 태세를 갖추고 있었다. 대로 양측으로 즐비한 궁전마다 차례차례 조사가 한창이었다. 그들이 신무전에 도착했을 무렵, 먼저 모여든 상천정 신관들이 논쟁을 벌이는 소리가 멀찍이 들려왔다. 가장 처음으로 귀에 들어온 첫 마디는 이랬다.

"적반하장도 유분수지, 우리 상천정이 귀시장에 밀정을 보냈다니요. 실로 황당할 노릇입니다. 우리 천계 사람들이 화성의 수하에 밀정을 심을 필요가 있겠습니까?"

이 말에 사련과 사청현은 나란히 헛기침을 했다. 사실 귀시장에 밀정을 보낸 일은 아주 거짓이 아니다. 자초지종도 모르는 지금 이렇게 섣불리 떠들다, 만에 하나 나중에 화성의 말이 사실로 밝혀지면 자기가 제 발등을 찍는 꼴이 아니겠는가?

세 사람은 대전에 들어섰다. 선두에 선 사람은 사청현이었다. 신관들은 그를 보자마자 앞다퉈 인사를 건넸다.

"돌아오셨군요, 풍사 대인!"

"고생 많으셨습니다!"

그러면서도 눈으로는 사련을 빤히 바라보았다. 모두가 몇 마디 캐물으려는 순간, 피 웅덩이에서 막 기어 올라온 듯한 풍신이 어두운 표정으로 두 사람 뒤에서 걸어 들어왔다. 신관들은 자리에서 얼어붙어선 너 나 할 것 없이 시선을 피했다. 이 고요한 대전에 웅장한 욕지거리가 울려 퍼지는 것만은 사양하고 싶었으므로. 다만 모정은 시선을 피하기는커녕 한사코 세 사람을 바라보았다. 그 속내야 들여다보지 않아도 훤했다.

사련은 상석에 앉은 군오를 올려다보았다. 한 손으로 이마를 짚은 채 관자놀이를 누르며 눈을 내리감은 모습에서 피곤함이 묻어났다. 사련은 충분히 이해할 수 있었다.

과거에는 꼭 한두 달을 기점으로 집의를 열지는 않았다. 하지만 요즘 사고가 빈번하게 발생하면서 신무전은 그새 몇 차례나 신관들로 북적였다. 다들 매일같이 터지는 사고에 하루에 두 번씩 의논하려고 안달이 난 것 같았다. 사련도 피곤하기는 마찬가지였다. 하물며 의견을 보태려는 신관들로 신무전의 대전 안이 왁자지껄했다. 한 신관이 입을 열었다.

"그는 멋대로 선계에 들이닥쳐선 선락궁을 다른 장소로 연결했습니다. 이 얼마나 무서운 사실입니까. 오늘 자신의 비위를 거스른 태자 전하를 손쉽게 잡아갔으니 내일은 다른 신전에서 다른 신관을 잡아갈지도 모르지요. 이는 순순히 넘어갈 일이 아닙니다. 반드시 제때 저지해야만 합니다!"

인간 세상으로 따지면 역적이 황궁에 땅굴을 파고 자유자재로 드나든 격이니 불안에 떨 수밖에 없었다. 방금 중천정 신관들이 악착같이 경계를 서며 사방을 조사한 이유가 여기에 있었다. 하지만 모정에겐 그런 점은 중요치 않았다. 그가 담담한 목소리로 말했다.

"그 많은 신도에 귀시장까지 소유한 화성이 그깟 극락방 하나 불탔기로서니 눈 하나 깜짝하겠습니까? 꼭 태자 전하 때문에 선경에 침입했다고는 볼 수 없습니다."

사청현이 곧바로 대꾸했다.

"현진 장군, 그리 말씀하시면 안 되지요. 화성 본인이 인정한 것을 다들 들으셨을 텐데요. 그러고 보니 이번 달 상천정 수비는 어떤 장군께서 맡으셨습니까? 선락궁 대문에 다른 곳으로 통하는 법술이 걸렸는데도 전혀 눈치채지 못하다니요. 이는 직무태만 아닙니까?"

내내 조용히 팔짱을 끼고 옆에 서 있던 배명이 이 말을 듣자 대답했다.

"접니다."

아무래도 사청현이 착각한 모양이었다. 모정의 차례인 줄 알고 한 말이 배명을 공격했으니 상황이 난처하게 되었다. 그런데 배명은 의외로 책임을 회피하지 않았다.

"이번 달 당직은 접니다. 제가 직무에 소홀했던 것이 맞습니다."

배명과 친분이 있는 신관이 그의 편을 들고 나섰다.

"제 생각엔 차근차근 해결하는 편이 좋을 듯합니다. 류금연 학살 사건부터 소상하게 조사하시지요!"

이때 옥좌 아래에 서 있던 영문이 불쑥 입을 열었다.

"태화 전하께 소식이 왔습니다."

마침내 군오가 눈을 떴다.

"뭐라 하더냐."

영문은 잠시 조용히 기다린 끝에 낭천추의 말을 전했다.

"영안국 류금연 사건에는 다른 내막이 있습니다. 직접 태자 전하를 만나 해결할 터이니 다른 분들께선 개입할 필요가 없습니다. 다만 태자 전하가 자진해서 폄적하지 않도록 막아 주십시오. 이는 별개의 문제입니다."

모정이 미간을 찌푸렸다.

"내막이라니요?"

영문이 대답했다.

"별다른 설명 없이 소식이 끊겼습니다."

본격적인 싸움이 시작되기 직전, 무섭게 허공을 가른 쇠망치가 맥없이 땅에 떨어진 셈이었다. 예상치 못한 상황에 신관들은 실망감을 감추지 못했다. 낭천추는 피해자다. 그런데 피해자가 살인범에게 죄를 묻지 않으면 옆 사람들이 무슨 재미로 구경을 하겠는가? 심지어 낭천추뿐 아니라 사련도 말을 아낄 분위기이니, 이젠 정말 입에 넣고 씹을 거리도 사라지고 말았다.

군오는 풍신과 모정에게 배명의 옆에서 경비를 강화하라 명했다. 그러곤 남은 계획까지 설명하고 가벼운 손짓으로 신관들을 해산시켰다. 사련은 자리에 남았다. 신관들의 말소리가 어렴풋이 들려왔다.

"역시, 제군께선 그가 무슨 일을 저지를 때마다 심문하겠다고 하셔도 결국엔 별말 없이 넘어가신다니까요……."

"우리가 큰 부처님을 미처 알아보지 못한 게지요. 앞으로는 말조심해야겠습니다."

신관들이 모두 물러가자 사련은 옥좌 앞으로 다가가 허리를 숙였다.

"제군께 폐를 끼쳤습니다."

군오가 입을 열었다.

"이것이 무슨 폐겠느냐. 네가 끝까지 류금연 사건의 범인이 너라고 우겼다면 폐가 되었겠다만."

사련은 잠시 망설인 끝에 자초지종을 털어놓았다.

이를 들은 군오가 자기 생각을 정리해 평을 내렸다.

"선락. 그 일은 정말, 고생만 하고 양측 모두에게 원망을 샀구나."

사련은 머리를 숙이고 대답했다.

"알고 있습니다."

"되었다. 넌 늘 그런 사람이었지. 태화는 지금 청귀를 쫓는 데 집중하고 있다. 추격을 마치면 필시 너를 찾아올 터, 어찌 대처할지 생각해 보았느냐?"

"아직은 모르겠습니다. 하지만 지금은 다른 생각이 먼저인 것 같습니다."

군오가 웃으며 말했다.

"무슨 생각이기에? 얼마나 재미있는 이야기인지 한번 들어 보자꾸나."

"귀시장에 잠입한 지사는 제군께서 보내신 것입니까?"

군오는 여유롭게 대답했다.

"그래."

사련이 다시 물었다.

"왜 그러셨습니까?"

군오가 느릿하게 말을 이었다.

"화성이 먼저 천계에 밀정을 심어 놓았기 때문이다."

사련은 순간 멍해졌다. 군오가 자리에서 일어나며 말했다.

"그동안 화성의 소식통은 지나치게 빨랐다. 게다가 알아선 안 되는 것들까지도 속속들이 알아냈지. 가능한 일과 불가능한 일이 뭔지, 어디까지가 한계선이며 어떻게 그 선에 접근할지를 화성은 아주 정확하게 파악하고 있어. 이번에는 네 선락궁에 통로까지 열었으니, 상천정에 그가 심은 내통자가 있다는 게 간접적으로 증명된 셈이다. 그렇지 않고서야 이런 일을 성공시켰을 리 없지."

사실 사련도 조금은 짐작했었다. 아무리 생각해도 화성은 아는 게 너무 많았으니까. 그래서인지 군오의 말이 그다지 놀랍지 않았다. 사련이 물었다.

"혹 증거는 있으십니까?"

군오는 가만히 고개를 저으며 대답했다.

"증거가 없어서 애를 먹었지. 그러나 수상한 일이 누차 생기기에 명의를 귀시장에 잠입시켰다. 상천정에 잠입한 밀정을 찾기도 전에 명의가 화성에게 사로잡힐 줄은 몰랐지만 말이다. 물론 네 덕분에 살아 돌아왔지만, 이제 화성의 밀정을 찾기는 더욱 어렵게 되었어."

"수상한 일을 일으킨 자는 상천정 소속입니까, 중천정 소속입니까?"

"말하기 어렵다. 너를 제외한 누구라도 가능하다고 봐야겠지. 어쩌면 한 사람일 수도, 혹은 더 많을지도 모르겠구나."

그래서 군오가 명의의 행방을 조사할 때 다른 신관을 보내지 않은 모양이었다. 자신을 제외한 모두에게 혐의가 있다니. 사련은 저도 모르게 속으로 생각했다.

'설마 풍사, 천추, 풍신일 가능성도 있단 말이야?'

이때 군오가 말했다.

"선락, 네가 화성에게 꽤 호감을 느낀다는 건 알고 있다. 나름대로 생각이 있을 터이니 네 교우 관계를 놓고 내가 왈가왈부할 수는 없을 터. 그러나 필요할 때는 화성을 조심하고, 그에게 어떤 속사정도 누설하지 말아라."

생각에 잠겼던 사련은 그 말에 퍼뜩 정신을 차렸다. 군오가 말을 이었다.

"절이 된 자들은 하나같이 보통 사람이 상상할 수 없는 고통을 겪는다. 하늘 높이 비상하거나 영원히 나락에 빠지거나, 둘 중 하나뿐이지. 흑수와 화성, 동로산을 빠져나온 두 절경귀왕은 네 생각보다 훨씬 두려운 자들이다."

사련은 고개만 숙인 채 달리 별말을 하지 않았다.

"나는 화성의 목적과 동향을 모른다. 하나 그는 상천정의 목적과 동향을 낱낱이 꿰고 있어. 이는 아주 불리한 일이야."

'아주 불리한 일'이라는 말에 사련은 고개를 들고 무심코 입을 열었다.

"삼랑은……."

군오가 가까이 다가왔다. 사련은 잠시 멈칫했다가 말을 고쳤다.

"화성은, 그리 불경한 짓을 저지르진 않을 것입니다. 제군께서도 아시잖습니까. 화성 같은 실력자가 화를 일으키려고 작정했다면 벌써 천지가 뒤집히고도 남았을 텐데요? 과거에도 조용했으니, 특별한 일이 일어나지 않는 한 앞으로도 조용할 겁니다."

군오가 대답했다.

"그러길 바란다만, 너도 알다시피 난 모험을 감행할 수가 없구나."

신무전을 빠져나온 사련은 선경의 거리를 유유히 거닐었다.

그는 선락궁을 지나던 길에 자리에 멈춰 서서 한참이나 시선을 빼앗겼다.

이건 군오가 그에게 하사한 궁관이다. 화려하고 새로운 동시에 낯설기도 했다. 주홍 대문에 줄줄이 박힌 장식용 못이 매끈하게 빛났다. 하지만 커다란 봉인 부적 두 개가 그 위로 커다랗게 교차된 채 붙어 있었다. 부적에 빼곡하게 적힌 주문은 보는 것만으로도 소름이 끼쳤다.

신무전을 떠나기 전에 사청현이 미리 일러 주었다. 선락궁 대문이 축지술에 걸린 바람에 궁전을 잠시 봉인했으니 자신의 처소에 와서 쉬라는 이야기였다. 하지만 사련은 이 '선락궁'을 한참 바라보다 말고 불현듯 몸을 돌렸다. 그는 풍사전으로 향하지 않았다. 당장 해결해야 할 일도 뒤로 제쳐 놓았다. 곧장 길을 따라 걸어간 그는 비승문을 통과해 아래로 뛰어내렸다.

희디흰 구름바다를 건너 도착한 곳은 태창산이었다.

과거 이 태창산에는 고대 선락국의 황실 도장 황극관이 자리하고 있었다.

황극관은 규모가 어마어마한 도관 마을이다. 태창산에 널리 퍼진 궁관과 사당이 다양한 신과 부처를 모시며 눈부시게 어우러진 곳이었다. 주신(主神)인 신무대제의 금전은 태창산의 최고봉에 세워졌다. 두 번째로 높은 봉우리에 자리한 태자전도 한때는 성황리에 번성하며 그 위세를 자랑했었다.

팔백 년 전 태창산은 온 산천이 불꽃 같은 단풍나무로 뒤덮인 소문난 명승지였다. 단풍나무 숲길은 끊임없이 밀려드는 신도들로 북새통을 이루었다. 그러다 선락국이 멸망하자 한때 신도였던 사람들이 떼거리로 산에 올라 태자전을 불태웠고, 산에 불씨가 옮겨붙으면서 태창산의 절반이 넘는 지대가 화재로 초토화되었다.

어쩌면 불에 그슬린 땅은 망자가 묻힌 땅처럼 더욱 비옥해지는 것일지도 모른다. 이후 잿더미로 전락한 이곳에 씨앗이 떨어져 새로운 나무가 자라났다. 몇백 년이 지나자 산천은 다시 푸른 초목으로 울창해졌다. 그러나 단풍은 다시 볼 수 없으니 팔백 년 전과는 전혀 다른 풍경이었다.

옛날에 산을 오를 때만 해도 청석을 깔아 만든 넓고 평탄한 산길이 있었다. 성묘하러 온 참배객이나 물을 긷고 땔나무를 옮기는 어린 도사들도 심심찮게 볼 수 있었다. 지금, 그 산길은 흔적도 없이 사라졌다. 어지러이 널린 돌과 마른 풀이며 나뭇가지가 길을 집어삼켰다. 사련은 두 다리에 의지해 산을 올랐다. 가시나무가 앞길을 가로막으면 메고 있던 방심검을 뽑아 넝쿨과 잡초를 잘라 냈다.

산 중턱에 올랐을 무렵, 조금 지친 사련은 죽은 나무에 기대어 잠깐 숨을 돌리려 했다. 그때 나무 위에서 난데없이 새카만 물건이 굴러떨어졌다. 카각, 하는 굉음과 함께 무언가가 그를 덮쳐 왔다.

사련은 민첩하게 옆으로 비켜섰다. 처음에는 나무에서 떨어진 마른 가지나 새 둥지인 줄 알았다. 하지만 가만히 들여다보니, 그 정체는 원형을 알아볼 수 없을 정도로 낡아 빠진 기다란 철판이었다. 잔뜩 녹이 번진 철판 양 끝에 쇠사슬도 달려 있었다. 다른 사람들은 이게 무슨 물건인지 정확히 설명하기 어렵겠지만 사련은 알아볼 수 있었다. 이것은 그네였다.

옛날 태창산에는 곳곳에 그네가 걸려 있어 타고 놀 수도 있고 무예를 연마할 수도 있었다. 주위에서 일어난 일을 막 기억하기 시작했을 무렵, 어린 사련은 부모님을 따라 황극관에 복을 기원하러 왔다가 그네 위를 날아다니며 겨루는 소도사들을 보았다. 얼마나 눈부신 명경기였던지, 국주와 황후도 흥미롭게 지켜보았고 사련은 한술 더 떠서 박수갈채를 보냈다. 그러곤 잔뜩 신이 나서는 부모님을 졸라 그 소도사들에게 큰 포상까지 내렸었다. 그날을 기점으로 사련의 마음속에는 '수련하는 사람은 대단하고 재미있다'는 인상이 심어졌다. 물론 머리가 자란 뒤로 실제로 도관에 들어가 수행하게 된 건 결코 재미 때문이 아니었지만.

사련은 짧은 휴식을 마치고 계속해서 걸음을 재촉했다. 산을 오르면 오를수록 수풀과 넝쿨이 무성해졌다. 이따금 동물들이 복슬복슬하고 커다란 꼬리를 그림자로 남긴 채 관목 숲을 스쳐 지나갔다. 다람쥐들은 나무 위에 옹기종기 모여 앉아 솔방울을 갉으며 이 불청객을 훔쳐보았다.

길을 막은 가시덤불이 그의 옷가지와 팔다리를 긁었지만 사련은 전혀 개의치 않았다. 그는 세 시진이 지난 후에야 겨우 태자봉에 도착했다.

물론 태자봉은 처음부터 태자봉이라 불리지는 않았다. 이곳에 태자전이 세워지면서 이름이 바뀐 것이다. 무성한 잡초 속, 동쪽과 서쪽 바닥에 거북 등딱지 문양을 이룬 벽돌이 희미하게 보였다. 까맣게 그슬린 석재도 함께 남아 있었다. 전부 과거에는 대전의 토대였던 것들이다. 사련은 바닥을 지나쳐 나아갔다. 무너진 담장과 유리기와 사이에 큼직하게 부서진 우물이 하나 있었다.

위에서 내려다보면 오랜 세월 말라붙은 우물이다. 바닥까지의 거리는 겨우 몇 척에 불과했다. 눈에 보이는 것이라곤 온통 진흙뿐이었다. 하지만 사련은 망설임 없이 발을 들고 뛰어내렸다.

그는 진흙 위를 구르는 대신 환각을 뚫고 몇 장 아래로 더 떨어져 내렸다. 발바닥에 단단한 지면이 닿았다.

코앞이 채 보이지 않을 정도로 사위가 어두웠다. 올려다본 우물 위쪽도 장막에 가로막힌 것처럼 햇빛이 비치지 않았다. 사련은 우물 바닥을 한참 더듬거리며 벽돌 몇 개를 찾아내곤 특정한 순서대로 눌렀다. 삐걱거리는 소리가 들리더니 벽 한구석에 아주 낮고 자그마한 문이 열렸다. 바닥에 엎드린 그는 문 안쪽 통로를 따라 천천히 기어갔다. 사련이 들어가자마자 작은 문이 뒤에서 소리를 내며 닫혔다. 반 주향을 기어간 끝에 막다른 길에 도착했다. 그는 몸을 일으키고 손가락을 튕겨 불꽃을 피웠다.

자그마한 불꽃이 환히 타오르자 화답이라도 하듯이 멀지 않은 곳에서 희미한 빛무리가 반짝이기 시작했다. 마치 깊은 잠에서 깨어난 구슬이 맑은 눈을 뜬 것만 같았다.

차츰 더 많은 구슬이 빛을 발했다. 하나로 이어진 빛무리에 주위가 서서히 밝아지면서 시야가 또렷해졌다. 이곳은 광활한 지하 궁전의 대전이었다. 대전의 천장에는 수천수만의 별들이 박혀 있었다.

고대 선락국 황릉이 화재로 잿더미가 된 태창산 아래에 숨겨져 있으리라고 누가 짐작이나 했을까. 반짝이는 별들의 정체는 천장에 상감해 넣은 야명주(夜明珠)와 금강석이었다. 야명주는 빛을 만나면 밝아지고 금강석은 광채를 뿜어내니, 서로 어우러져 빛나는 모습이 마치 꿈결 같았다. 은하수를 축소해 땅 밑에 숨긴 듯한 광경이었다.

이 야명주와 금강석은 한 알 한 알마다 천만 금에 달하는 것들이라 하나만 따도 한평생 부귀영화를 누릴 터였다. 하지만 사련은 천장에 눈길 한번 주지 않고 지하 궁전의 대전을 가로질렀다. 목적지는 가장 안쪽에 있는 묘실이었다.

대전에 비하면 이 묘실은 아주 단출한 편이었다. 애초에 완공되지 못한 묘실이라 화려한 진열품도 없이 두 개의 관만 놓여 있었다. 관 가운데에는 한 사람이 서 있었다. 화려한 옷과 황금 가면을 두르고 서슬 푸른 검으로 사련을 겨눈 채였다.

하지만 이 사람은 같은 자세를 유지할 뿐 달리 공격해 오지 않았다. 사련도 그 사람을 거들떠보지 않고 거침없이 걸어 들어왔다. 그는 저 황금 가면 뒤에 얼굴이 없고 화려한 옷 아래에 사람이 없다는 사실을 잘 알고 있었다. 안에 숨겨진 것은 새끼줄로 그럴듯하게 엮은 허수아비에 지나지 않았다.

이 화려한 옷과 가면만이 오랜 세월 그를 대신해 외로운 관의 곁을 지켜 주었다. 두 개의 관 위에는 각각 작은 금 쟁반이 놓여 있었다. 다만 안에 놓인 물건은 금 쟁반과 전혀 어울리지 않았다. 버쩍 말라붙어 씨만 남은 과일, 곰팡이가 슬어 정체를 알아볼 수 없는 거뭇한 덩어리들. 안으로 들어선 사련은 쟁반에 놓인 공물을 묘실 한구석에 내다 버리곤 품속을 뒤져 보았다. 원래 지니고 있었던 반쪽짜리 찐빵을 화성에게 주고 나니 남은 게 아무것도 없었다. 사련이 입을 열었다.

"부황, 모후, 죄송합니다. 깜빡하고 빈손으로 와 버렸어요."

당연히 돌아오는 대답은 없었다. 사련은 관 하나를 골라 천천히 등을 기대고 앉았다.

한참을 멍하니 있던 그가 다시 말을 꺼냈다.

"모후. 저, 척용을 만났습니다. 척용은 죽지 않고 귀신이 됐어요. 그 아이가 몇백 년 동안 어떻게 지냈을지 정말 상상이 안 됩니다."

사련은 고개를 내저었다.

"척용은…… 너무 많은 사람을 죽였습니다. 이젠 그 아이를 죽이려는 자들도 있고요. 아마 상천정도 그를 두고만 보진 않을 거예요. 그 아이를 어쩌면 좋을지 모르겠어요."

그가 말을 이어 가려던 순간, 문득 아주 가까운 곳에서 가느다란 울음소리가 들려왔다.

사련은 제자리에 얼어붙었다. 그의 얼굴빛이 삽시간에 변했다.

귀를 기울여 들어 보니, 착각이 아니었다. 정말로 울음소리였다. 아주 나직한 울음소리라 숨을 죽이고 집중하지 않으면 들을 수조차 없었다. 게다가 목소리가 아주 가늘었다. 어린아이나 여인, 분명 둘 중 하나다.

울음소리는 얇은 벽 하나를 사이에 둔 것처럼 가까이서 들려왔다. 마치 바로 옆에서 울려 퍼지는 소리 같았다. 사련은 고개를 홱 돌리고 마침내 확신했다. 이 목소리는 바로 그가 기대고 있는 관 안에서 흘러나오고 있었다.

사련은 경악한 순간에도 저도 모르게 반가운 목소리로 더럭 외쳤다.

"어머니, 어머니세요?"

하지만 곧장 정신이 들었다. 그가 기대하는 일은 일어날 리 없다. 그의 어머니는 팔백 년 전 갑자기 세상을 떠나 고된 속세를 벗어난 뒤로 원귀가 된 적이 없었다. 하물며 이 울음소리에 담긴 감정은 슬픔이 아니라 두려움이었다.

이 순간, 대체 누가 어머니의 관 안에 숨어 울고 있단 말인가?

한시도 지체할 틈이 없었다. 사련은 서둘러 왼손으로 관 뚜껑을 젖혔다. 오른손으로는 방심을 휘두를 심산이었다. 하지만 관 안에 있는 형체를 확인하고는 검을 뻣뻣하게 멈추었다.

관 안에 다른 사람은 없었다. 칠흑처럼 새카만 화복(華服)을 걸치고 얼굴에 멱목[#3]을 덮은 누군가가 누워 있을 뿐이었다.

이 사람은 응당 사련의 어머니여야 했다. 그러나 지금 누워 있는 사람은 결코 그의 어머니가 아니었다. 지나치게 왜소한 형체에, 몸집과 키도 전혀 달랐다. 무엇보다도 이 사람은 벌벌 떨고 있었다. 틀림없이 살아 있는 사람이었다.

사련은 한 손으로 멱목을 젖혔다. 아니나 다를까, 멱목 아래로 어린아이의 얼굴이 드러났다.

한순간 마음이 차갑게 식었다. 사련은 아이를 덥석 붙잡고 놀라움과 두려움이 뒤섞인 목소리로 고함쳤다.

"내 어머니는? 내 어머니는! 내 어머니의 시신은 어떻게 했지?"

이 검은 화복은 언뜻 보기엔 특이한 구석이 없지만 사실 무척 희귀한 밀충(密蟲)의 명주실로 짠 것이었다. 명주실은 작은 이역[#4] 나라에서 진상한 것으로, 옷감을 짜려면 여러 공정을 거쳐 정밀하게 처리해야 했다. 여기에 약초와 향낭을 더해 밀봉하고 관에 넣으으면 시신은 천 년이 지나도 부패하지 않고 생전의 모습

---

**#3 멱목** 幎目. 시신을 염할 때 얼굴을 덮는 천
**#4 이역** 異域. 다른 나라의 땅

을 유지하게 된다. 그런데 지금 그 명주옷을 입은 사람은 이 어린아이다. 그렇다면 어머니의 시신은 어디에 있는가? 대체 어떤 모습으로 변했을 것인가?

차마 깊이 생각할 용기가 나지 않았다. 사련은 그저 정체 모를 아이를 붙잡고 사납게 몰아붙일 수밖에 없었다.

"내 어머니는? 넌 정체가 뭐야? 왜 여기 있는 거지? 내 어머니를 어디로 데려갔어!"

겁에 질려 우는 아이가 이런 질문에 대답할 기운이 있겠는가? 아이는 무서워서 입도 벙긋하지 못했다. 사련은 아이를 관 밖으로 끌어냈다. 그러다 문득 명주옷에서 희끄무레한 가루가 줄줄 쏟아지고 있다는 것을 알아차렸다.

그는 창백한 얼굴로 관 안을 바라보았다. 관의 바닥에도 가루가 깔려 있었다. 삽시간에 하늘과 땅이 돌았다. 사련은 심장이 멎는 기분으로 맥없이 아이를 놓아주고는 망연자실한 채 관 옆에 꿇어앉았다.

손으로 가루를 만질 엄두조차 나지 않았다. 하지만 이렇게 타고 남은 재 가루처럼 흩어진 채로 내버려 둘 수는 없었다. 조금도 인정하고 싶지 않았지만, 이 가루가 무엇인지 그는 누구보다 잘 알고 있었다.

팔백 년 동안 봉인되어 있던 시신에서 억지로 명주옷을 벗겨 내면, 과연 어떻게 변하겠는가?

한순간 사련은 정신이 혼란스러웠다. 다른 생각은 머릿속에

담기지도 않았다. 그는 머리를 감싸 쥐었다. 귀에서 웅웅, 이명이 울렸다. 그때 갑자기 등골이 서늘해졌다. 그는 본능적으로 위험을 감지하고 고개를 돌렸다. 섬광처럼 뻗어 나간 손으로는 검 끝을 붙잡았다. 뒤에서 누군가가 그를 공격한 것이다. 그리고 검을 들고 달려든 것은, 뜻밖에도 그가 들어왔을 때부터 묵묵히 서 있던 허수아비였다.

사련보다 한발 먼저 숨어든 누군가가 화려한 옷과 가면을 두르고 생명이 없는 허수아비로 둔갑한 채 그를 조용히 기다린 모양이었다. 파각, 날카로운 소리와 함께 사련은 맨손으로 검날을 반으로 부러뜨렸다. 그는 피범벅이 된 손에도 표정 하나 바꾸지 않고 벼락처럼 상대의 배를 걷어차 바닥에 짓눌러 단단히 짓밟았다. 사련에게 가슴을 밟힌 그 사람은 손으로 사련의 신발을 잡고 몸부림치려 애썼지만, 못에 박힌 것처럼 꼼짝도 할 수 없었다. 사련은 허리를 숙이고 그가 쓴 황금 가면을 멀리 쳐 냈다. 그 아래로 젊은 사내의 얼굴이 드러났다. 사련이 일갈했다.

"너는 누구지? 도굴꾼이냐? 여긴 어떻게 들어왔느냐!"

이때 옆에서 그 아이가 소리쳤다.

"아빠!"

사련은 아이의 외침을 듣고 나서야 기억이 떠올랐다. 이 어른과 아이 두 사람 다 어디선가 본 듯한 얼굴이더라니, 아까 청귀의 소굴에서 척용에게 잡아먹힐 뻔했던 그 부자가 아닌가?

한순간에 상황을 파악한 그는 젊은 사내의 아래턱에 주먹을 들이꽂으며 이성을 잃고 소리쳤다.

"척용! 당장 기어 나와! 널 죽여 버리겠어!"

그 사내는 피를 토하면서 웃었다.

"태자 표형, 이리 반가울 수가. 또 만났네! 하하하하하하!"

다른 얼굴이라고는 하나 광인처럼 웃는 이 표정이 척용이 아니면 누구겠는가? 그는 허체(虛體)로 변해 이 젊은 아버지의 몸에 빙의한 것이다.

불 보듯 뻔했다. 척용은 낭천추 때문에 솥에 빠져 실체가 뭉그러지자, 이어질 추격을 피하기 위해 혼비백산 도망치는 군중에 섞여 들어 이 젊은 남자의 몸에 달라붙은 채 선락 황릉에 온 것이리라. 그게 아니라면 어떻게 평범한 사람이 선락 황실의 비밀 황릉을 찾아왔겠는가? 게다가 어떻게 그 짧은 시간 만에 여기까지 달려올 수 있었겠는가?

이 아이는 비상식량으로 데려온 것일지도 모른다. 어쩌면 방금처럼 관 속에서 사련의 주의를 끌 미끼 역할로 데려왔을지도 모르겠다. 사련이 그를 후려갈기자 척용은 적반하장으로 억울해하며 얼굴을 감싼 채 소리를 질렀다.

"표형, 뭘 그렇게 열을 내? 표형은 내가 찌른다고 죽는 몸도 아니잖아? 헤헤헤헤!"

사련은 다시 주먹을 휘두르고는 붉게 충혈된 눈으로 말했다.

"어머니가 널 어떻게 대하셨는데? 그런데 어머니께 이런 짓을 해? 어떻게 어머니의 유골에 이런 짓을 해!"

척용이 흥, 코웃음을 쳤다.

“이모님은 옛날 옛적에 돌아가셨다고. 이미 죽고 없는데 시신이 사람 꼴이든 가루 꼴이든 무슨 상관이야? 모양이 바뀐 것뿐이지, 아직 여기 있잖아? 이렇게 우는소리를 하면서 안락은 어찌 그리 잔혹하게 죽였는지 몰라. 사람 좋은 우리 표형이 두 얼굴을 갖고 있었다니, 헤헤!”

말을 마친 그가 갑자기 표정을 뒤바꾸더니 침을 튀기며 윽박질렀다.

“내가 왜 이모님한테 이런 짓을 하냐고? 다 네 탓 아냐? 자기반성이란 말도 모르지? 전부 네 잘못이라고! 역병의 신 주제에 어느 안전이라고 선락 황릉에 와서 곡소리를 내!”

사련의 발밑에 힘이 콱 들어갔다. 비명을 지르는 척용의 입에서 피가 솟구쳤다. 하지만 그는 피에 물든 사련의 하얀 신발을 양손으로 붙들고 한층 흥분한 것처럼 목소리를 높였다.

“그래, 맞아! 이래야지, 이래야 너지! 싸우고, 싸우고, 서로 죽이고, 피 튀기도록 때려야지! 피 튀기도록 죽여야지! 치욕과 고충이 있어도 묵묵히 인내하는 미적지근한 선생인 척, 성인군자인 척하지 말라고! 보는 내가 다 역겨워 죽겠다, 웩!”

그때, 두 사람 쪽으로 기어 온 아이가 왈칵 울음을 터트렸다.

“으앙! 아, 아빠 왜 그래요?”

아이는 이게 무슨 상황인지 몰라도 아버지가 다른 사람에게 얻어맞고 있다는 것쯤은 알았다. 지금 아이의 눈에는 사련이야말로 흉악한 악귀처럼 보일 터였다. 하지만 아이는 하나뿐인 아버지가 죽을까 봐 끝까지 움츠러들지 않고 아버지의 가슴을 밟고 있는 마귀의 신발을 떼어 내려 안간힘을 썼다. 젊은 사내가 자꾸 피를 토하자 아이는 허둥지둥 손으로 아버지의 입을 막았다. 그렇게 하면 지혈할 수 있다고 생각하는 모양이었다. 이 광경을 본 사련은 차츰 냉정을 되찾았다. 이 육신의 주인이 무고하다는 생각이 들자 힘을 조금 거두고 방심을 아래로 겨누었다. 검 끝을 척용의 뺨에 들이민 채 그가 서늘하게 말했다.

"척용, 알아서 기어 나와! 나오지 않으면 혀를 뽑아서 네 혼백을 끌어낼 테니까!"

확실히 이론상으로는 사람의 혀를 뿌리째 뽑으면 몸에 씐 귀신까지 끌어낼 수 있었다. 척용이 냉큼 대꾸했다.

"안 나가. 내가 안 나가겠다면 뭐 어쩔 건데? 뽑아 봐, 빨리 해, 날 죽이라니까? 난 지금 아주 허약해져서 이 사람을 죽이면 나까지 덩달아 죽어 버릴 수도 있어. 이 좋은 기회를 놓치면 안 될 텐데. 아니면 내 유골을 찾아낼 생각은 평생 못 하게 될걸!"

척용은 심지어 자진해서 혀를 아무렇게나 빼물었다. 사련이 위협을 실천으로 옮기기를, 이 잔혹한 방식으로 자기 혼백을 육신에서 끌어내기를 간절히 바라는 모양새였다. 그가 입을 나불거렸다.

"어차피 내가 달라붙은 이 인간은 잡놈에 불과해. 그냥 죽여. 아무도 모른다니까? 아무도 관심이 없다니까? 태자 전하의 성스러운 후광은 털끝만큼도 더럽혀지지 않을 거라고. 봐! 난 네 엄마를 모조리 재 가루로 빻아 버린 놈인데, 그래도 안 죽여? 하하하하하하…….”

사련의 신발이 꿈쩍하지 않자 아이는 그의 다리를 껴안고 서럽게 울었다.

“우리 아빠 죽이지 마요! 우리 아빠 죽이지 마!”

사련의 숨결이 점점 가빠졌다. 머리가 어지럽고 눈앞이 아뜩해지면서 온몸이 벌벌 떨려 왔다. 당장이라도 척용의 머리를 쪼개 버리고 싶었으나 손을 댈 수가 없었다. 척용이 양손을 펼치며 말했다.

“하하하하! 태자 표형, 실패네. 제대로 실패했어!”

사련은 척용의 멱살을 낚아챘다. 얼굴에 들이꽂는 주먹을 따라 욕이 터져 나왔다.

“닥쳐! 닥쳐! 닥쳐!”

그러나 사련이 격노할수록 척용은 즐거워졌다. 흠씬 얻어맞는 대가를 치르더라도 상대를 지옥으로 끌고 들어갈 수만 있다면 마냥 통쾌하기만 했다. 그는 안광을 번뜩이며 말했다.

“봐! 이제 진짜 얼굴을 드러냈네! 태자 표형, 세상에 나보다 형을 잘 아는 사람이 있겠어? 없지. 넌 지금 누구에게나 짓밟히는 상갓집 개 신세지만, 난 너무 잘 알거든. 사실 네 마음속엔 아직도 자긍심이 넘치잖아. 남들이 너더러 실패했다고 말해도 절대 인정 못 하잖아! 내가 너보고 실패했다고 했으니 분명 내가 죽도록 미울 텐데? 심장에서 피가 쏟아질 텐데? 빨리 해! 아니면 이 사람은 죄가 없으니 날 죽이기 위해 연루시킬 수는 없다, 그렇게 외칠 셈인가? 자! 어떻게 나올지 보자고!"

도발하듯 으스대는 광적인 웃음소리가 울려 퍼진 가운데, 사련의 인내심이 바닥났다.

챙, 맑은 마찰음과 함께 방심이 검집을 빠져나왔다.

선득하고 새카만 칼날이 허공을 내리찍었다.

## 26장 신무대로에서의 첫 만남

허공을 내찌른 검이 가슴을 뚫고 지나갔다. 이윽고 요괴의 시신이 땅으로 쓰러졌다.

"천관이 복을 내리시니, 마귀와 요괴는 물러가라!"

신무대로 양쪽에서 파도 같은 굉음이 일파만파로 높아 갔다. 황궁의 주홍 대문 앞에서 천신과 요마 역할을 맡은 도인 두 사람이 주위를 한 바퀴 돌며 인사하고는 허리를 숙인 채 양쪽으로 퇴장했다. 본격적인 제천유를 앞두고 선두 공연이 끝나자 백성들의 분위기가 고조되었다. 거리 양쪽은 몰려든 사람들로 발 디딜 틈이 없었다. 담이 큰 자들은 너나 할 것 없이 지붕 위로 올라갔다. 박수와 함성, 갈채, 신명 나는 춤사위까지, 지켜보는 관중들은 즐거움을 만끽했다.

만백성이 거리로 쏟아져 나온 듯, 아주 성황이었다. 선락국 역사상 가장 전무후무한 정월 제천유 의식이 언제냐고 묻는다면 틀림없이 오늘이 될 것이다!

높은 누각 위. 비단옷을 걸친 수려한 황족과 귀족들이 늘어서서 저마다 고상한 미소를 머금고 아래를 굽어보았다. 황궁 안에는 수백 사람들의 행렬이 제자리에서 조용히 대기하고 있었다. 웅장한 종소리가 울리자 국사는 있지도 않은 긴 수염을 쓸어내리며 호명했다.

"선두 무사!"

"여기 있습니다!"

"선녀!"

"여기 있습니다!"

"악사!"

"여기 있습니다!"

"기마대!"

"여기 있습니다!"

"요마!"

"여기 있습니다."

"열신무자!"

돌아오는 대답은 없었다. 국사의 미간이 단숨에 구겨졌다. 그는 일이 잘못되었다는 것을 깨닫고 빙글 뒤돌아섰다.

"열신무자? 태자 전하는?"

여전히 돌아오는 대답은 없었다. 방금 호명에 대답한 '요마'가

잠시 머뭇거리나 싶더니, 험상궂은 가면을 벗고 수려하고 흰 얼굴을 드러냈다.

열일곱 남짓 되어 보이는 이 소년은 살갗도 입술도 혈색이 옅어 깨끗한 인상을 풍겼다. 흑요석처럼 새카만 두 눈에 빛이 어룽거렸다. 부드러운 머리카락 가운데 몇 가닥이 이마와 뺨 옆에 흐트러져 있었다. 침착하고 다소곳해 보이는 얼굴은 손에 들린 흉악한 요마 가면과 사뭇 대조적이었다.

그가 나지막한 목소리로 말했다.

"태자 전하께선 자리를 이탈하셨습니다."

국사는 하마터면 까무러칠 뻔했다.

그래도 거사를 앞둔 시점에 기절할 수는 없었다. 그는 간신히 버티고 서서 처량한 목소리로 물었다.

"어떻게? 어떻게 이탈하실 수가 있어? 언제 떠나셨지? 이제 의장대가 궐문 통로 밖으로 화대를 끌고 나갈 차례이거늘! 요마만 보이고 신선이 없으면 군중들이 침을 뱉을 테고 이 노인네는 그 안에서 헤엄쳐 나오지도 못하겠구나! 모정, 넌 왜 막지 않은 것이냐!"

모정이 머리를 숙이고 대답했다.

"태자 전하께서 떠나시기 전에 전언을 남기셨습니다. 금방 돌아올 터이니 걱정할 것 없이 순서대로 진행하면 된다고요."

국사는 속이 바싹 타들어 갔다.

"내가 걱정을 안 하게 생겼느냐? 금방 돌아오신다니? 금방이 언제인데? 만에 하나 때를 놓치면 어찌해?"

궐문 통로 바깥, 이른 아침부터 지금까지 몇 시진씩 기다리느라 안달이 난 백성들이 재촉의 목소리를 높였다. 이때 한 도인이 서둘러 달려왔다.

"국사 어르신. 황후께서 인편으로 여쭤보라 하십니다만, 의장대는 어찌 아직도 출발하지 않습니까? 길시가 다 되어 가니 이대로 출발하지 않으면 때가 지나 버립니다."

이 말을 들은 국사는 지금 당장 반란군이 성에 쳐들어와 이번 제천유 의식을 망쳐 놓으면 얼마나 좋을까, 싶어졌다.

목숨이 달린 이 결정적인 순간에 말썽을 부리다니!

말썽을 부린 주인공이 다른 사람이었다면 그는 진작에 노발대발하면서 검을 뽑아 휘두르고도 남았을 터였다. 하지만 공교롭게도 이 사람은 그가 가장 아끼는 애제자이자, 남의 집에서 금이야 옥이야 키운 귀한 아들이었다. 때릴 수도 없고, 욕하지도 못하고, 더욱이 죽일 수도 없다. 그를 죽이느니 차라리 자결하는 게 낫지!

바로 이때, 한 사람이 칠흑같이 어두운 궐문 앞 통로를 지나쳐 황궁을 향해 내달려 왔다. 우렁찬 목소리가 이어졌다.

"국사 어르신, 출발 명령은 언제 내리실 겁니까? 길시가 지나기 직전이라 다들 바깥에서 조바심을 내고 있습니다!"

뛰어온 사람도 열일곱 남짓 되어 보이는 소년이었다. 반듯한 몸태에 키가 아주 훤칠했고 피부색은 밀보리 같았다. 등에는 새카만 활과 새하얀 화살통을 메고 있었다. 입을 꾹 다물고 미간을 찌푸린 소년은 어린 나이에도 눈빛이 의연했다. 국사는 소년을 보자마자 그를 덥석 붙잡고 물었다.

"풍신! 너희 태자 전하는?"

얼떨떨해진 풍신은 곧장 뭔가를 깨달았는지 분노가 어른거리는 눈빛으로 옆에 있는 모정을 쏘아보았다. 모정은 조용히 요마가면을 덮어쓴 뒤라 표정이 보이지 않았다. 풍신이 가라앉은 목소리로 말했다.

"지금은 설명드릴 시간이 없습니다! 바로 출발하시죠. 태자 전하께서는 국사 어르신을 실망시키지 않으실 겁니다!"

별수 있겠는가. 화대가 나갔을 때 열신무자가 없어도 죽음이요, 꾸물거리며 나가지 않았다가 길시를 놓쳐도 죽음인 것을. 국사는 절망적으로 손을 휘두르며 외쳤다.

"풍악, 출발!"

명이 떨어지자 관현악 연주가 막을 열었다. 황실 무사 백 명이 행렬의 선두에서 한목소리로 기합을 넣고는 성대한 의장대를 이끌고 출발했다.

선두에 선 병사들은 세상의 가시밭길을 헤치고 나아간다는 상징이다. 그 뒤를 바짝 따르는 이들은 모두 까다롭게 선별한 아리따운 처녀들이었다. 섬섬옥수로 바구니를 들고 눈송이 흩날리듯 꽃을 뿌리니, 떨어진 꽃잎이 부스러져도 맑은 향기는 여전했다. 악사들은 황금으로 만든 금차(金車) 위에 단정하게 앉았다. 행렬이 궐문 통로를 빠져나오자 관중들은 경탄을 금치 못하고 앞다투어 꽃송이를 향해 손을 뻗었다. 그러나 이 행렬이 아무리 아름답고 화려하며 성대해도, 어디까지나 본무대를 위한 복선에 지나지 않았다. 화대. 마지막으로 화대가 등장할 차례였다.

금빛 재갈과 고삐를 찬 열여섯 마리 백마가 이끄는 화대가 깊숙한 궐문 통로를 지나 수만 관중의 눈앞에 유유히 나타났다. 화대 위에는 흉악한 가면을 쓴 검은 옷의 요마가 9척에 달하는 참마도(斬馬刀)를 몸 앞에 가로들고 묵직하게 자세를 취했다.

국사는 가슴을 졸이며 기적이 일어나기만을 간절히 바랐다. 하지만 기적은 일어나지 않았다. 군중들이 소란스레 끓어올랐다. 누각 위에 늘어선 황족들은 살짝 인상을 찌푸리고 서로를 쳐다보며 어수선하게 한마디씩 보탰다.

"어떻게 된 거지요? 열신무자는 왜 무대에 오르지 않았답니까?"

"태자 전하께서 아직 도착하지 않으신 걸까요?"

"련 오라버니는요?"

누각 정중앙에는 용모가 수려한 사내와 흰 피부에 이목구비가 우아한 귀부인이 앉아 있었다. 바로 선락국의 국주와 황후였다. 나와야 할 사람이 보이지 않자 황후는 근심스러운 얼굴로 옆에 앉은 국주를 바라보았다. 국주는 그녀의 손을 꼭 잡고 눈빛으로 그녀를 안심시켰다. 걱정하지 말고 조용히 지켜보자는 뜻이었다. 하지만 아래편 거리 양쪽의 인파는 달래 줄 사람도 없겠다, 한층 격렬하게 소리치기 시작했다. 고함 소리에 지붕이 죄 뒤집힐 것 같았다. 국사는 지금 당장 자결할 용기가 없어 한스러울 뿐이었다. 그에 반해 화대 위에 오른 모정은 몹시 침착했다. 그는 상대가 없는데도 자신에게 주어진 임무를 완벽하게 수행했다. 마지막으로는 장도(長刀)를 세워 몸 앞에 콱, 묵직하게 내리꽂았다.

살풍경한 공기 속, 이 검은 옷의 소년은 기세등등하게 '요마' 무대의 서막을 열었다.

모정은 얼굴로 보나 체구로 보나 고상한 서생처럼 곱상하고 가냘팠다. 그러나 한없이 육중한 9척 장도를 그는 무게를 느끼지 못하겠다는 듯이 가볍게 휘둘렀다. 도사 역할을 맡은 도인 수십 명이 차례차례 화대 위로 뛰어오르더니 다시 장도의 공격을 맞고 고꾸라지며 무대 아래로 물러났다. 솔직히 평하자면, 장도를 휘두르며 도사들을 무찌르는 모정의 모습은 무척이나 근사했다. 그래서인지 어떤 사람들은 그에게 환호성을 보내기도 했다. 다만 대부분은 요마가 농간을 부리는 '요마화인(妖魔禍人)' 장면을 보러 온 것이 아니었기에 너도나도 목청 높여 외쳤다.

"열신무자는?"

"태자 전하는 어디 가셨습니까?"

"우리가 보고 싶은 건 전하께서 연기하시는 신무대제다! 요마는 물러가라!"

누각 위에서 목소리 하나가 펄펄 날뛰었다.

"우리 표형은? 이게 무슨 개수작이야? 누가 이딴 걸 보여 달래? 젠장, 우리 태자 표형은 어디 있어!"

보지 않아도 뻔했다. 가장 큰 목청을 자랑하는 이 사람은 틀림없이 소경왕(小鏡王) 척용이다. 수많은 사람들이 일제히 고개를 들었다. 아니나 다를까, 연청색 비단옷과 목걸이를 두른 화려한 옷차림의 소년이 누각 가장자리로 돌진하더니 씩씩거리며 아래를 향해 주먹을 휘두르고 있었다. 고작 열여섯 가까이 되어 보이는 소년이었다. 얼굴은 분칠한 듯 희고 눈썹은 먹처럼 짙어 제법 용모가 눈부셨다. 다만 당장이라도 난간을 뛰어넘어 사람을 때릴 듯한 독기가 얼굴에 덕지덕지 묻어 있었다. 하지만 이 누각은 너무 높아서, 뛰어내리면 죽지는 않아도 다리가 부러질 터였다. 그래서 그는 뛰어내리는 대신 백옥 찻잔을 낚아채 아래로 집어 던졌다.

찻잔은 요마의 뒤통수를 향해 쏜살같이 날아갔다. 그 찻잔에 맞으면 피를 쏟으며 자리에서 정신을 잃을 터였다. 그때였다. 요마가 몸을 살짝 틀고 장도를 비스듬히 세우더니 날아오는 찻잔을 칼끝으로 받았다.

휘청거리던 찻잔이 칼끝에 안정적으로 서자 환호성과 갈채가 쏟아졌다. 모정은 다시 장도를 튕겨 찻잔을 멀리 날려 보냈다. 무대 아래에 있던 한 도인이 그 찻잔을 받았다. 그러자 모정은 침착하게 요마 역할로 돌아가 검무와 칼부림을 이어 갔다. 척용은 노발대발하며 다시 뭔가를 던지려 했다. 황후가 사람을 보내고 나서야 가까스로 그를 끌어낼 수 있었다. 하지만 황족들의 표정은 갈수록 무겁게 가라앉았다. 몇몇 사람은 가만히 앉아 있지도 못했다.

열신무자가 정월 제천유 의식을 앞두고 갑자기 사라지다니. 이는 결코 재미있는 일이 아니었다.

바로 이때, 군중 사이에서 폭풍 같은 갈채가 터져 나왔다. 이전의 어떤 갈채보다도 드높은 기세였다. 하늘에서 떨어진 새하얀 그림자가 검은 옷의 요마 앞에 내려앉았다.

그 사람이 착지하자 흰 옷자락이 거대한 꽃처럼 화대 위로 겹겹이 펼쳐졌다. 황금 가면이 얼굴을 가리고 있었다. 그는 한 손에 검을 들고 다른 한 손으로 선득한 검 끝을 가볍게 튕겼다. 팅, 하는 듣기 좋은 울림이 울려 퍼졌다. 마치 눈앞의 검은 요마는 안중에도 없다는 듯이 퍽 차분하고 느긋한 동작이었다. 요마는 그를 향해 느릿하게 칼끝을 겨누었다. 흰옷의 무사도 천천히 몸을 일으켰다.

척용의 두 눈이 빛났다. 그는 상기된 얼굴로 펄쩍 뛰어오르며 목이 터져라 외쳤다.

"태자 표형! 태자 표형이 왔다!"

누각 위아래 할 것 없이 모두가 멍하니 말문을 잃었다.

그야말로 천인이 강림하듯 대담하기 그지없는 등장이었다.

성루의 높이는 자그마치 십여 장에 달했다. 이 태자 전하는 천금같이 귀한 몸으로 그 성루에서 뛰어내린 것이다. 방금 한순간, 사람들은 진짜 천신이 속세에 강림한 줄만 알았다. 정신을 차리고 보니 저도 모르게 피가 끓어올랐다. 다들 소름이 끼치고 머리털이 곤두섰다. 사람들은 흥분한 채 있는 힘껏 박수를 보냈다. 척용도 질세라 목청을 높이며 앞장서서 크게 박수를 쳤다. 소리를 지르느라 목이 죄 갈라졌고 마주친 두 손바닥은 벌겋게 물들었다. 국주와 황후도 웃음을 머금고 서로를 바라보며 함께 박수를 치기 시작했다. 나머지 황족들도 인상을 펴고 안도하며 박수와 찬탄을 보냈다. 신무대로 양편으로 몰려든 사람들의 물결이 한층 거세게 출렁거렸다. 수백 수천에 달하는 사람들은 앞을 막아선 황실 무사들을 뚫고 들어가 태자를 얼싸안고 환호하고 싶어 안달을 부렸다.

화대 위, 흑백으로 나뉜 두 그림자가 대치했다. 천신과 요마는 각자 무기를 한번 휘두르고 마침내 결투에 임했다.

태자가 때맞춰 나타나자 국사는 긴장한 마음을 누그러뜨리고 겨우 누각으로 올라갔다. 그는 한 바퀴 돌며 주변 동료들과 인사를 나눈 뒤에 자기 자리를 찾아 앉았다. 국주가 웃으며 말했다.

"국사, 이리 온 세상이 놀랄 만한 등장을 어떻게 구상하였지? 참으로 훌륭한 등장이야."

국사는 땀을 훔치며 웃었다.

"훌륭하기론 두말할 것이 없지요. 다만 아뢰옵기 황공하오나 이는 소신의 생각이 아닙니다. 아마 태자 전하의 계획인 줄로 압니다."

한편 황후는 가슴을 가볍게 두드리면서 말했다.

"어쩜 이리 막무가내인지. 한마디 언질도 없이 그 높은 곳에서 뛰어내리다니. 방금은 너무도 놀라서 자리를 박차고 일어날 뻔하였네."

국사는 내심 우쭐한 투로 대답했다.

"황후마마께선 전혀 걱정하지 않으셔도 됩니다. 태자 전하의 출중한 무예 실력이라면 십여 장 높이는 물론이고 몇 곱절 더 높은 성루라도 눈 감고도 오르내리실 수 있습니다."

황후는 못내 기쁜 표정으로 온화하게 말했다.

"다 국사의 가르침 덕일세."

국사가 너털웃음을 터트렸다.

"과찬의 말씀이십니다. 태자 전하께서는 하늘의 총아로서 하늘의 자질을 이어받으셨고, 하늘이 낙점한 인재이시자 하늘이 내린 귀한 혈통이십니다. 그런 전하를 가르칠 수 있게 된 것이야말로 소신들의 행운이지요. 소신이 예감하건대, 태자 전하께서 지휘봉을 잡으셨으니 오늘 유사 이래 가장 훌륭한 열신제천무(悅神祭天武)가 나올 게 분명합니다."

그는 '하늘'이라는 말을 네 번씩이나 막힘없이 줄줄 읊었다. 국주는 미소를 머금고 고개를 돌려 다시 아래를 바라보았다.

"그리되기를 바랄 따름이네."

이 정월 제천유 의식에서 가장 중요한 두 배역이 바로 '열신무자'와 '요마무자'다. 두 배역 모두 무예가 출중한 소년들만 맡을 수 있었다. 특히나 열신무자는 예복과 장신구의 양식이 엄격하고 몹시 화려했다. 복식을 완벽하게 갖추면 머리부터 발끝까지의 무게가 족히 40, 50근에 달했다. 열신무자는 이 정도의 무게를 짊어지고 수많은 관중이 지켜보는 가운데 성을 여러 바퀴 돌면서 최소 두 시진 동안 무예를 선보여야 한다. 그사이에 어떤 차질도 빚어서는 안 되니 당연히 무예가 출중해야 하지 않겠는가?

다행히 이 두 소년은 다들 빼어난 실력자였다. 칼과 검이 선득하게 빛나며 맞붙는 광경은 그야말로 장관이었다. 동작에서도 절도가 넘쳤다. 아마 수도 없이 연습했을 것이다. 국주가 입을 열었다.

"요마 역할로 태자와 겨루는 사람은 누구인가?"

국사가 가볍게 목을 가다듬고 대답했다.

"폐하께 아뢰옵니다. 저자는 황극관의 소도사입니다. 이름은 모정이라 합니다."

황후가 부드러운 목소리로 말했다.

"내가 보기에는 저 아이도 황아[#5]보다 조금 약할 뿐이지 실력이 제법인 것 같네. 아마 풍신과 비슷하려나?"

국사는 황후의 말에 썩 동의하지 않는 기색이었다. 척용은 황후의 무릎에 엎드려 포도를 먹다 말고 다급하게 포도 껍질을 뱉으며 말했다.

"퉤퉤! 아니 될 말씀입니다! 조금 약한 게 아니라 한참 멀었어요. 아무나 우리 태자 표형하고 비교하면 안 되지요!"

---

**#5 황아** 皇兒. 황제와 황후가 태자를 부르는 애칭

그 말에 황후가 웃으며 척용의 머리를 몇 번 쓰다듬었다. 황족들은 거하게 웃음을 터뜨리고 그를 놀렸다.

"용은 정말 제 표형에게 딱 달라붙어 놓아주질 않는군. 하루라도 표형을 칭찬하지 않으면 좀이 쑤시는 모양이지."

같은 시각, 누각 아래쪽에서 군중들이 외치는 소리가 하늘 끝까지 치솟았다.

"때려! 때려라! 죽여 버려!"

"요마를 해치워라!"

함성이 갈수록 거세게 몰아쳤다. 척용도 손나팔을 만들어 입가에 대고 호탕하게 웃으며 소리쳤다.

"태자 표형, 해치워! 형은 한 손만으로 놈을 때려눕힐 수 있잖아! 그 자식에게 본때를 보여 줘!"

불현듯 화대 위의 요마가 장도를 휘둘렀다. 열신무자는 검으로 반격하면서 '응?' 하고 외마디 소리를 냈다.

원래 제천유 의식에서 치르는 결투는 신을 기쁘게 하기 위한 연기이므로 많아야 7할의 힘만 끌어올려도 충분하다. 하지만 그는 이 일격을 받아치다가 자칫 들고 있던 검을 놓칠 뻔했다. 틀림없다. 상대방은 방금 그 일격에 10할의 힘을 실었다.

사련은 고개를 살짝 치켜들고 낭랑한 목소리로 말을 꺼냈다.

"모정?"

요마를 연기하는 맞은편의 소년이 말없이 다시 한번 일격을 날려 왔다. 사련은 더 생각할 겨를도 없이 연달아 참마도를 막아 내면서 속으로 중얼거렸다.

'지금이 가짜로 때릴 때보다 훨씬 재밌네.'

이쯤 되니 정신이 번쩍 들면서 흥도 오르기 시작했다.

그렇게 온 천지를 뒤엎을 기합 소리와 함께 무기가 맞붙고 사방으로 불티가 튀었다. 화대 위의 싸움이 격렬해질수록 아래편의 환호성도 우레처럼 터져 나왔다. 이때 검이 길게 포효하더니 새하얀 빛을 뿜었다. 관중들은 악, 하고 소리치고 조용히 숨을 죽였다. 요마의 참마도가 열신무자의 가느다란 검에 튕겨 날아가 높은 축대의 한쪽 돌기둥에 들이박힌 것이었다. 참견꾼 하나가 참마도를 뽑으러 갔으나, 갖은 애를 써도 꿈쩍하지 않자 놀라움을 금치 못했다.

"무슨 놈의 칼이 이렇게 강력해!"

화대 위의 열신무자는 검을 떨치고 다시 한번 검날을 가볍게 튕겼다. 팅, 청명한 소리가 울려 퍼졌다. 황금 가면 뒤에서 나직한 웃음소리가 들려왔다.

사련은 여유롭고 유쾌한 투로 말했다.

"잘 싸웠다. 하지만 네 패배로구나."

무기를 잃은 요마는 한쪽 무릎을 꿇은 채 말없이 주먹만 꽉 부르쥐었다. 사련이 검을 뒤로 세워 가볍게 원을 그렸다. 사방의 환호성 속에서 최후의 일격으로 요마를 '처단'하려던 그때였다. 느닷없이 위쪽에서 날카로운 비명이 울려 퍼졌다.

사련은 흠칫 검을 거두고 고개를 들었다. 성벽 위에서 쏜살같이 떨어지는 그림자가 어렴풋이 시야에 담겼다.

한순간 아무 생각도 들지 않았다. 전광석화처럼 도약한 그는 가볍게 몸을 날려 허공을 스쳐 갔다.

날아오르면서 나비의 날개처럼 펼쳐진 양 소매가 다시 나풀나풀 떨어져 내렸다. 한들거리는 모습이 하얀 깃털 같기도 했다. 누군가를 단단히 끌어안은 채 안정적으로 땅을 밟고 나서야 그는 안도의 한숨을 내쉬고 아래를 내려다보았다.

꾀죄죄한 차림새에 얼굴에 붕대를 휘감은 어린아이가 그의 품 속에 둥글게 웅크린 채 그를 멀거니 쳐다보고 있었다.

대략 일고여덟 살쯤 되어 보이는, 정말 마르고 왜소한 아이였다. 까마득한 곳에서 떨어진 작은 몸이 사련의 팔 안에서 오들오들 떨었다. 어쩐지 갓 태어난 짐승 새끼 같았다. 머리에 엉망진창 휘감긴 붕대 틈새로는 커다랗고 까만 한쪽 눈이 드러났다. 눈동자에 새하얀 그림자를 담은 채, 아이는 마치 다른 건 아무것도 보이지 않는다는 듯 눈 한번 깜박하지 않고 그를 응시했다.

사방 곳곳에서 놀란 목소리가 밀려들었다. 고개를 살짝 든 순간, 사련은 심장이 덜컥 내려앉았다. 앞쪽 먼발치 바닥에 떨어진 금빛 물건이 시야 한구석에 들어온 탓이었다.

얼굴을 가린 황금 가면이 떨어졌다.

사련은 신무대로 한복판에 착지했다. 아직 이곳까지 행진하지 못한 의장대는 뒤쪽에 몇 장씩이나 떨어져 있었다. 난데없이 닥친 사고에 무사들의 침착한 발걸음이 흐트러졌다. 꽃을 뿌리던 선녀들도 당황한 기색이 역력했다. 금차가 제자리에 멈추더니 우람한 백마들이 발굽을 쳐들고 울부짖었다. 악대 사이에서도 불협화음이 튀어나왔다. 행진하려는 사람과 자리에 멈춘 사람이 뒤섞였다. 미처 걸음을 통일하지 못한 바람에 행렬이 무너지기 일보 직전이었다. 대로 양쪽의 군중들은 아직 반응이 없었다. 누각 위에 앉아 있던 선락 국주가 벌떡 몸을 일으켰다. 아들의 모습을 바라보는 표정에서 우려와 근심이 묻어났다.

국주가 일어섰는데 나머지 귀족들이 어디 감히 앉아 있겠는가? 다들 부랴부랴 자리에서 일어났다. 국사의 엉덩이는 막 의자를 따뜻하게 데운 참이었건만 이제 다시 식어 버렸다. 당장이라도 넙죽 엎드려 죄를 빌어야 할까 고민하고 있는데, 척용이 난간으로 뛰어가 소매를 걷어붙이고 버럭 외쳤다.

"또 무슨 일이냐? 어찌 된 거야? 대오가 왜 흐트러졌어? 이 폐물들이 대체 뭐 하는 거야? 그렇게 밥그릇만 축내 놓고 말 한 마리 하나 제대로 못 다뤄?"

황후는 창백한 얼굴로 미간을 살짝 찌푸리고는 서둘러 사람을 시켜 그를 끌어냈다. 지켜보던 군중들이 서서히 동요하기 시작했다. 큰 소란을 앞둔 그때, 사련이 벌떡 일어났다.

평소 존귀한 태자 전하께서는 황궁 깊숙이 숨어 있거나 황실 도장에서 도를 닦느라 백성 앞에 얼굴을 내밀 기회가 거의 없었다. 그러니 이번이 전대미문의 첫 등장인 셈이었다. 사람들은 저도 모르게 한쪽으로 시선을 빼앗겼다. 그를 바라본 모두가 무의식적으로 숨을 들이켰다. 긴 눈썹과 아름다운 눈이 수려함의 극치를 달렸다. 온몸에는 찬란한 영광이 흘러, 제대로 바라볼 엄두도 나지 않았다. 그는 한 팔로 어린아이를 안은 채 반대쪽 손으로 천천히 검을 들어 화대 위를 가리켰다.

화대 위에서 상황을 지켜보고 있던 요마는 태자의 동작을 보고 잠깐 멈칫하더니 갑작스레 뛰어올랐다.

화들짝 놀란 군중들이 아우성을 쳤다. 요마의 형체는 먹구름처럼 허공을 스치나 싶더니 아까 손에서 날아가 기둥에 들이박힌 참마도의 칼자루를 쥐었다. 그러고는 갈라진 돌 틈에서 칼을 뽑고 몸을 뒤집으며 도약해 대로의 한복판, 열신무자의 앞에 내려앉았다.

민첩하게 사련의 뜻을 알아듣고 호흡을 맞추러 온 것이다. 사련은 나지막한 목소리로 그를 칭찬했다.

"역시 모정이야!"

이제 열신무자와 요마가 화대 아래로 내려왔다. 흑과 백, 도와 검이 거듭 결전에 나섰다. 군중들은 흥분에 휩싸여 다시 한 번 들썩이기 시작했다. 누각 위 귀족들도 간신히 긴장을 풀고 표정을 갈무리했다.

요마는 열신무자가 품에 안은 아이를 베려는 자세를 취하면서 두 손으로 장도를 가로쥐고 사련을 향해 휘둘렀다. 두 사람은 능청스럽게 맞겨루며 싸움을 이어 가다가 다시 가볍게 화대 위로 뛰어올랐다. 풍신은 사람들의 관심이 쏠린 틈에 몸을 날려

대로를 구르면서 황금 가면을 낚아챘다. 그러곤 다시 의장대 속으로 뛰어들어 나직하게 일갈했다.

"전열을 흐트러뜨리지 마라! 다들 침착해! 아무 일 없었던 것처럼 계속 가! 이번 바퀴를 마지막으로 궁으로 복귀한다!"

의장대 병사들은 재깍 정신을 차리고 각자의 위치로 돌아가 다시 심기일전했다. 동시에 저 멀리 화대에선 모정의 공세가 더욱 거세졌다. 사련은 요란한 마찰음와 함께 도를 막아 냈다. 이때 품속의 아이가 아, 하고 신음했다. 살기등등한 전투에 휘말렸으니 무척 겁이 날 터였다. 사련은 왼팔로 아이를 단단히 끌어안고 조용히 말했다.

"겁내지 마!"

이 말을 들은 아이가 그의 웃옷 가슴께를 꽉 붙잡았다. 사련은 한 손으로 아이를 안고 나머지 한 손으로 검을 쓰는데도 여유 만만했다. 싸움이 길어지자 아이가 다시 벌벌 떨면서 물에 빠진 사람이 지푸라기를 잡듯이 그의 어깨를 끌어안았다. 사련이 다시 입을 열었다.

"괜찮아. 무엇도 널 다치게 하진 못해."

말을 마친 그가 낮게 소리쳤다.

"모정!"

맞은편의 요마가 희미하게 고개를 끄덕였다. 사련의 검이 돌진했다.

만민이 지켜보는 가운데, 열신무자는 마침내 요마의 심장을 단숨에 꿰뚫어 그 자리에서 처단했다.

모정은 요마의 탈을 쓴 채 '상처'를 움켜쥐고 비틀거리며 몇 걸음 뒤로 물러섰다. 그는 짧은 몸부림 끝에 쿵, 소리를 내며 바닥으로 떨어져 미동도 하지 않았다.

척용은 누각 위에서 목청 높여 웃으며 박수를 쳤다.

"죽었다! 죽었어! 태자 표형이 사악한 요마를 해치웠다!"

같은 시각, 위풍당당한 제천유 행렬은 계속해서 황궁을 향해 행진해, 대오를 정리하고 궐문 통로로 들어섰다. 태자의 시기적절한 등장과 자극적인 줄거리, 방금 일어난 의외의 사건이 겹치자 백성들은 불만을 터뜨리기는커녕 한층 열광했다. 수많은 사람들이 '전하', '천신'을 목청껏 외치면서 화대를 뒤따랐다. 수천 수만의 인파가 한꺼번에 황궁으로 밀려들었다. 장군들은 할 수 없이 무사와 병사를 몇 곱절 더 보내 지나치게 흥분한 백성들을 막아야 했다. 그러나 끝까지 버틸 방법은 없었다. 방어선을 뚫은 사람들이 벌 떼처럼 들이닥쳤다.

선락 국주가 누각 위에서 외쳤다.

"위병! 무사!"

다행히도 의장대 수백 명은 전부 궐문 통로로 들어선 참이었다. 주홍 대문이 화대 뒤에서 삐걱대며 닫혔다. 펄럭이던 오색 깃발도 더는 나부끼지 않았다. 허탕을 친 백성들이 달려들어 문을 두드리고 환호성을 지르는 소리에 온 하늘이 뒤흔들렸다.

그리고 굳게 닫힌 궐문 안. 화대 위에서 콰당, 요란한 소리가 들려왔다. 흰옷의 열신무자와 검은 옷의 요마가 나란히 무기를 내던지고 바닥에 맥없이 널브러졌다.

사련은 온몸이 땀투성이였다. 겹겹이 휘감긴 화려한 신복을 벗어젖히며 그가 긴 한숨을 내쉬었다.

"위험했다, 진짜 아슬아슬했어. 힘들어 죽겠네."

모정도 무거운 요마 가면을 벗고 소리 없이 숨을 내쉬었지만 힘들다고 우는소리를 하지는 않았다.

고개를 돌린 그는 사련의 품에 안긴 아이를 보고 말없이 미간을 찌푸렸다. 풍신은 아래쪽에서 화대를 뒤쫓아 달려오며 외쳤다.

"전하, 그 꼬마는 왜 데려오셨습니까?"

그 아이는 사련의 가슴에 엎드린 채 작은 몸을 꼼짝없이 굳히고 숨소리도 제대로 내지 못했다. 사련은 몸을 일으켜 앉았다.

"안 데리고 오면, 그냥 밖에 내버려 두라고? 난장판이 된 거리에 이렇게 작은 애를 놔뒀으면 금세 밟혀 죽었을 거야."

말을 마친 그는 아이를 안아 올려 작은 머리를 두어 번 쓰다듬고는 내키는 대로 물었다.

"꼬마야, 너 몇 살이니?"

그 아이는 눈 한번 깜빡하지 않았다. 입도 달싹이는 법이 없었다. 사련은 질문을 이어 가며 아이를 달랬다.

"아까는 어쩌다 떨어진 거야?"

모정이 끼어들었다.

"전하, 이 아이는 말문이 닫힌 것 같습니다. 놀라서 넋이 나갔어요.”

사련은 다시 아이의 머리를 두어 번 쓰다듬었다. 아이가 멀거니 있자 흥미를 잃은 그는 손길을 멈추고 말했다.

“바보 같기는. 풍신, 이따 사람을 불러서 옆문으로 이 애를 데리고 나가. 상처가 있는지도 한번 봐 주고. 얼굴에 붕대를 감고 있잖아.”

풍신이 손을 내밀었다.

“알겠습니다. 꼬마를 이리 넘기세요.”

사련은 아이를 안아 올려 건네주었다. 그런데 웬일인지 아이는 꼼짝도 하지 않았다. 풍신이 물었다.

“전하, 왜 손을 안 놓으십니까?”

사련은 어리둥절해졌다.

“나 손 놨는데?”

다시 내려다본 순간, 사련은 울지도 웃지도 못하는 심정이 되었다. 알고 보니 아이가 두 손으로 그의 옷자락을 단단히 붙들고 놓지 않은 것이었다.

멍해진 사람들이 곧이어 크게 웃음을 터트렸다. 사련이 황극관에서 수련하는 동안, 남녀를 막론하고 많은 신도들이 호기심 때문이든 신앙심 때문이든 태자 전하를 한번 보겠다고 머리를 쥐어짜거나 갖은 애를 썼다. 그렇게 한번 본 뒤로는 다시 만나고 싶은 마음에 그를 따라 도사가 되겠다며 안달을 냈다. 하지만 나이 어린 꼬마까지도 이렇게 나올 줄은 몰랐다. 같은 황극관에서 수행하는 소도사들이 화대 옆을 지키다 말고 시끌벅적하게 웃었다.

"태자 전하, 이 꼬마는 가기 싫은 모양인데요!"

사련이 웃으며 말했다.

"그래? 그건 안 되겠는데. 나도 내 할 일이 있으니 꼬마는 이만 집에 가렴."

아이는 그 말을 듣고는 붙들고 있던 옷자락을 천천히 놓았다. 풍신이 냉큼 아이를 집어 들었다. 풍신의 손에 들려 있으면서도 아이는 까맣게 빛나는 눈망울로 사련을 물끄러미 응시했다. 그야말로 귀신에라도 씐 것 같은 표정이었다. 이를 본 도인들은 내심 미심쩍은 기분이 들었다. 반면에 사련은 아이를 쳐다보는 대신 풍신을 향해 말했다.

"그렇게 넝마 들듯이 들지 마. 애 놀라겠다."

풍신은 곧바로 아이를 땅에 내려놓고 말했다.

"웃을 때가 아닙니다. 국사께서 반쯤 미쳐 계시거든요. 전하께선 이따 국사께 뭐라고 말씀드릴지 생각해 두시는 게 좋을 겁니다."

그 말에 사람들은 모두 웃음을 뚝 그쳤다.

반 시진 뒤. 황극관 신무봉(神武峰), 신무전.

향연이 피어오르고 독경 소리가 드문드문 들려왔다. 국사와 부국사 세 명은 대전의 한쪽 벽면 앞에 수심 깊은 얼굴로 앉아 있었다. 모정은 그 앞에 있었다. 사련도 무릎을 꿇고 앉았다. 다만 그가 꿇어앉은 방향에는 사람 대신 금으로 주조한 신무대제 신상이 서 있었다. 풍신은 주군을 따라 뒤에 꿇어앉았다.

국사는 세심하게 조각된 황금 가면을 한참이나 들고 있다가 땅이 꺼지도록 한숨을 내쉬었다.

"태자 전하, 태자 전하."

꿇어앉아 있어도 사련의 자세는 흐트러짐 없이 곧았다. 그가 고개를 들고 대답했다.

"예."

국사는 침통하게 말을 이었다.

"아실는지 모르겠습니다. 선락국 역사상 거행된 그 많은 정월 제천유 의식 중에 이번 같은 경우는 한 번도 없었습니다. 의장대가 성을 단 세 바퀴 돌았습니다, 세 바퀴!"

정월 제천유의 모든 의식과 배열 속에는 그만한 의미가 있다. 화대가 성을 도는 한 바퀴엔 한 해의 나라의 태평과 백성의 평안을 기원하는 상징과도 같은 의미가 담겨 있는 것이다. 그러니 제천유 행진을 많이 돌면 향후 몇 년간은 이런 성대한 행사를 생략할 수 있었다. 좋은 조짐일뿐더러 돈도 절약된다. 그런데 세 바퀴라니. 유효기간이 겨우 삼 년이란 소리 아니겠는가?

심지어 환장하게도, 열신무자가 쓰고 있던 황금 가면이 전례(典禮) 도중에 떨어지고 말았다.

선락인은 예로부터 인체의 영기가 오관[#6]에 모이며 머리에는

**#6 오관** 五官. 다섯 감각 기관인 눈, 귀, 코, 혀, 피부

사람의 혼이 머문다고 믿었다. 가장 훌륭한 것을 하늘에 바쳐야 하는 열신무자는 전례 도중에 반드시 황금 가면으로 얼굴을 가려야 했다. 그건 오직 제천의 신들만이 감상할 수 있는 얼굴이었다. 평범한 인간들은 볼 자격조차 주어지지 않았다.

국사는 실망감에 가슴이 미어졌다.

"이전의 열신무자들은 적으면 다섯 바퀴를, 많으면 열대여섯 바퀴를 버텨 냈습니다. 한데 전하는요? 전하는 눈 감고도 50바퀴는 돌 수 있는 분입니다! 백 바퀴라도요! 그런데도 세 바퀴 만에 스스로 자기 목을 조르셨지요. 이 스승을 먼저 목 졸라 죽이지 그러셨습니까? 이제 잘됐군요. 태자 전하께선 역사에 한 획을 그으셨습니다. 덕분에 저도 전하 옆에 이름을 남기게 됐습니다!"

대전 안의 누구도 감히 입을 열지 못했다. 하지만 사련은 태연한 표정으로 차분하게 말했다.

"국사, 이렇게 생각해 보세요. 아무도 그 애를 받지 못해 제천유 도중에 피를 뿌리며 죽었다면 그야말로 불길한 징조가 아닙니까? 전례가 중단되는 건 마찬가지 아닙니까? 그럴듯하게 의식을 마친 것만으로도 최선의 결과입니다. 다 뜻밖에 일어난 사고라고 생각합시다."

잠시 할 말을 잃은 국사가 겨우 입을 열었다.

"전하도 참! 현장에 황실 무사들이 넘쳐났는데 누군들 아이 하나 못 받았겠습니까? 설령 받지 못해서 팔다리가 부러졌어도 죽지는 않았을 겁니다. 전하께서 몇 걸음 앞으로 나아가 멋지게 검을 휘둘렀다면 사람들은 뭐가 떨어져도 금세 잊었을 겁니다."

사련은 눈썹을 치켜올리며 말했다.

"국사도 아시잖습니까. 그런 상황에서 저 말고 그렇게 반응할 수 있는 사람이 없었습니다. 아이가 다치지 않도록 무사히 받을 수 있는 사람도 없었을 테고요. 받지 않았다면 하나가 죽었을 것이고, 받았다면 둘이 죽었을 것입니다."

당연한 말을 하듯 확신에 찬 말투였다. 국사들도 그의 말이 사실임을 잘 알았기에 반박할 수 없었다. 무덤덤하게 신상 앞에 꿇어앉은 모습이 신기하고 우스운 동시에 자랑스럽기도 했다. 귀여운 제자이자 금쪽같은 아이라 화를 낼 수도 없었다. 대신 머리를 쥐어뜯는 고통으로 마음속 근심을 덮을 수밖에. 잠시 침묵한 국사가 다시 말했다.

"그리고!"

사련은 고개를 살짝 숙였다.

"말씀하세요."

"오늘 전하의 등장은 제법 멋졌습니다. 하지만 아무리 멋져도 사전에 한마디 언질도 없이 갑자기 바꾸시면 아니 되지요. 오늘 폐하와 마마께서 전하 때문에 크게 놀라셨습니다. 만에 하나 시간을 놓쳤으면 또 어쩌실 뻔했습니까?"

사련은 눈썹을 끌어 올리며 의아한 표정으로 물었다.

"국사, 이 일은 제가 미리 여쭤보았을 텐데요?"

국사도 얼떨떨해졌다.

"물어보셨다고요? 미리? 언제요?"

이 말을 들은 사련은 미간을 살짝 찌푸리며 한쪽을 바라보았다.

"모정?"

## 27장 잃어버린 붉은 구슬, 무심코 건드린 질투심

이때 사련의 뒤에 꿇어앉은 풍신이 낮은 목소리로 말했다.

"분명 전하께선 전날에 미리 말씀하셨습니다."

쏟아지는 시선 속에서 풍신이 말을 이었다.

"전하께선 요 며칠 내내 제천유에 대해 고심하셨습니다. 그러다 어제 기발한 생각을 떠올리셨습니다. 천인이 강림하는 모습을 본떠 성루에서 뛰어내리는 것이었지요. 그 외에 다른 계획은 바꿀 필요가 없었고요. 다만 그때 전하께선 의식 절차를 복습하시느라 시간을 내지 못하셨습니다. 그래서 국사께 이렇게 진행해도 괜찮을지 여쭤보라며 모정을 대신 보내셨습니다."

고개를 든 그의 눈에 노기가 어른거렸다.

"모정은 돌아와서 국사께 말씀을 전했다고 했습니다. 전하께선 국사가 허락한 줄 아시고 오늘 계획을 진행하신 겁니다. 한데 국사께서는 아무것도 모르셨고, 심지어 거사까지 망칠 뻔했다는 걸 짐작이나 하셨겠습니까?"

국사들은 멀거니 서로를 흘끔거렸다. 국사가 말했다.

"다들 이 얘기를 들은 적 있나?"

나머지 세 부국사들은 연신 고개를 저으며 들은 적이 없다고 대답했다. 국사는 모정 쪽으로 돌아섰다. 얼굴에 드리운 수심이 분노로 바뀌었다.

"모정, 알면서도 일부러 입을 다문 게냐?"

모정이 음흉한 수작을 부렸다고 확신하는 말투와 표정이었다. 사련은 옆에 말없이 꿇어앉은 가냘픈 소년을 흘끔 쳐다보고는 잠시 고민한 끝에 입을 열었다.

"국사, 뭔가 오해가 있는 것 같습니다."

그 말에 모정이 어둡게 가라앉은 눈빛으로 그를 바라보았다. 사련이 말을 이었다.

"일부러 말하지 않았어도 나중에 조금만 대질하면 바로 들통날 계략입니다. 아무도 그 책임에서 벗어날 수 없겠지요. 모정은 절대 눈앞의 일만 생각하는 바보가 아니니 이런 서투른 계략을 낼 리 없습니다. 하물며 열신무자가 빠지면 같은 무대에 서는 요마무자에게 무슨 이득이 있겠습니까? 국사께선 모정의 해명을 듣고 나서 결론을 내려 주셨으면 합니다."

말을 마친 사련은 옆을 살짝 돌아보며 물었다.

"모정, 말해 봐. 어떻게 된 거야?"

모정은 눈을 내리깔고 작은 목소리로 말했다.

“저는 어제 전하께서 시키신 대로 말을 전했습니다.”

국사가 미간을 찌푸렸다.

“네가 말을 했는지 어쨌는지를 우리가 모르겠느냐? 언제 얘기한 것이야?”

모정이 대답했다.

“어제 저녁 수행이 끝나고 반 시진 뒤, 국사 네 분께서 사상궁(四象宮)에서 쉬고 계실 때 창문 밖에서 말씀드렸습니다.”

국사는 나머지 동료 셋을 돌아보고 긴가민가한 눈치로 물었다.

“어제 저녁 수행이 끝나고? 그때 우리가 뭘 하고 있었지?”

그런데 질문을 던지자마자 곧바로 기억이 떠올랐다. 그는 저도 모르게 조금 머쓱한 표정을 지었다. 부국사 세 명도 헛기침을 몇 번 하더니 우물쭈물 말했다.

“별거 안 했지. 그냥…… 쉬었잖아. 그냥 쉬었네.”

국사들이 어물쩍거리자 사람들은 내심 어떻게 된 일인지를 눈치챘다.

황극관은 누구든 바른 몸가짐으로 수행해야 하는 곳이라 대체로 놀음을 할 수 없었다. 다만 소소하게 즐길 만한 오락거리라면 몇 가지 있었다. 그중 가장 인기 있는 것이 바로 패 놀음이었다.

고작해야 패를 치는 것뿐이다. 게다가 남들에게 들키지 않도록 눈치껏 쳐야 했다. 사시사철 황극관에 머무느라 답답했던 국사들은 이 놀음에 깊이 빠졌다. 한번 패를 치기 시작하면 신경을 바짝 곤두세우고 무아지경으로 심취해서는 바깥의 소리를 전혀 듣지 못했다. 모정이 하필 그때 창밖에서 말을 전했다면 몇 글자나 귀에 들어갔겠는가?

부국사 한 명이 말했다.

"오, 그게…… 사람은 많은데 소리가 작아서 잘 안 들린 모양이지. 응, 잘 안 들렸어."

국사는 의심스러운 투로 다시 물었다.

"어제 정말로 사상궁에 왔었느냐?"

모정이 대답했다.

"틀림없이 갔었습니다."

그는 자신의 말을 증명하기 위해 문밖을 지키던 도인의 복장, 용모, 말투가 어땠는지 고했다. 완벽한 대답이라 믿지 않을 수가 없었다. 국사는 다시 눈살을 찌푸리며 물었다.

"기왕 사상궁까지 왔으면 문밖의 도동[#7]에게 말을 전하거나 직접 들어와서 자세히 고하면 되었을 터, 왜 구태여 창문 밖에서 외친 것이냐? 우리가 들었는지는 확인하지도 않고?"

모정이 조곤조곤 대답했다.

"제자도 시도해 보았습니다. 문을 지키는 사형에게 좋은 말로 부탁드렸습니다만, 무슨 이유에서인지 끝까지 난처하게 대처하셨습니다. 저를 들여보내 주시지도 않았고 말을 전해 주시려 하지도 않았습니다. 심지어…… 조롱하는 언사로 저를 쫓아내셨

**#7 도동** 道童. 심부름을 도맡는 항렬 낮은 도사

어요.”

잠시 말을 고른 그가 다시 덧붙였다.

“제자는 별수 없이 사상궁 샛길로 돌아가 창문 밖에서 국사께 말씀드려야 했습니다. 말을 마쳤더니 한 국사께서 ‘알았다, 물러가라’고 하시는 것을 희미하게 들었기에, 제자는 전하의 의견에 동의하신 줄 알고 돌아간 것입니다.”

국사들은 입을 꾹 다물었다.

한창 패를 치고 있는데 밖에서 남이 하는 말이 귀에 들어왔겠는가? 무슨 소리가 들려와도 무심결에 ‘알았다’고 외쳤을 테지만, 사실은 어디에서 들린 소리인지도 몰랐을 것이다!

사련이 미간을 구겼다.

“그런 일이 있었어? 어느 도동이 이리 방자해? 내가 보낸 사람에게 그런 무례를 범하다니 담도 크구나.”

사련은 평소 거들먹거리는 법 없이 황극관 사람들과 친근하게 지내 왔지만, 누가 뭐래도 그는 천자의 피를 이어받은 존귀하신 황자였다. 신상 앞에 무릎을 꿇고 있는 지금도 태도가 아주 겸손하지는 않았다. 그런 그가 한순간 정색하자 화를 내지 않았는데도 위압감이 느껴졌다. 사람들은 늦가을 매미처럼 입을 합, 다물었다. 국사들의 안색이 떨떠름하게 물들었다.

“어제 돌아와서는 왜 사실대로 고하지 않았어?”

사련이 묻자 모정은 무릎을 꿇은 채 돌아앉아 그에게 머리를 조아렸다. 담담한 목소리가 이어졌다.

"태자 전하, 부디 그 사형을 문책하지 말아 주십시오. 제가 어제 전하께 이 일을 고하지 않은 것은 일이 커지지 않기를 바라서였습니다. 그리 대단한 사건도 아닌데 전하께서 제 편을 드시면 오히려 동문의 정이 상하게 될 것입니다."

사련은 전혀 찬성하지 못하고 벌컥 화를 내며 말했다.

"이게 무슨 동문의 정이야? 동문을 괴롭히고 화풀이할 때 쓰는 정이더냐?"

옆에 있던 국사들은 이 말을 듣고 표정이 한층 떨떠름해졌다.

이런 일이 일어난 근본적인 이유는 사실 국사들이 모정을 싫어하기 때문이었다.

그들이 싫어하니 곁에서 국사를 모시는 도동들도 자연히 그들의 속내를 알게 되었고, 거기에다 모정도 애초에 호감을 얻을 만한 성정이 못 되었다. 그래서 동문들은 일상처럼 그의 편의를 봐주지 않고 트집을 잡아 괴롭혔다. 물론 이 금쪽같은 제자는 일부러 국사들을 비꼬려던 건 아니었지만, 확실히 제대로 정곡을 찔렀다.

모정이 자꾸만 물러서자 풍신이 듣다못해 불쑥 끼어들었다.

"말마따나 대단한 사건도 아닌데 네가 굳이 복잡하게 만들었지. 문을 지키던 도동에게 태자 전하의 명으로 말을 전하러 왔다고 단도직입으로 말했으면 감히 입을 다물고 있었겠어? 그리고 오늘 출발하기 직전, 국사께서 태자 전하는 어디 가셨냐고 물었을 때 왜 일부러 대충 얼버무렸지? 전하께서 성루 위에서 대오가 출발하기를 기다리고 계신다, 그리 확실하게 대답하지 않았잖아?”

모정은 분명하고도 평온하게 대꾸했다.

“국사께서 이 일을 알고 계신 줄 알았는데 갑자기 질문하시기에 잠깐 당황했을 뿐이다. 하지만 태자 전하께선 걱정할 필요 없다 하셨다고, 순서대로 진행하면 금방 오실 거라고 분명히 말씀드렸지. 그때 전하께선 자리에 안 계셨지만 듣는 귀가 그리 많았는데 내가 일부러 그랬으려고? 또 언제 대충 얼버무렸지?”

풍신은 눈에 쌍심지를 켜고 모정을 노려보았다. 하지만 돌이켜 보면 당시 모정은 정말 그렇게 말했었다. 국사가 마음을 졸이느라 경솔하게 출발하지 못했을 뿐이니, 모정의 음흉한 속셈을 증명할 만한 잘못은 집어낼 수가 없었다. 이때 사련이 입을 열었다.

“됐어, 됐어. 어쩌다 상황이 어긋나서 생긴 오해야. 운이 나빴던 셈 치고, 다들 이제 그만 싸워.”

풍신의 표정은 무척이나 언짢았다. 하지만 신분 때문에 신무전에서 소란을 피울 수는 없으니 말을 아끼기로 했다. 국사도 더는 이 문제에 매달리고 싶지 않았다. 사실상 그들도 패를 치다가 일에 지장을 준 것이 아닌가? 그래서 국사는 손을 내저으며 말했다.

“큼, 나중에 다시 얘기합시다! 저희가 나중에 모여서 만회할 방법이 있을지 논의해 보겠습니다. 세 사람 다 물러가서 옷 벗고 각자 할 일 하십시오."

사련은 살짝 허리를 숙여 인사하고 곧장 일어섰다. 풍신과 모정은 깍듯하게 머리를 조아린 다음에야 몸을 일으켜 사련을 뒤따라 물러났다. 사련이 막 문턱을 넘어섰을 때, 뒤에서 국사의 목소리가 들려왔다.

"태자 전하."

사련이 뒤를 돌아보았다. 국사가 말했다.

"오늘 국주 폐하와 황후마마께서 전하에 대해 이것저것 물으셨습니다. 요 며칠은 한가하실 테니 뵙고 오시지요."

사련은 빙긋 웃으며 대답했다.

"제자, 그리하겠습니다."

신무전을 빠져나온 세 사람은 큰 산봉우리를 가로질러 태자 전하를 위해 지은 도방, 선락궁으로 돌아갔다. 사련은 그제야 의식에서 입었던 화려한 신복을 벗을 수 있었다.

앞서 말했듯, 정월 제천유 의식에서 열신무자가 입는 예복과 장신구에는 엄격한 양식이 있다. 몸에 착용하는 물건마다 의미가 있으므로 한 치도 흐트러지면 안 되었다. 예컨대 흰색 겉옷은 '성스러움'을, 안에 받쳐 입은 붉은 옷은 '정통'을 상징한다. 금관으로 묶은 머리는 '왕권'과 '부'를 상징한다. 가슴 속에 품은 흰 깃털은 '날개로 하늘과 통한다'는 뜻이며, 소매에 드리운 띠는 '중생을 인도한다'는 뜻이다. 이런 것들이 한두 가지가 아니었다.

그러니 이 의복은 입을 때든 벗을 때든 얼마나 번거로운지 몰랐다. 물론 존귀하신 태자 사련은 일일이 손을 까딱할 필요가 없었다. 그는 그저 방 안에 감도는 청량한 향훈에 파묻혀 두 팔을 활짝 벌리고, 측근인 모정이 겹겹의 열신복을 다 벗겨 줄 때까지 풍신과 조잘거리기만 하면 그만이었다.

새하얀 열신복은 재질이 훌륭하고 무늬가 섬세했다. 가장자리에 수놓인 정교하고 은은한 금빛 무늬는 화려하면서도 사치스럽지 않았다. 요마가 입은 검은 무복과 비교하자면 가히 천지차이였다. 모정은 자신이 입은 새카만 무복을 미처 벗지도 못하고 사련의 몸에서 벗겨 낸 열신복을 팔에 걸쳐 들었다. 그러곤 손가락을 가만히 굽혀 아무도 모르게 옷감을 매만졌다.

한편 머리를 고정한 금관을 벗은 사련은 긴 머리카락을 늘어뜨린 채 단향목 침상에 걸터앉았다. 그는 발을 훌훌 걷어차 새하얀 신발을 벗어 버리고 새 옷을 입혀 주길 기다렸다. 잠시 기다렸지만 모정은 미동이 없었다. 사련은 고개를 갸웃하며 물었다.

"왜 그래?"

모정은 곧장 정신을 차리고 대답했다.

"전하, 열신복 몇 군데가 더러워진 것 같습니다."

사련은 아, 소리를 내더니 다시 말했다.

"이리 가져와 볼래?"

과연, 새하얀 열신복에 작고 까만 손자국 두 개가 버젓이 찍혀 있었다. 사련은 가만히 살펴보고는 입을 열었다.

"하늘에서 떨어진 그 꼬마가 만든 거지? 그때 그 애가 내 옷을 붙잡고 매달렸었잖아. 얼굴에 붕대를 감고 있던데, 넘어진 건지 어쩌다 그랬는지 모르겠네. 풍신, 그 애를 좀 살펴봤어?"

풍신은 열신무 의식에 쓰인 보검과 참마도를 싸매면서 울적하게 말했다.

"아뇨. 궁에서 데리고 나가서 전하 말씀대로 얼굴을 살펴보려고 했는데 제 무릎을 걷어찼어요. 젠장, 아직도 아프다고요."

웃음을 터트리면서 침상 위로 쓰러진 사련이 그를 쿡쿡 가리키며 말했다.

"네가 그 애한테 무섭게 구니까 그렇지. 아니면 왜 나는 안 차고 너만 찼겠어?"

"안 그랬어요! 그 망할 꼬맹이는 귀신이 들린 사람처럼 순식간에 도망쳤습니다. 그러지만 않았어도 바닥에 내동댕이쳐서 울려 줬을 텐데."

모정은 열신복을 뒤적거리며 말했다.

"어쩌면 거지일지도 모르겠습니다. 몸이 얼마나 더러운지, 한 번 잡았다고 이렇게 까매졌어요. 전하, 열신복은 더럽히면 안 되지 않나요. 나쁜 징조라고 들었습니다."

침상에 드러누운 사련은 머리맡에 놓인 서책을 집어 들고는 입가를 가리고 말했다.

"성을 세 바퀴 돌아서 역사에 이름을 남겼으니까 징조는 이미 어마어마하게 좋아. 더러워진 걸 뭐 어쩌겠어. 빨면 되지."

모정은 짧은 침묵 끝에 담담하게 말했다.

"네. 빨래할 때 최대한 조심할게요."

사련은 서책을 몇 번 뒤적이다가 도법(刀法)이 그려진 장을 펼쳤다. 오늘 화대에서 펼친 격렬한 대련이 떠오르자 그가 웃으며 말했다.

"모정, 너 오늘 화대에서 꽤 잘 싸우더라."

모정의 어깨가 슬며시 굳어졌다.

사련이 다시 한마디 덧붙였다.

"나는 네가 검보다 칼을 훨씬 잘 쓴다는 걸 오늘 알았어."

그제야 모정의 표정이 풀어졌다. 빙글 돌아선 그는 뜻밖에도 희미하게 웃고 있었다.

"정말인가요?"

사련이 대답했다.

"그렇다니까! 그런데 동작이 조금 급했어. 칼과 검은 쓰는 방법이 완전히 다르니까, 봐 봐……."

사련은 무도(武道) 이야기만 나오면 한껏 흥분해서는 국사들이 패를 칠 때보다 더 무아지경이 되었다. 그는 신발을 벗은 그대로 침상에서 뛰어내리더니 손을 칼로 삼아 자리에서 시범을 보였다. 모정은 조금 복잡한 표정이었지만, 사련이 한참 손짓으로 설명하자 진지하게 보기 시작했다. 하지만 풍신은 잘 동여맨 참마도를 휘둘러 사련을 침상으로 내쫓고는 버럭 외쳤다.

"설명을 하시려거든 신발부터 제대로 신으십시오! 당신은 태자 전하십니다! 산발한 머리에 맨발이라니, 꼴이 이게 뭡니까!"

사련은 한창 흥미진진하게 시범을 펼치던 와중에 침상으로 등이 떠밀리자 볼멘소리로 대답했다.

"알았어!"

그러곤 두 손으로 긴 머리카락을 빗었다. 머리를 묶고 다시 모정에게 자세히 설명할 생각이었다. 그런데 문득 그가 미간을 찌푸리며 말했다.

"이상하네."

풍신이 물었다.

"왜 그러십니까?"

사련이 귓불을 만지작거리며 말했다.

"귀고리 하나가 없어졌어."

선락인은 도가(道家) 수행에서 이르는 궁극의 경지를 '음양화합', '자웅동체'로 여겼다. 변화무쌍한 천지신명은 자연히 성별에 구애받지 않고 남성도, 여성도 될 수 있다. 따라서 이런 믿음은 열신복의 만듦새에 고스란히 드러났다. 예로부터 열신무자들의 복식과 장신구는 대대로 남성복과 여성복의 형식과 특징을 고루 갖추고 있었다. 귀고리라든가 옥 패물 등이 그러했다. 사련도 열신무자 역을 맡으면서 귀를 뚫고 귀고리 한 쌍을 걸었다.

그건 부드러운 윤기가 흐르는 진귀하고 눈부신 진홍빛 산호주였다. 그런데 사련은 방금 머리를 빗으면서 한 쌍인 붉은 산호주가 한 짝만 남았다는 것을 깨달았다.

귀고리를 잃어버렸다는 말이 나오자 누그러졌던 모정의 얼굴이 다시 살짝 굳어졌다. 물론 다른 두 사람은 전혀 알아채지 못했다. 풍신이 방 안팎을 샅샅이 뒤졌으나 결국 빈손으로 돌아왔다.

"원체 이것저것 잘 빠뜨리시는 분이지만 귀에 거는 귀고리까지 잃어버리실 줄은 몰랐네요. 선락궁에는 없는 듯하니 나가서 찾아보겠습니다. 모쪼록 제천유 때 잃어버린 게 아니어야 할 텐데요."

사련도 의아했지만 대수롭지 않게 말했다.

"그럴지도 모르겠다. 만약 그런 거면 못 찾을 텐데. 잃어버렸으면 어쩔 수 없지, 뭐."

하지만 모정은 자신이 평소 청소할 때 쓰는 빗자루를 들고 오더니 담담하게 말했다.

"진귀한 구슬이니 최대한 찾아보는 편이 좋겠어요. 침상이나 옷궤 바닥에 들어갔을지도 모릅니다."

그렇게 말하며 그는 바닥을 쓸기 시작했다. 사련이 말했다.

"아니면 사람들을 더 불러서 같이 찾아 달라고 하자."

풍신이 무심하게 받아쳤다.

"사람이 많으면 손이 뒤섞입니다. 물건을 찾기는커녕 몰래 주워서 숨길걸요."

옆에서 묵묵히 침상 밑을 살피고 있던 모정이 그 말을 듣더니 해쓱하게 질린 얼굴로 벌떡 일어났다. 들고 있던 빗자루가 파각, 소리를 내며 두 동강이 났다. 사련은 순간 어리둥절해졌다.

풍신은 신무전을 빠져나온 뒤부터 모정이 영 탐탁지 않았지만 그에게 화를 내지는 않았다. 그런데 지금 모정이 먼저 성질을 부리자 부아가 치밀었다.

"왜 뜬금없이 물건을 부러뜨려? 누가 시비라도 걸었냐?"

모정이 냉담하게 말했다.

"하고 싶은 말 있으면 솔직히 말할 것이지, 왜 은근히 사람을 비꼬는데? 구슬이 없어진 것과 내가 무슨 상관이라고."

풍신은 언제나 직설적으로 살아온 사람이었다. 은근히 사람을 비꼰다는 비난은 난생처음 받는지라, 그는 화가 치민 나머지 실소를 터트렸다.

"네 자신한테나 그렇게 말하지 그래! 내가 뭐라고 했냐? 네가 훔쳤다고 말한 것도 아닌데 너 혼자 길길이 날뛰고 있잖아. 내심 켕긴 건 아니고?"

정신을 차린 사련은 속으로 아뿔싸, 하고 외치면서 침상에서 일어나 앉았다.

"풍신, 그만해!"

모정의 이마에 핏대 서너 가닥이 툭 불거졌다. 정말로 별생각이 없었던 풍신은 영문도 모르고 물었다.

"왜요?"

당장 설명하기도 곤란한 일이었다. 사련은 하는 수 없이 모정에게 먼저 말했다.

"오해하지 마. 풍신은 아무 생각 없이 말한 거야. 널 겨냥한 게 아니야."

모정은 주먹을 쥐었다 폈다 하더니 끝내 화를 삼켰다. 다만 서서히 눈시울을 붉히며 사련을 매섭게 돌아보고는 잇새로 한 글자씩 짓이겨 말했다.

"약속을…… 어기셨어요."

사련이 다급하게 외쳤다.

"아니야, 안 그랬어!"

모정은 입을 다물고 숨을 골랐다. 원망에 찬 눈으로 풍신을 노려본 그는 두말없이 문을 박차고 나갔다. 사련은 침상에서 뛰어내려 뒤쫓으려 했으나 몇 걸음도 못 가 풍신에게 붙잡혔다.

"전하, 신발도 안 신으셨습니다! 머리를 풀어 헤친 채 외출이라니, 꼴이 뭐가 되겠습니까?"

"모정 좀 붙잡아!"

"먼저 옷과 신발부터 챙기고 머리도 제대로 묶으세요. 놈은 뭐 하러 상대하십니까. 평소에도 음침한 작자인데 뭐가 그렇게 거슬렸는지 누가 알겠어요. 뜬금없이 성질이나 부리고."

자리를 박차고 나간 모정은 벌써 모습을 감추었다. 뒤쫓기엔 늦은 상황이었다. 사련은 하는 수 없이 서둘러 머리끈으로 머리를 둘러매면서 한숨을 푹 내쉬었다.

"성질을 부린 게 아니야. 네가 모르고 말실수를 해서 그렇지."

풍신은 옷궤에서 사련이 평소에 입는 하얀 도포를 꺼내 던져 주었다.

"제가 말실수를 했다고요?"

"너한텐 말 못 해. 어쨌든 넌 나랑 같이 모정을 찾아서 다 오해라고, 너를 겨냥한 게 아니라고 확실하게 말하는 거다."

풍신이 인상을 구겼다.

"뭐길래 저한테 말씀하실 수 없다는 겁니까?"

사련은 입을 꾹 다물었다. 한층 의심을 더해 가던 풍신은 아까 모정의 그 원망스러운 표정을 떠올리곤 불쑥 물었다.

"놈이 정말 전하의 물건을 훔쳤던 겁니까?"

사련은 조용히 하라는 듯 다급하게 손짓했다.

"아니! 아니야!"

사련의 반응을 본 풍신은 더욱 확신에 찼다.

"그랬군요! 어쩐지 안색이 갑자기 변하더라니, 정곡이 찔렸던 거네. 대체 언제 그런 짓을 했습니까?"

"너 이렇게 큰 소리 내지 마!"

풍신은 곧바로 목소리를 낮추었다.

"어떻게 그런 일을 제게 숨기실 수가 있습니까! 빨리 말씀하세요."

이미 의심을 품은 이상, 아무리 속여 넘겨도 언젠간 들키고 말 터였다. 사련은 마지못해 할 수 없이 입을 열었다.

"훔쳤다기보다는…… 음, 처음부터 얘기해야겠네. 이 년 전에 내가 황극관에 들어간 지 얼마 안 돼서 금박 한 조각을 잃어버렸던 일 기억해?"

풍신은 눈을 휘둥그레 뜨더니 허벅지를 탁 내리쳤다.

"그때였습니까?"

삼 년 전, 사련은 부모님에게 조르고 매달린 끝에 스무 살 전에 황극관에 들어가 수행해도 된다는 허락을 얻어 냈다. 한 해에 걸쳐 선락궁이 완공되자 사련은 드디어 콧노래를 부르며 산에 올랐다.

사련이 산에 가져간 짐은 많은 편이 아니었다. 고작 서책 두 수레와 명검 2백 자루 정도였다. 하지만 아들을 애지중지한 황후 민씨는 그가 산에서 쓸쓸하고 청승맞게 지낼까 염려했다. 그리하여 다시 시종 스무 명을 파견하고 평소 태자가 아끼는 물건들까지 수레 네 대에 실어 성대하게 태창산으로 올려 보냈다. 개중에는 백 하고도 여덟 조각에 달하는 금박전도 포함되어 있었다.

금박으로 궁전 짓기는 선락 귀족 사이에 유행하는 놀이였다. 당시 이 사치스러운 물건이 줄줄이 산에 오르면서 소소한 시비를 불러일으켰다. 황극관 사람들은 수행에 정진하는 도인들이라 태자 전하의 성정을 잘 알지 못했다. 다들 앞에서는 말을 아끼면서도 뒤에서 입방아를 찧었다. 이 태자 전하는 대체 수행을 하러 온 거야, 아니면 놀러 온 거야? 황실의 고귀한 태자 전하가 여기서 무슨 재미를 보겠다고? 수행이나 쌓을 수 있겠어?

풍신은 이런 뒷공론을 듣고 반박하려 들었지만, 사련은 신경 쓰지 말라며 웃을 뿐이었다.

– 그렇게 말할 만도 하지. 내가 놀러 온 건지 아닌지, 이번에 입관한 자제들 중에서 누가 일인자인지는 다들 차차 알게 될 거야.

하지만 얼마 지나지 않아 사건이 일어났다.

사련은 황후가 보낸 시종들과 수레 네 대를 전부 돌려보냈는데, 짐을 점검하면서 백 하고도 여덟 조각의 금박 중 하나가 없어졌다는 것을 발견했다.

그 금박은 수레에 실려 태창산에 올라온 뒤로 선락궁에서 꺼낸 적이 없었으니 길에 흘렸거나 도둑맞았거나, 둘 중 하나였다. 하지만 결국 길에서는 찾지 못했고, 사련은 국사에게 지나가는 말로 이 이야기를 꺼냈다. 국사는 황극관의 누군가가 금박의 유혹에 넘어가 도둑질을 범했을지도 모른다는 생각에 크게 노해서는, 땅을 석 자씩 파헤쳐서라도 그 금박의 행방을 찾아내기로 결심했다. 만약 누군가의 처소에서 발견되면 엄중하게 벌할 심산이었다. 그리하여 3천 명에 달하는 황극관 사람들은 속수무책으로 갑작스레 쫓겨나 대오를 정렬한 다음 도방을 일일이 조사하기 시작했다.

대대적인 수색에 다들 기진맥진했다. 그런데 누가 알았으랴. 절반 넘게 수색했을 무렵 사련이 갑자기 말을 바꾸었다. 그는 동문 여러분께 폐를 끼쳐 송구하다며, 황궁에 있을 때 이 금박전 중 한 조각을 잃어버린 것 같다고 했다. 다시 말하자면 처음부터 백 하고도 일곱 조각만 있었다는 소리였다.

그날 밤 황극관은 사라진 금박의 행방을 조사하기 위해 그야말로 아수라장이 된 상태였다. 땀을 뻘뻘 흘리고 있는데 이런 말을 꺼냈으니, 태자 전하는 헛고생만 한 수많은 동문들의 불만을 살 수밖에 없었다. 그래서 한동안은 뒷말이 나돌았었다. 누가 태자 전하를 가르쳤냐, 왜 사람을 오라 가라 하냐, 다음엔 정신을 좀 차렸으면 좋겠다, 이런 중요한 일은 수색하기 전에 기억해 냈어야지, 등등. 풍신은 가만히 듣고 있자니 열불이 치밀었으나 사련은 그를 말리며 차분히 나중을 기다리라고 했다. 그리고 훗날, 사련은 제 말대로 3천 명의 제자를 완벽히 밟고 올라서서 명실상부한 황극관의 일인자로 자리매김했다. 거기에다 친화력이 좋고 권세를 방패 삼아 거들먹거리지도 않아서, 암암리에 오가던 동문들의 평판도 차츰 좋아졌다. 기억력이 나쁜 풍신은 그날의 일을 까맣게 잊은 참이었다. 오늘에서야 상황을 깨닫게 된 그는 충격과 분노에 휩싸였다.

"그 금박을 모정이 가져갔던 겁니까?"

"쉿!"

사련은 주위에 사람이 없는 것을 확인하고 말을 이어 갔다.

"그 금박은 울퉁불퉁한 산길을 오르다가 떨어진 거였어. 물을 길어 오던 모정이 길가 덤불에서 그걸 주웠고. 어떻게 처리해야 할지 몰라서 우선 이부자리 밑에 두었는데, 저녁에 국사가 갑자기 들이닥쳐선 사람들을 전부 내쫓고 몸부터 방까지 전부 수색한 거야. 난 그때만 해도 모정을 몰랐어. 그저 안색이 어두운 잡역부 한 명이 눈에 띄었을 뿐이지. 나중에 밖에 앉아 있는데 그가 차를 들고 올라오더니 조용히 내게 사실을 실토했어. 덕분에 나도 자초지종을 알게 됐지."

"가져가 놓고 말하지 않은 게 도둑질 아닙니까? 그래서 그 사실을 묻어 주려고 금박을 황궁에서 잃어버렸다 하신 겁니까?"

대화를 나누며 단장을 마친 사련이 문을 나서며 대답했다.

"그런 셈이지."

풍신은 머리끝까지 화가 나서는 그를 뒤따라 문을 나섰다.

"전하. 전하께서 막 황극관에 가셨을 때 얼마나 많은 자들이 뒤에서 멋대로 지껄여 댔는지 알기나 하십니까?"

사련이 말했다.

"소리 좀 낮춰. 모정은 그때 안색이 정말 별로였어. 엄청나게 창백했었다고. 다른 황극관 사람들은 가뜩이나 모정을 싫어했잖아. 만약 내가 바깥에 알렸다면 그 아이의 인생은 그 길로 끝나 버리지 않았을까? 나와 모정은 신분도 다르고 이 일을 마주하는 입장도 달라. 어떤 뒷감당을 하게 될지 비교할 수 없겠지."

이때 소도사 몇 명이 맞은편에서 걸어왔다. 다들 깍듯하게 예를 올리면서도 한껏 웃음을 머금고 그를 불렀다.

"태자 전하!"

사련도 웃으며 인사를 건넸다. 소도사 무리가 옆을 지나쳐 가자 사련이 다시 풍신에게 말했다.

"거봐, 내가 그때 차분히 기다리라고 했지. 지금은 동문들이

랑 멀쩡하게 잘 지내잖아? 감히 쑥덕거리는 사람이 어디 있어?"

모정의 도방에 들른 두 사람은 허탕을 치고 빠져나와 다시 그를 찾아다녔다. 풍신이 말했다.

"전 그때도 뭔가 이상했습니다. 전하가 궁에서 조각을 잃어버리셨으면 제가 어떻게 모르겠어요. 무려 이 년 동안이나 이 일을 저한테 숨기시다니. 심지어 모정은 놈이 청소하던 도중에 만나서 알게 됐다고 말씀하셨잖습니까!"

"나중에 모정이 남들에겐 알리지 말아 달라고 부탁했거든. 약속한 이상 당연히 누구한테도 말할 수 없지. 너라도 예외는 아니었고. 이제 네가 알게 됐으니 난 약속을 어긴 셈이 됐지만. 그래도 절대 다른 사람한테 말하지 마."

"약속을 어기기는요. 전하께서 저한테 알리신 것도 아니고, 그놈 혼자 찔려서 빈틈을 보이다가 저한테 덜미를 잡힌 건데요."

사련이 으름장을 놓았다.

"안 돼, 안 돼. 이 일을 절대 누설하지 않겠다고 빨리 맹세해. 안 그러면 너랑 절교할 거야. 그리고 넌 장가도 못 가게 될 거야!"

풍신이 풉, 웃음을 터트렸다.

"저랑 절교를 하신다고요? 절교한 다음 날 선락국 만백성이 한 가지 사실을 알게 될 겁니다. 태자 전하는 옷을 입다가 자기 버선 끈에 걸려 넘어져 기절한 적이 있다고요! 좋습니다! 소문 안 낼게요. 뒤에서 호박씨 까는 망할 취미 따위 없습니다."

잠시 침묵한 풍신이 말을 덧붙였다.

"그놈은 제가 금박 사건을 알고 놈을 겨냥했다고 생각했나 보네요. 사실 전 원래부터 모정 같은 사람을 좋아하지 않습니다. 다 큰 사내자식이 하루 종일 이 생각, 저 생각. 분명 전하가 제게 털어놓았다고 한참 전부터 의심했겠죠. 궁중의 후궁들도 그렇게 심사가 꼬이진 않았습니다. 보기만 해도 짜증 나요."

사련이 말했다.

"네 말처럼 나쁜 애는 아니야. 예전엔 황극관에서 누가 물건을 잃어버렸다는 말은 들은 적도 없는걸. 즉 모정은 처음으로 그런 일을 저질렀단 뜻이고, 그것도 결국은 다 어머니를 위해서…… 에이, 아무튼 앞으론 절대로 이런 일이 없을 거라고 약속했으니까 한번 기회를 줘도 괜찮잖아. 실제로도 약속을 지켰고. 게다가 오늘 그 꼬마가 떨어졌을 때 모정이 내게 맞춰 주지 않았다면 제천유를 근사하게 마무리하지 못했을 거야."

풍신은 코웃음을 쳤다.

"어차피 전하께선 황성 세 바퀴로 역사에 한 획을 그으셨잖습니까. 당연히 전하를 더 방해할 필요가 없어진 거였겠죠. 전하. 저는 말입니다, 그놈이 오늘 신무전에서 했던 말 한 글자도 안 믿습니다. 황극관 위아래를 막론하고 국사가 패를 칠 땐 육친도 몰라본다는 걸 누가 모릅니까? 놈은 하필 그때를 골라서 말했고, 누구의 명으로 왔는지도 끝까지 밝히지 않았어요. 어떻게든 일을 성사시키지 않으려는 것처럼요."

하지만 사련은 고개를 살짝 내젓고는 진지하게 말했다.

"사실 이번 일은 나도 조금 생각이 짧았어. 난 모정이 눈엣가시 취급을 받는다는 걸 알았거든. 그래서 일부러 그 애에게 이런저런 일을 시켰지. 모정이 내 측근이란 걸 알게 되면 다들 당연히 예의를 차릴 줄 알았거든. 그런데 다른 사람들이 이 정도로 모정을 무시하고 있는 줄은 몰랐어. 일도 제대로 처리하지 못하고 손아랫사람에게 모욕까지 당했잖아. 입장을 바꿔 생각해 보면 알잖아. 그 괴팍한 성정에도 다 이유가 있는 거야."

풍신이 반기를 들고 나섰다.

"그놈 성격이 괴팍한 걸 왜 전하께서 떠맡으십니까? 당신은 태자 전하십니다. 누굴 감싸겠다고 되레 빚을 지시면 어떡합니까? 전하, 저는 전하께서 왜 그렇게까지 놈을 아끼시는지 도저히 이해가 안 갑니다."

사련은 빙긋 웃으며 말했다.

"풍신, 그거 알아? 내 눈에는 이 세상 사람들이 전부 돌멩이로 보이거든."

풍신은 아리송해졌다. 사련은 뒷짐을 지고 걸어가며 말을 이었다.

"돌멩이는 얻기 쉽지만 아름다운 옥은 찾기 힘들어. 난 무술에 몸담은 수년간 아름다운 옥이라고 불릴 만한 사람을 둘밖에 만나지 못했어. 하나는 너. 다른 하나는, 모정."

그는 문득 자리에 멈춰 서서 고개를 돌렸다. 두 눈이 밝게 빛나고 있었다.

"난 진심으로, 모정이 천부적인 재능을 가진 사람이라고 생각해. 이렇게 훌륭한 옥이, 고작 신분과 성격 때문에 빛을 발하지 못하고 먼지를 뒤집어쓴 원석으로 남아야 할까?"

사련은 결연하게 말했다.

"아니! 그건 틀렸다고 생각해. 왜 이렇게 그 애를 아끼냐고? 내가 너를 아끼는 것과 같은 이치야. 빛나야 하는 것들은 반드시 빛나게 만든다. 게다가 난 선의가 나쁜 결과를 불러온다고는 믿지 않아."

덩달아 걸음을 멈춘 풍신은 사련의 말이 끝나자 머리를 긁적거리며 말했다.

"아무튼 나름대로 생각이 있으신 듯하니, 나머지는 전하가 알아서 하세요."

"응. 그래서, 모정은 대체 어디로 갔을까?"

이때 맞은편에서 손에 바구니를 든 소도사들이 장난을 치며 걸어왔다. 그들은 사련을 발견하고 희희낙락 폴짝거리더니 입을 모아 외쳤다.

"태자 전하!"

사련도 웃으며 인사를 건넸다. 이쪽으로 다가온 소도사들이 바구니를 내밀고 유쾌하게 말했다.

"전하, 앵두 드셔 보실래요? 샘물에 씻어서 깨끗하고 아주 달아요."

바구니를 한가득 채운 새빨간 앵두가 퍽 귀여워 보였다. 사련과 풍신은 그중 몇 개를 집어 먹었다. 무척이나 시원하고 달콤한 맛이었다. 그 소도사가 물었다.

"모정 얘기를 하시는 걸 오면서 어렴풋이 들었습니다. 혹시 그를 찾고 계신가요? 저희가 앵두나무 숲을 지나왔는데, 그쪽에서 본 것 같아요."

"그래요? 알려 줘서 고맙습니다."

그리하여 두 사람은 앵두나무 숲 방향으로 달려갔다. 태창산에는 온 산야를 뒤덮은 단풍나무 숲 말고도 복숭아, 배, 귤을 비롯한 수많은 과일나무가 자랐다. 개중에는 앵두나무도 있었다. 샘물로 양분을 얻으며 산속의 물안개와 햇빛, 비와 이슬의 혜택을 받아 맺힌 열매는 영기가 풍부했다. 황궁에 진상하고 남은 것들은 수행에 지친 관내 제자들만이 따먹을 수 있었고, 황극관 밖에서는 백금을 주고도 구하기 어려웠다. 앵두나무 그루마다 파릇한 잎 사이에 붉은 산호주 같은 과실이 주렁주렁 매달린 모습이 장관이었다. 사련과 풍신은 한참을 걸어 다니며 앵두나무 숲에서 모정을 찾아 헤맸다. 이윽고 저 앞쪽에서 희미하게 다투는 소리가 들려왔다. 두 사람은 무의식적으로 걸음을 멈춰 세웠다.

앞쪽에 흰옷을 입은 도인 네다섯 명이 서 있었다. 저마다 바구니를 들고 있는 것이 과일을 따러 온 길인 모양이었다. 하지만 그들은 지금 과일나무가 아니라 어떤 사람을 둘러싸고 있는 듯했다. 멀리 떨어진 거리였으나 두 사람의 청력으로는 어떤 언쟁이 오가고 있는지 똑똑히 들을 수 있었다. 한 젊은 도인이 말했다.

"왠지 요즘 숲에서 보이는 과일이 적어졌다 했더니, 누가 하루 종일 여기 틀어박혀서 과일을 훔치고 있었구만."

한 목소리가 조곤조곤 대꾸했다.

"태창산의 과일은 황극관 제자라면 누구나 딸 수 있는데 어찌 '훔쳤다'고 하십니까? 하물며 숲속의 과일나무는 수백 수천에 달합니다. 저 혼자의 힘으로 과일이 줄어들 리 없습니다."

모정의 목소리였다. 사람들 틈새로 비치는 옷자락을 보니, 검은 요마 복장을 벗고 평소에 입는 소박한 도포로 갈아입은 듯했다. 그 도인이 코웃음을 치며 말했다.

"너 혼자의 몫이었다면 당연히 얼마 줄어들지 않았겠지만, 너는 네 몫을 딴 것도 모자라 은근슬쩍 산 아래로 가져가 다른 사람에게 거저 먹이려고 했잖아. 참 염치도 없지."

사련은 금방 깨달았다. 모정을 못마땅해하는 동문들이 또 시비를 걸어 온 것이다.

모정은 집이 가난했고, 어머니는 산 아래 마을에서 무척 빈곤하게 살았다. 예전에는 삯바느질로 근근이 생계를 이어 갔지만, 나중에 눈이 상해 그조차 할 수 없게 되자 아들이 산에서 허드렛일을 하고 받은 품삯을 가져와 살림에 보태 주기만을 기다려야 했다. 이따금 모정은 태창산의 과일을 조금 따다가 어머니에게 맛보여 드리곤 했다. 이런 일을 금지하는 규정도 없었으니 그리 대단한 문제는 아니었으나, 콕 집어 말하자면 다소 궁색한 짓이었다. 그러니 공개 석상에서 비꼬면 난감할 수밖에 없었다.

모정의 목소리에서 서늘한 기운이 희미하게 묻어났다.

“축 사형. 저는 평소 사형과 교류가 많지 않습니다. 그런데도 사형은 자꾸만 저를 걸고넘어지시네요. 어제도 사상궁에 들어가 소식을 전하려던 저를 막으셨지요. 대체 제 어디가 사형의 심기를 거스른 겁니까?”

그 축씨 청년은 국사를 모시는 사상궁의 소도사였다. 그는 모정이 지난 일을 언급하자 벌컥 울분을 토했다.

“네가 성의 없이 말을 전해서 큰일을 그르칠 뻔했는데 되레 내 탓을 해? 괜히 음모라도 꾸민 것처럼 수상쩍게 군 네 탓이겠지. 처음부터 뭐 하러 온 건지 솔직히 말했으면 이 사달이 났겠냐? 너 때문에 오늘 태자 전하께선 거사를 망칠 뻔하셨고, 우리는 아까 국사께 불려 가서 된통 설교를 들었다고!”

그는 말하는 동시에 들고 있던 바구니를 내던지고 다른 사람들을 불러모아 모정을 에워쌌다. 사련은 이제 더 이상 지켜볼 수가 없었다.

“잠깐!”

도인들은 그 목소리에 화들짝 놀라 뒤를 돌아보았다.

“태자 전하!”

사련과 풍신이 앞으로 다가갔다. 모정은 축 사형에게 멱살을 잡혀 나무에 부딪친 채였다. 주먹다짐은 아직이었다. 정말로 맞붙는다면, 모정은 일 대 이십이라 해도 능히 그들을 제압하고 이길 수 있었다. 하지만 황극관에 발붙이고 있으려면 절대로 싸울 수 없었다.

사련은 미소를 지으며 말했다.

"사형, 사제 여러분. 지금 뭘 하고 계시는 겁니까?"

축 사형은 용모가 제법 멀끔한 청년이었다. 평소 태자 전하를 흠모해 온 그는 질문을 듣고 당황하더니 급히 모정을 놓아주었다.

"그, 그게, 저희는……."

사련은 여전히 웃는 얼굴이었다.

"여러분께서 무슨 연유로 다투시는지는 모르겠지만, 모정은 저의 측근입니다. 모정이 하는 일은 보통 제 부탁인 경우가 많지요. 하지만 모정에게 과일을 좀 따 오게 한 것이 무슨 죄가 될 줄은 몰랐습니다?"

도인들이 연신 허리를 굽히며 말했다.

"아닙니다, 아닙니다! 전하께서 시키신 일이었군요! 저희가 오해했습니다!"

나무에 기대어 있던 모정은 사련의 말을 듣고 얼이 빠졌다. 그러고는 빠르게 옷깃을 정돈하고 조용히 고개를 숙였다. 도인들은 식은땀을 흘리며 부리나케 사련과 모정에게 사과하더니 잽싸게 바구니를 주워 앵두나무 숲에서 달아났다. 한쪽에는 모정이 가져온 바구니가 버려져 있었다. 사련이 허리를 숙여 바구니를 줍고는 그에게 건넸다.

"도와줄까?"

모정은 바구니를 건네받는 대신 고개를 들었다. 한동안 복잡한 표정으로 사련을 응시한 끝에 그가 말문을 뗐다.

"태자 전하."

"응?"

"전하께선 왜 항상 이런 때에 나타나십니까?"

언짢아진 풍신이 끼어들었다.

"무슨 말을 그렇게 해? 이럴 때 나타나서 구해 준 게 뭐 잘못됐냐?"

모정은 그를 흘긋 쳐다보고 바구니를 받아 들었다. 이때 풍신이 목에 힘을 주고 뻣뻣하게 말했다.

"너 잘 들어. 아까 일은 내가 잘못한 셈 쳐. 난 널 겨냥한 게 아니라 그냥 입에서 나온 대로 말한 거야. 그러니까 쓸데없이 머리 굴리면서 의심할 필요 없어. 난 태자 전하 말고 다른 사람 일에는 관심 없고, 남 뒷말하는 취미도 없다. 할 말은 여기까지. 이제 꽁해 있지 마!"

사련은 '푭!' 하고 웃었다. 처음에는 풍신의 말투가 너무 거칠다고 생각했는데 마지막 말을 들으니 왠지 웃음이 나왔다. 모정도 눈을 휘둥그레 뜨고 풍신을 바라보았다. 사련이 손을 홰홰 내저으며 말했다.

"좋아, 좋아. 풍신이 말한 건 다 사실이야. 방금 일은 잘라 버리자. 우린 아무 일도 없었던 거야."

이윽고 모정이 착잡하게 말했다.

"그 붉은 산호 구슬, 제가 나중에 다시 찾아보겠습니다. 거리에 떨어졌을지도 몰라요."

너무 대수롭지 않게 반응하면 모정을 배려하지 않는 모양새가 될 것 같았다. 사련은 곧장 대답했다.

"그래, 시간이 있으면 고생해 줘. 하지만 거리에 떨어뜨렸다면 누군가 주워 갔을지도 몰라."

마땅히 할 말이 없었는지, 모정은 땅에 떨어진 앵두를 바구니에 가만히 주워 담았다. 애초에 몇 송이 따지도 않고 숲을 빠져나갈 생각이었다. 하지만 사련은 탐스럽게 열린 새빨간 앵두를 올려다보더니 잡히는 대로 몇 송이를 따서 그의 바구니에 넣었다.

모정은 조금 얼떨떨해졌다. 사련이 말했다.

"다음에 어머님께 과일을 가져다드릴 땐 그냥 내 명령으로 딴 거라고 해. 그럼 다들 별말 없을 거야. 국사가 며칠간 황궁에 다녀오라고 하셔서 내일 갈 생각인데, 너도 같이 내려가면 어때? 오늘은 일단 돌아가자."

긴 침묵이 흐른 끝에 모정이 작은 목소리로 말했다.

"감사합니다, 전하."

이튿날, 사련은 풍신과 모정을 데리고 산에서 내려갔다.

아래로 내려오자 우뚝한 산문(山門) 앞에 금빛 찬란한 마차가 보였다. 목걸이와 비단옷을 두른 소년이 말채찍을 들고 마차 앞자리에 드러누워 있었다. 다리를 높게 꼰 모습이 제법 의기양양했다. 소년은 산문을 나서는 사련을 발견하자마자 벌떡 일어서

더니, 사련에게 쏜살같이 달려오면서 기쁨에 겨운 목소리로 외쳤다.

"태자 표형!"

이 소년은 당연하게도 척용이었다. 언제고 태창산 밑을 들락거리며 고집불통 머슴처럼 사련을 기다릴 사람은 척용밖에 없었다. 펄쩍 뛰어온 그가 반갑게 말했다.

"드디어 표형 얼굴을 봅니다!"

사련은 싱긋 미소를 지으며 그의 머리를 헝클어뜨리고는 웃는 목소리로 물었다.

"또 키가 자랐느냐? 내가 오늘 환궁하는 줄은 어찌 알고 왔어?"

척용이 히죽히죽 대답했다.

"몰랐어. 언젠간 나오겠거니 하고 그냥 기다렸지. 역시 성공할 줄 알았어."

사련은 순간 기가 막혔다.

"너도 참 한가하구나. 서책은 제대로 읽고 있어? 검술은 연습했고? 모후께서 다시 네 학업을 검사하라고 하신다면 난 좋은 말 못 해 준다."

척용은 눈을 도르르 굴리더니 대뜸 뛰어올랐다.

"그런 건 일단 제쳐 두고! 내 새 마차 좀 봐! 올라와, 내 마차를 타고 궁으로 돌아가자!"

그가 사련의 손목을 잡고 마차 위로 끌어 올렸다. 사련은 위험하다는 생각에 입을 열었다.

"네가 모는 거야?"

풍신과 모정도 뒤따라왔다. 원래 시종은 마차의 앞자리에 앉아야 하지만, 척용은 얼굴을 찌푸리고 채찍을 휘두르며 말했다.

"내가 태자 표형더러 타라고 했지 언제 너희들을 태우겠대? 천것들이 내 금차를 건드리려 하다니, 썩 꺼지지 못해!"

사련이 나직하게 소리쳤다.

"척용!"

척용을 몇 차례 만나 본 풍신은 입만 열면 천것 타령을 하는 저 못된 성격을 잘 알고 있었다. 하지만 모정은 황궁에 들어간 경험이 없으니 당연히 이 소경왕을 가까이에서 접할 기회가 없었다. 척용은 무척 억울했지만, 사련이 당장 마차에서 내릴 기세이자 이 천것들을 자신의 보배로운 금차에 태우겠다고 마지못해 대답했다.

하지만 어찌 알았으랴. 세 사람은 마차에 오르자마자 한마음으로 후회했다. 마차를 모는 척용은 광인 그 자체였다. 채찍을 요란하게 휘두르면서 입으로 무슨 말을 외쳐 대는지 알 수가 없었다. 채찍에 맞아 놀란 백마가 울부짖으면서 마차를 이끌고 거리를 종횡무진 휘달렸다. 사련이 계속 소리쳤으나, 멈추기는커녕 몇 번이고 행인과 노점을 덮칠 뻔했다. 앞자리에 앉은 풍신과 모정이 위험한 순간마다 말고삐를 잡았기에 망정이지, 두 사람이 없었으면 거리를 돌진하면서 최소 스무 명 남짓한 목숨이 희생되었을 터였다. 황궁 앞에 도착하고 나서야 마차 바퀴의 속도가 느려졌다. 사련과 풍신, 모정 세 사람은 나란히 안도의 한숨을 내쉬었다. 사련은 식은땀을 닦았다. 풍신과 모정은 척용이 휘두른 채찍에 각자 열댓 번은 얻어맞아서 손이 온통 채찍 자국이었다. 한편, 자리에서 일어난 척용은 거대한 백마의 엉덩이를 발판 삼아 한 발을 올리고 호기롭게 말했다.

"태자 표형, 어때? 내 마차 괜찮지!"

마차에서 내린 사련이 말했다.

"부황과 모후께 네 마차를 압수하라고 말씀드려야겠다."

척용이 질겁하며 외쳤다.

"그런 게 어디 있어!"

선락국의 풍속은 첫째로 황금을, 둘째로 보석을, 셋째로 미인을, 넷째로 음악을, 다섯째로 서화를 사랑한다. 선락 황궁이 바로 그들이 사랑하는 모든 것들을 녹여 낸 최고봉의 장소였다. 물론 광장을 가로지르고 주홍칠 회랑을 지나는 내내 사치스러운 건물이 늘어선 것은 아니었다. 사방 곳곳에 눈부신 서화가 보이고 이따금 경쾌한 풍악이 날아드니, 이곳이 흡사 선경인 듯했다.

황궁은 사련이 어려서부터 자란 집이다. 열네 살에 호위로 선발된 풍신도 황궁의 화려함에 익숙했다. 하지만 모정은 이런 건축물을 처음 보는 터라 놀라움을 금치 못했다. 하지만 놀라울수록 더 조심스러워졌다. 이 마음을 들키지 않으려면 걸음도 함부로 내디뎌선 안 됐다.

사련은 먼저 황후 민씨를 찾아갔다. 황후는 서봉궁(棲鳳宮)의 좌탁 앞에 앉아 팔을 괸 채 차를 음미하고 있었다. 태자가 돌아왔다는 소식을 미리 받은 터라 기쁜 마음에 눈가가 휘었다. 그녀는 아들이 다가오기도 전에 두 팔을 벌리며 말했다.

"드디어 이 어미를 보러 와 준 것이냐?"

풍신과 모정은 대궐 바깥을 지켰고, 사련과 척용은 안으로 들어섰다. 앞으로 다가선 사련이 어머니의 손을 맞잡고 말했다.

"두 달 전에도 돌아왔었잖아요?"

황후가 그를 나무랐다.

"양심도 없는 아이 같으니. 용도 나 같은 늙은이를 모실 줄 아는데, 너는 두 달 동안 집에 돌아오지 않았으면서 버젓하게 큰소리를 치는구나."

사련이 웃으며 말했다.

"모후의 어디가 늙으셨습니까? 나이를 드시면 얼마나 드셨다고요! 저와 같은 또래로 보이시는걸요."

황후는 그 말에 흐뭇해졌다. 그녀는 사련처럼 장성한 아들을 두고도 호사와 보양을 누린 덕에 여전히 고귀한 미인이었다. 그녀는 마음을 숨기고 괜히 아들을 타박했다.

"아부가 제법이구나."

좌탁 위에 놓인 옥 찻잔이 사련의 눈에 띄었다. 안에 담긴 액체에서 기이하고 맑은 향이 풍겼다.

"이게 뭔가요?"

그가 호기심에 물으며 잔을 집어 들자 황후가 급하게 말했다.

"마시면 못 쓴다! 그리 함부로 마시면 안 돼."

사련이 의아해하며 물었다.

"왜 마시면 안 되는데요?"

황후는 그 옥 찻잔을 들고 헝겊에 내용물을 적셔 얼굴을 가볍게 문질렀다.

"며칠 전에 태창산에서 신선한 과일을 진상했는데, 내가 앵두는 좋아하지 않거든. 한데 즙을 내어 얼굴에 바르라는 처방전이 있기에 조금 으깨 보았지. 별 효과가 없어서 치우게 하려던 참인데 어디 다른 사람에게 마시게 할 수 있겠느냐?"

사련은 그 말에 웃음을 흘리다 말고 어제의 일을 떠올렸다. 모정의 어머니는 앵두를 한 해에 몇 번 먹지 못한다. 모정은 태창산에서 앵두를 따다가 손가락질까지 당했다. 문득 마음이 서글퍼진 그는 혹여나 모정이 듣기 거북할까 싶어 재빨리 웃으며 화제를 돌렸다.

"그럼 먹을 만한 건 뭐 없어요?"

황후가 웃으며 말했다.

"남들이 들으면 내가 너를 굶기는 줄 알겠다. 사실 넌 어릴 적부터 입이 까다로워서 살이 잘 붙질 않았지. 산에 그리 오래 있더니 또 야위었구나. 오늘은 이 어미가 주는 대로 먹어야 한다. 편식은 아니 돼."

두 모자는 긴 담소를 나누었다. 황후는 제천유에서 일어난 사고 이야기를 꺼내며 걱정스레 물었다.

"국사의 말로는 제법 심각한 일이라던데, 해결책은 나왔느냐? 벌을 받게 되는 것이야?"

사련이 대답하기도 전에 척용이 끼어들었다.

"흥, 그건 태자 표형의 잘못이 아니잖습니까. 표형이 성벽에서 떨어진 것도 아닌데요. 벌이라면 떨어진 그 쥐새끼가 받아야지요."

사련은 속으로 생각했다.

'쥐새끼가 뭐야.'

척용의 말을 지적하려는데 황후가 먼저 웃음을 터트리고 말았다. 때마침 그녀의 시야에 궐 바깥을 지키는 두 사람이 들어왔다.

"풍신 옆의 저 아이는 누구니? 네가 신변에 사람을 늘리다니 별일이로구나."

사련이 흔쾌하게 대답했다.

"저 아이는 모정입니다. 어제 화대 위에서 요마 역할을 맡은 사람이에요."

그 말에 척용의 미간이 움찔거렸다. 황후가 말했다.

"어머? 이리 오라고 하렴. 풍신도 들어오려무나."

그렇게 풍신과 모정은 궐 안으로 들어와 황후 앞에 한쪽 무릎을 꿇었다. 황후는 모정을 한참 뜯어보고는 사련에게 말했다.

"어제 그리 잘 싸우더니 의외로 곱상한 아이였구나. 얼굴만 보면 고상한 관리 같다만, 칼을 쓰는 기세가 그리 매서울 줄이야."

사련이 빙긋 웃었다.

“그렇죠? 저도 모정이 대단하다고 생각합니다.”

이때 척용이 싸늘하게 말했다.

“오? 어제 그 요마가 이 사람이었다고?”

사련은 그의 말을 듣자마자 불안한 예감이 들었다. 아니나 다를까, 곧이어 척용은 자리를 박차고 일어나 좌탁에 놓인 옥잔 몇 개를 낚아챘다. 그러고는 모정의 얼굴에 찻물을 뿌리며 고함쳤다.

“이건 네놈에게 주는 상이다!”

사련이 기민하게 움직여 척용의 손을 끌어내린 덕분에 모정은 찻물을 뒤집어쓰지 않았다. 사련은 척용을 단박에 추켜잡았다.

“척용, 이게 무슨 짓이야!”

척용은 사련에게 붙잡힌 채로 길길이 날뛰었다.

“표형, 나는 형 대신에 이 주제도 모르는 하인을 가르치려는 거잖아! 저놈은 어제 표형이 오기 전에 혼자 잔뜩 신나서 칼을 휘둘렀어! 끝까지 주제넘게 나섰다고. 제까짓 게 뭐라고 제천유 주인공 행세야? 반역이라도 할 셈이냐!”

황후는 완전히 얼이 빠졌다.

“용아, 너…… 너 지금 뭐 하는 거니?”

모정의 얼굴을 피해 간 찻물은 대신 옷을 적셨다. 하지만 일어나라는 황후의 명이 없으니, 그저 어둡게 질린 얼굴로 바닥에 꿇어앉아 있어야 했다. 사련은 척용을 풍신에게 넘기며 말했다.

"사람 못 때리게 해."

풍신은 한 손으로 척용을 제압했다. 그러거나 말거나, 척용은 주먹질에 발길질까지 해 가며 윽박질렀다.

"네가 뭔데! 간덩이가 부었구나. 감히 그 손으로 날 건드려?"

"척용, 요즘 갈수록 소란을 피우는구나!"

사련은 지끈거리는 머리를 붙잡고 황후에게 말했다.

"모후, 깜빡 잊고 말씀을 못 드렸습니다. 척용의 금차를 압수해 주세요."

잠시 멈칫한 척용이 악을 썼다.

"안 돼, 안 돼! 왜 그러는데! 그건 이모님께서 주신 생일 선물이라고!"

사련이 대답했다.

"뭐가 됐든 압수야. 방금 길거리에서 사고가 날 뻔했잖아. 네가 잘 다루게 되기 전까지는 손대지 않는 게 좋겠어."

황후가 아, 하고 운을 뗐다.

"사고가 날 뻔하였다고? 무슨 일이 있었느냐?"

사련은 척용이 얼마나 미치광이처럼 마차를 몰았는지 설명했다. 척용은 분한 마음에 눈시울을 붉혔다.

"태자 표형, 난 억울해! 분명 한 사람도 치지 않았잖아!"

사련은 어처구니가 없었다.

"그건 너를 붙잡아 준 사람이 있어서 그랬지!"

척용은 풍신의 손을 확 떨치고는 노기등등한 채로 서봉궁을 뛰쳐나갔다. 몇 번이나 소리쳐도 돌아올 기미가 없자 황후가 체념한 듯 말했다.

"내가 내일 용을 찾아가 마차에 관해 얘기해 보마. 용은 오랫동안 마차를 가지고 싶어 했어. 얼마 전이 생일이었는데, 정말 간절히 원하는 것 같기에 선물해 주었지. 한데 이리될 줄 알았겠느냐? 진즉 알았더라면 주지 않았을 것이다."

"왜 하필 마차를 원한 겁니까?"

"그래야 언제든 태창산에 마중을 나가 너를 궁으로 데려올 수 있다고 하더구나."

결국은 자신을 위한 호의였다고 생각하니 사련은 말을 이을 수가 없었다. 이윽고 그가 입을 열었다.

"척용에게 스승 한 분을 붙여 성정을 잘 다스렸으면 좋겠습니다. 이렇게 가다가는 정말 큰일 나겠어요."

황후가 한숨을 지으며 대답했다.

"그 아이를 다스릴 만한 스승이 있으려고? 원체 네 말만 듣는 아이인 것을. 그렇다고 산으로 데려가 수행을 시킬 수 있겠느냐? 국사는 죽어도 용을 제자로 받아들이지 않을 것이다."

사련은 상상만으로도 우습고 소름이 끼쳐서 고개를 내저었다.

"척용의 그 성질머리로 황극관에 입관하면 온 태창산이 불안에 떨게 될 겁니다."

모자는 이 문제로 골치를 앓았으나 마땅한 방법이 떠오르지 않아 잠시 제쳐 두기로 했다. 저녁 무렵, 부모님을 찾아뵌 사련은 짧은 대화를 마치고 금세 황궁을 나서려 했다.

누구나 아는 사실이지만, 태자 전하는 일편단심으로 수행에 몰두하느라 태창산 황극관에 들어간 뒤로 부모님과 떨어져 있는 날이 많았다. 이에 국주는 별말이 없었으나 황후는 항상 못내 섭섭해했다. 황궁을 빠져나온 사련은 황성을 돌아다니던 김에 어제 말한 대로 모정과 함께 그의 집을 방문했다.

고래 등 같은 기와집과 어지러운 빈민굴은 종종 골목 하나로 나누어지곤 한다. 모정의 본가는 바로 황성에서 가장 큰 번화가의 어둑한 뒷골목 안에 숨어 있었다.

골목 어귀에 다다르자, 남루한 차림의 아이들 대여섯 명이 세 사람을 둘러싸고 너도나도 외쳤다.

"형아다. 형아가 왔어!"

사련은 조금 이상하다고 생각했다. 왜 낯선 사람을 보자마자 형아라고 부르나 싶어서였다. 하지만 이 아이들이 부르는 '형아'가 자신이 아닌 모정이라는 것을 금세 깨달았다. 아이들은 해사하게 웃으면서 그를 불렀으나 모정은 상대해 주지 않았다.

"이번에는 없어. 다들 시끄럽게 굴지 마."

표정은 목석처럼 무뚝뚝했지만 정말로 차가운 목소리는 아니었다. 모정은 다시 사련에게 말했다.

"개의치 마십시오, 전하. 근처에 사는 아이들입니다."

하지만 아이들은 분명 그와 친밀한 사이 같았다. 평소에도 제법 어울려 논 모양인지, 겁내는 기색 하나 없이 희희낙락 그들을 둘러싸고는 모정 앞에 꼬질꼬질한 고사리손을 내밀어 먹을 것을 달라고 졸랐다. 결국 모정은 주머니에서 홍보석 같은 앵두를 꺼내 아이들에게 나누어 주었다.

이 모습을 본 풍신은 충격에 빠졌다. 모정의 이런 모습이 영 믿기지 않는 눈치였다. 사실 그럴 만도 했다. 모정은 행인이 굶어 죽는 앞에서도 제 밥그릇을 챙길 듯한, 매정하기 짝이 없는 기생오라비처럼 생겼으므로. 하지만 사련은 그다지 놀랍지 않았다. 아이들에게 뭐라도 주고 싶었으나 애석하게도 그는 사시사철 사탕을 들고 다니지 않았다. 풍신을 시켜 은전을 건네자니 마치 거지에게 적선하는 것 같아 영 마음이 내키지 않았다. 그런데 이때, 덜컹거리는 굉음과 길게 울부짖는 말 울음소리가 울려 퍼지나 싶더니 거리에서 비명이 쏟아졌다.

세 사람의 표정이 얼어붙었다. 사련은 한발 먼저 골목을 뛰쳐나왔다. 거리 양쪽에 난장판이 벌어졌다. 행인들은 뿔뿔이 도망치고 붉은 사과와 노란 배가 바닥에 나뒹굴었다. 상황을 알아보기도 전에 한 소년의 경박한 웃음소리가 들려왔다.

"비켜라, 전부 비켜! 다들 눈 똑바로 뜨고 다녀라! 밟혀 죽어도 난 모른다!"

풍신이 거칠게 외쳤다.

"또 척용!"

아니나 다를까, 척용은 살기를 한껏 품은 얼굴로 자신의 화려한 금차에 서 있었다. 그가 채찍을 쳐들고 마구잡이로 휘두르자 백마가 고통에 울부짖었다. 사련이 소리쳤다.

"척용을 막아!"

금차가 바람을 가르며 눈앞을 스치고 지나갔다.

"알겠습니다!"

대답한 풍신이 앞으로 돌진했다. 마차에 치인 행인이나 노점 중에 다친 사람은 없는지 살펴보려던 찰나, 사련은 문득 어딘가 이상하다는 생각이 들었다. 그는 뒤를 홱 돌아보았다. 커다란 금차는 뒤에 굵다란 밧줄을 끌고 있었다. 밧줄의 끝에 묶인 것은 자루였다. 그 자루에 담긴 무언가가 안에서 발버둥을 치고 있었다. 아무래도 사람이 갇힌 듯했다.

한순간 등골이 오싹해졌다. 곧이어 사련은 앞으로 내달렸다.

척용에게 채찍을 맞은 백마는 필사적으로 날뛰었다. 마차의 수레바퀴도 덩달아 바람처럼 휘돌았다. 풍신이 앞에서 말을 가로막았으나 금방 진정시키지는 못할 터였다. 빠르게 마차를 따라잡은 사련은 검집에서 장검을 뽑아 내리쳤다. 밧줄이 잘리는 소리와 함께 자루가 나동그라지며 두어 번 구르더니 움직이지 않았다.

사련은 몸을 숙여 자루를 살폈다. 대체 얼마나 오래 끌려다닌 것인지, 온통 지저분하게 터진 데다가 피로 얼룩져 있어 흡사 시체 자루 꼴이었다. 그는 다시 검을 휘둘러 자루의 입구를 동여맨 밧줄을 잘라 냈다. 자루를 풀어 헤치고 살펴보자 예상대로 사람이 들어 있었다. 게다가, 어린아이였다!

사련은 자루를 전부 찢었다. 그 아이는 몸을 둥글게 만 채 자기 머리를 꼭 끌어안고 있었다. 더러운 옷은 말할 것도 없이 커다란 발자국과 피로 뒤덮였고 머리카락에도 피가 엉망진창으로 엉겨 붙었다. 누군가에게 심하게 얻어맞은 게 분명한, 정말이지 사람이라고도 할 수 없는 꼴이었다. 체구로 보건대 고작 일고여덟 살 먹은 듯한 자그마한 아이였다. 아이는 마치 살갗이 한 겹 벗겨진 것처럼 떨었다. 어떻게 이런 구타를 당하고 바닥에 끌려다닌 뒤에도 목숨이 붙어 있는지 모를 노릇이었다.

사련은 당장 아이의 목을 짚어 보았다. 그리 미약하지 않은 맥박이 손끝에 닿아 오자 그는 안도의 숨을 내쉬고 그 작은 몸뚱이를 안아 들었다. 뒤를 돌아본 그가 끓어오르는 분노를 느끼며 일갈했다.

"풍신! 당장 척용을 막아!"

선락국에서 이런 일이 일어나리라고는 정말 상상조차 하지 못했다. 남들이 훤히 보는 앞에서 산 사람을 자루에 넣고 마차 뒤에 매달아 끌고 다니다니! 그가 제때 발견해 막지 않았더라면 이 아이는 이대로 무참하게 끌려다니다 죽었을 게 아닌가?

앞쪽 먼발치에서 말 울음소리와 척용의 고함이 날아들었다. 잠시 뒤, 풍신이 소리쳤다.

"막았습니다!"

사련은 몇 걸음 만에 마차 앞까지 달려갔다. 마침 척용이 분에 못 이겨 발악하고 있었다.

"이 간덩이가 부은 천것이 감히 나를 다치게 하다니, 누가 네 놈에게 이런 담력을 줬느냐?"

알고 보니 풍신이 그를 말리다 못해 말고삐를 낚아챈 모양이었다. 물론 척용은 순순히 뺏기려 들지 않았다. 그렇게 옥신각신하다가 발끈한 풍신이 홧김에 마차를 밀쳐 척용을 떨어뜨렸다. 그는 바닥을 나뒹굴면서 무릎이 까지고 말았다. 거기에다 사방으로 구경꾼들이 몰려들자 한층 화가 치밀었다. 뒤이어 사련의 목소리가 울려 퍼졌다.

"내가 줬다!"

척용의 입이 떡하니 벌어졌다.

"태자 표형!"

사련이 핏대를 세우며 외쳤다.

"네가 지금 무슨 짓을 했는지 아느냐! 척용, 넌 정말……."

이때 품에 안고 있던 아이가 꿈틀거리는 것이 느껴졌다. 머리를 감싸고 있던 손을 느릿느릿 풀고 팔 사이로 그를 훔쳐보고 있는 것 같았다.

사련은 재빨리 화를 감추고 고개를 숙여 부드럽게 물었다.

"몸은 어떠니? 어디 많이 아픈 곳은 없고?"

놀랍게도 아이는 고통에 기절하지도, 넋이 나가지도 않은 채 맑은 정신으로 고개를 가로저었다. 사련은 피범벅이 된 아이의 한쪽 뺨을 보고는 머리에 상처가 있는지 살펴보려 했다. 하지만 아이는 반대쪽 얼굴을 필사적으로 가리고 보여 주지 않았다.

사련이 아이를 달랬다.

"겁낼 것 없다. 괜찮아. 네 상처를 보려는 것뿐이란다."

하지만 아이는 더욱 단단히 얼굴을 가렸다. 한쪽만 덩그러니 내놓은 새까만 눈동자에 두려운 빛이 역력했다. 그러나 얻어맞을까 봐 겁낸다기보다는 뭔가를 들킬까 봐 두려워하는 눈치였다.

자그마한 반쪽 얼굴과 한쪽 눈동자. 사련은 문득 기시감을 느끼고 눈을 가늘게 떴다. 척용은 사련의 어두운 안색을 보고 입을 열었다.

"그 쥐새끼가 어제 표형의 전례를 망쳤잖아. 그래서 내가 표형 대신 화풀이를 해 줬지. 안심해. 적당히 조절했으니까 죽진 않을 거야."

역시, 그가 품에 안고 있는 이 아이는 어제 정월 제천유 의식 도중에 성루에서 떨어진 그 꼬마였다!

어쩐지 볼수록 낯이 익은 이유가 있었다. 이 꼬마는 심지어 옷도 갈아입지 않아 어제 모습 그대로였다. 다만 흠씬 두들겨 맞고 바닥에 끌려다닌 탓에 어제보다 훨씬 지저분했다. 같은 옷인지는 고사하고, 같은 사람인지도 분간하기 어려웠다. 사련은 인내심의 한계에 도달했다.

"내가 언제 화풀이를 하겠다고 했어? 이 아이가 무슨 상관인데? 이 아이의 잘못도 아니거늘!"

척용이 적반하장으로 대꾸했다.

"당연히 그 녀석 잘못이지. 놈만 아니었다면 형이 국사에게 꾸중을 들었겠어?"

엄청난 소란이 벌어지자 사방으로 구경꾼들이 속속 몰려들어 숙덕거리기 시작했다. 마침 모정도 이쪽으로 다가왔다. 척용이 채찍을 들어 모정을 겨누었다. 고집스러운 표정 속에 살벌한 기운이 어렴풋이 느껴졌다.

"그리고 표형의 이 하인. 이놈은 딱 보니까 제 분수를 몰라. 표형이 당장 버릇을 고쳐 놓지 않으면 조만간 주인의 머리 위로 기어오를 놈이라고. 그래서 내가 표형 대신 혼내 줬더니 표형은 오히려 놈을 감싸고 나를 일러바쳤지. 이모부와 이모가 나를 붙잡고 진탕 잔소리를 하시더니 내 금차를 압수하시겠대. 표형, 그건 내 생일 선물이잖아! 이 년 넘게 바라던 거라고!"

모정은 미적지근한 눈빛으로 척용을 훑어보았다. 사련은 화가 치밀다 못해 실소를 터트렸다.

"이런 호의라면 필요 없다. 넌 대체 날 위해 화풀이를 한 거야, 아니면 너 좋자고 그런 거야?"

"……."

잠시 침묵한 척용이 겨우 말했다.

"표형, 무슨 말을 그렇게 해? 내가 형을 편든 게 잘못이란 소리야?"

사련은 척용과 도무지 말이 통하지 않았다.

"척용, 잘 들어라. 오늘 이후로 다시는 이 아이를 건드리지 마. 손가락 하나도 허락 못 해. 알아들었어?"

이때 사련의 목이 별안간 조여 왔다. 화가 머리끝까지 치민 그는 한순간 움찔하며 고개를 숙였다. 아이가 그의 품에 얼굴을 파묻고 두 손으로 목을 끌어안은 것이었다. 심한 떨림이 느껴지자 사련은 아이가 아픈 줄 알고 황급히 물었다.

"왜 그러니?"

흙모래와 먼지, 피가 뒤섞인 지저분한 몸 때문에 사련의 흰옷이 구석구석 더러워졌다. 하지만 그는 아랑곳하지 않고 아이의 등을 토닥이며 나직한 목소리로 달랬다.

"괜찮아. 이제 의원을 만나러 갈 거야."

아이는 대답하는 대신 그를 더 강하게 껴안았다. 물에 빠진 사람이 지푸라기를 잡듯이 필사적인 몸짓이었다. 사련은 척용의 호의를 거절하고 아이를 감쌌다. 게다가 그 아이는 끈적하게 엉겨 붙은 피와 흙먼지를 사련의 옷에 죄다 묻히고 있었다. 분노에 휩싸인 척용은 채찍을 쳐들고 아이의 뒤통수를 향해 내리쳤다. 옆에 서 있던 풍신이 순간 발을 날려 척용의 팔을 걷어찼다.

우두둑, 소리가 울려 퍼졌다. 척용은 냅다 비명을 지르며 채찍을 떨어뜨렸다. 기이한 각도로 꺾인 오른팔이 아래로 맥없이 늘어졌다. 그는 한참이나 믿을 수 없다는 표정을 짓더니, 다시 느릿하게 고개를 들어 풍신을 노려보며 한 글자씩 잇새로 짓이겼다.

"네놈이, 감히, 내 팔을 부러뜨려!"

뼈에 사무치도록 섬뜩한 말이었다. 풍신은 발을 날리고 나서야 자신이 무슨 짓을 했는지 깨닫고 안색을 바꾸었다. 모정의 얼굴은 오히려 그보다 더 심각하게 변했다.

평소 그들이 뒤에서 척용을 험담하는 것은 큰 문제가 되지 않는다. 그러나 호위 된 몸으로서 한순간의 실수로 황족 친척의 팔을 부러뜨린다면 이야기가 달라졌다.

방금 사련은 두 팔로 아이를 안은 데다가 구경꾼들에게 뒤를 가로막혀 몸을 움직이기 어려웠으나, 사실 마음만 먹으면 채찍쯤이야 간단히 피할 수 있었다. 다만 척용이 매서운 기세로 폭발하는 바람에 풍신은 본능적으로 그를 제압하고 말았다. 혼란스러운 분위기 속에서 사련은 풍신을 미처 막지 못했다. 물론 다른 것을 생각할 여력도 없었다. 그의 앞섶은 이미 피로 흠뻑 젖었다. 여기서 더 지체하면 아이가 곧 죽을지도 몰랐다. 결단을 내린 사련은 숨을 훅 들이마시고 또렷한 목소리로 말했다.

"여러분, 오늘 이 자리에 말려들어 손해를 입으셨다면 우선 기록해 두십시오. 이후에 제가 절대 미루지 않고 한꺼번에 책임지겠습니다!"

그러고는 곧바로 풍신과 모정에게 말했다.

"우선 아이를 살린다. 계속 밖에서 날뛰게 둘 순 없으니 척용은 데리고 가!"

말을 마친 그는 아이를 안은 채 몸을 돌려 황궁으로 내달렸다. 명을 받은 풍신은 평소의 표정을 되찾았다. 그는 노발대발하는 척용을 낚아채고는 사련을 뒤따라 달려갔다. 궐문 통로를 지키는 병사들은 태자 전하가 출궁한 지 한 시진 만에 급히 돌아오자 내심 의아했으나, 당연히 가로막지는 못했다. 그렇게 어의사에 도착한 사련은 풍신과 모정에게 척용을 맡기고 혼자 안으로 들어갔다.

어의들은 모처럼 환궁한 태자 전하가 내린 명령에 헐레벌떡 자리로 달려왔다. 사련은 아이를 의자에 앉히고 말했다.

"여러분의 도움이 필요합니다. 이 아이는 방금 어른 여럿에게 구타를 당하고 자루에 갇혀 땅에 끌려다녔습니다. 수고스럽겠지만 이 아이가 머리를 다치지 않았는지 먼저 봐 주세요. 이게 가장 중요합니다."

어의들은 지저분한 촌아이를 안고 들어와 치료해 달라는 황족은 난생처음 보았으나, 시키는 대로만 하면 된다는 걸 잘 알기에 순순히 예, 하고 대답했다. 누군가가 말했다.

"꼬마야, 먼저 손을 내려라."

하지만 사련에게 안겨 온 내내 얌전했던 아이가 갑자기 고집을 피우기 시작했다. 아이는 오른쪽 얼굴 절반을 가린 채 한사코 손을 떼려 하지 않았다. 어의가 아무리 능력이 좋아도 환자가 협조하지 않으면 무슨 수로 치료를 하겠는가. 어의들은 사련을 바라보았다.

"태자 전하, 이게……?"

사련은 가볍게 손을 들어 보였다.

"낯을 가리는 모양입니다. 괜찮습니다, 제가 하지요."

아이가 의자에 앉은 탓에 눈높이가 맞지 않았다. 사련은 몸을 살짝 낮추고 고개를 기울이며 물었다.

"이름이 뭐니?"

아이는 커다란 한쪽 눈으로 물끄러미 그를 응시했다. 칠흑 같은 눈동자 안에 새하얀 그림자가 엇비쳤다. 정말 풍신이 느꼈던 것처럼 '귀신에 홀렸거나, 아예 빙의된 것 같다'고 표현할 수밖에 없었다. 그건 아이가 보일 만한 눈빛이 아니었다.

긴 침묵 끝에 아이가 고개를 숙이고 말했다.

"……홍……."

나직하게 기어드는 목소리가 어물거렸다. 말하기 싫은 한편 조금 부끄러워하는 것 같기도 했다. 사련은 '홍'이라는 한 글자만을 알아들은 채 다시 물었다.

"몇 살이야?"

아이가 대답했다.

"열 살."

그저 아이의 경계심을 풀어 볼 생각으로 아무렇게나 던진 질문이었다. 그런데 '열 살'이라는 수줍은 대답이 돌아오자 사련은 한순간 얼이 빠졌다.

'고작해야 일고여덟 살일 줄 알았는데, 열 살이라니? 몸이 너무 말랐네.'

사련은 싱긋 미소를 머금고 말을 꺼냈다.

"지금 의원님들이 네 상처를 봐 주신대. 겁내지 말고 손을 내려 볼래?"

아이는 그 말을 듣고도 머뭇머뭇 고개를 저었다. 사련이 다시 물었다.

"왜 내리기 싫은데?"

아이가 긴 침묵 끝에 입을 열었다.

"못생겼어요."

짤막하게 대답한 아이는 아무리 달래도 머리를 보여 주지 않았다. 못생기지 않았다, 정 그렇다면 보지 않겠다, 그리 맹세하며 돌아서도 소용이 없었다. 나이는 어린데 고집이 황소고집이었다. 어의들은 별수 없이 아이에게 간단한 질문을 하기로 했다. 손가락 숫자를 알아보는지, 현기증이나 두통은 없는지, 시력이나 사고 능력에 문제가 없는지 확인한 다음에야 몸에 있는 상처를 치료해 주었다.

치료를 이어 가던 어의들은 믿을 수 없다는 기색으로 혀를 차며 감탄했다. 내내 옆에서 기다리고 있던 사련이 그 소리를 듣고 물었다.

"여러분, 어떻습니까?"

어의 한 명이 덜컥 물었다.

"태자 전하, 이 꼬마가 정녕 구타당한 몸으로 자루에 갇혀 끌려다닌 게 맞사옵니까?"

잠시 할 말을 잃은 사련이 입을 열었다.

"거짓이 있겠습니까."

"하오면 참으로…… 놀라운 일이군요. 이렇게 억센 몸은 지금껏 처음 봅니다. 늑골 다섯 대와 다리 한쪽이 부러졌습니다. 거기에다 크고 작은 상처까지 겹쳤는데 평소처럼 멀쩡하게 앉아 맨정신으로 사람들과 대화를 나누다니요. 어른도 힘든 것을 열 살짜리 꼬마가 어찌 버틴답니까?"

부상이 이렇게 심할 줄은 사련도 미처 몰랐다. 척용을 향한 분노가 한층 거세졌다. 그는 다시 시선을 옮겼다. 아이는 아픔을 전혀 느끼지 못하는 것처럼 의자에 앉아서 크고 새까만 왼쪽 눈으로 그를 훔쳐보고 있었다. 그러다 사련의 시선을 알아차리고는 냉큼 고개를 돌렸다.

이를 본 사련은 어쩐지 우스우면서도 안타까운 마음이 들었다.

"아이의 부상은 다 회복될 수 있겠습니까?"

어의 한 명이 아이의 머리에 새로운 붕대를 겹겹이 감으며 말했다.

"아무 문제 없을 겁니다."

사련은 그제야 안심하고 고개를 끄덕이며 말했다.

"고생 많으셨습니다."

이때 궁인이 국주 폐하와 황후가 납시었다고 아뢰었다. 어의들이 황급히 자리에서 일어나 두 사람을 맞이하고 예를 올렸다. 사련은 아이를 안아 침상으로 옮겼다.

"잘 누워 있어. 우선 쉬렴."

그러고 보니 이 아이는 낯가림이 심해 사람이 갑자기 몰려들면 놀랄지도 몰랐다. 사련은 침상 가장자리에 발을 쳐 주고서야 몸을 일으켰다.

국주와 황후가 시종 궁인들을 거느리고 궐 안으로 들어섰다. 황후의 얼굴빛이 창백했다.

"황아, 어찌 출궁하자마자 급하게 돌아왔어? 밖에서 다치기라도 한 게야?"

사련이 대답했다.

"염려 마세요, 모후. 저는 다치지 않았습니다. 다친 건 다른 사람입니다."

이때 척용이 구석에서 소리쳤다.

"이모님, 살려 주세요!"

황후는 그제야 풍신에게 단단히 붙들린 척용을 발견하고는 소스라치게 놀랐다. 아들의 안위에만 온 마음을 졸이느라 다른 것은 눈에 들어오지 않던 참이었다. 그녀가 척용에게 물었다.

"용아, 왜 그러고 있느냐?"

반면에 국주는 미간을 찌푸렸다.

"풍신. 어째서 죄인을 추포한 것처럼 소경왕을 붙잡고 있지?"

국주가 행차했으니 풍신도 모정을 비롯한 다른 사람들처럼 곧장 예를 올려야 했다. 그러나 척용을 붙잡고 있느라 손을 뗄 수가 없어 다소 곤란한 처지였다. 사련이 대신 입을 열었다.

"제가 시켰습니다."

척용은 제 오른손을 받쳐 들고 말했다.

"이모님, 제 팔이 부러졌어요."

사련은 황후가 마음 아파할 틈도 주지 않고 냉정하게 말했다.

"너는 팔 하나가 부러졌지만, 저 안에 있는 아이는 어떻지?"

국주가 물었다.

"무슨 아이?"

"어떤 열 살짜리 아이입니다. 닭 잡을 힘도 없는 허약한 아이를 척용이 수하들을 시켜 구타했습니다. 운이 나빴다면 벌써 무참히 맞아 그 자리에서 죽어 버렸을 겁니다!"

척용은 우스갯소리라도 들은 것처럼 눈을 부라렸다.

"닭 잡을 힘도 없는 열 살짜리 아이? 허약하다고? 표형은 저 쥐새끼가 얼마나 난폭하고 야만적이고 독한지 몰라! 놈은 표형 앞에서만 불쌍한 척하는 거라고. 수하 대여섯 명을 보냈는데도 그 쥐새끼 하나 붙잡지 못했어. 심지어 놈이 주먹에 발길질에 이까지 동원해 물어뜯는 바람에 다들 피범벅이 됐다니까. 아무렴 내 성질을 건드리지도 않았는데 그렇게 마차 뒤에 끌고 다녔겠어?"

이 말을 들은 국주와 황후가 표정을 굳혔다. 사련은 숨을 깊이 들이마시고 소리쳤다.

"입 다물어! 네가 한 짓들이 그리도 자랑스럽더냐!"

가뜩이나 바깥에 얼굴 내밀기를 좋아하는 척용이었다. 그런 그가 거하게 횡포를 부리는데 황성 백성들이 그냥 지나쳤겠는가? 감상도 마쳤겠다, 이제 술상 안줏거리로 삼아 떠들지 않겠는가?

국주는 황후를 흘긋 쳐다보고는 파랗게 질린 얼굴로 말했다.

"소경왕을 데리고 물러가라. 어의는 소경왕의 팔을 치료하게. 금차는 압수하겠다. 소경왕에게는 금족령을 내릴 터이니 한 달간 잘못을 뉘우치며 근신하여라."

국주의 뒤를 지키던 시종이 황명을 받들어 다가오자 풍신은 겨우 척용을 놓아주었다. 그러나 척용은 아랑곳하지 않고 흥, 코웃음을 쳤다

"압수하려면 하세요. 어차피 오늘이 마지막일 줄 알았습니다."

뉘우치는 기색이라곤 느껴지지 않는 그 말에 황후가 한숨지었다. 사련이 말했다.

"제아무리 한 달 근신하며 반성해 봤자 다음에 또 죄를 저지를 것입니다. 더 엄히 다스리셔야 합니다."

"태자 표형……."

기가 막힌 척용은 화를 내려다 말고 눈을 도르르 굴리며 말을 바꾸었다.

"좋습니다. 그럼 이번 일은 제 잘못으로 인정할게요. 폐하께서 어떤 벌을 내리시든 달게 받겠습니다."

그러고는 곧장 한쪽으로 화살을 돌렸다.

"그런데 태자 표형의 수하도 벌을 받아야 하지 않겠습니까? 제 팔을 저 풍신이란 놈이 부러뜨렸다고요!"

이 말을 들은 국주는 놀란 표정으로 풍신을 쏘아보았다. 풍신

은 가만히 고개를 숙였다. 모정은 조용히 옆으로 두 걸음 떨어졌다.

국주가 냉랭하게 말했다.

"풍신, 너는 태자의 측근 시종이다. 태자는 확실히 너를 후하게 대우하지. 설마 그 때문에 네 신분을 망각하고 교만을 부린 것이냐? 태자를 모시는 것이 네 소임이거늘 이런 식으로 태자를 모셔? 감히 태자의 사촌 아우인 소경왕에게 손을 대다니."

국주가 노하자 풍신이 반쯤 무릎을 꿇었다. 이때 사련이 말했다.

"무릎 꿇을 필요 없어."

풍신은 사련의 명을 최우선으로 따른다. 설령 폐하의 호령이 떨어져도 태자 전하의 명이 먼저였던지라, 풍신은 꿇으려던 무릎을 바로 세웠다. 이를 본 국주의 표정이 한층 불쾌해졌다. 사련이 말을 이었다.

"풍신이 척용의 팔을 부러뜨린 것은 사실이지만, 결국 제 주인을 지키려다 저지른 일입니다. 게다가 먼저 죄를 범한 것은 척용이고요. 아무 죄 없는 풍신이 무릎을 꿇을 필요는 없지 않습니까?"

국주가 대답했다.

"무슨 연유가 되었든 그는 소경왕에게 무례를 범하였다. 주종관계와 신분은 유별한 법. 무릎을 꿇리는 것은 물론이고 이 자리에서 곤장 백 대를 친다 하더라도 부당한 처분은 못 된다."

국주는 황후만큼 척용을 아끼지는 않았으나 척용도 황실 사람이니 수모를 당하도록 둘 수는 없었다. 이 점을 잘 알았던 척용은 흘끔 곁눈질을 하며 말했다.

"곤장을 치실 필요는 없습니다. 풍신은 태자 표형의 수하이니 저도 너무 난처하게 만들고 싶지 않아요. 저자가 자기 팔도 부러뜨린 다음 제게 무릎 꿇고 세 번 머리를 조아리면 조용히 넘어가겠습니다."

국주는 가능한 처사라고 생각했는지 느릿하게 고개를 끄덕였다. 그러나 사련이 입을 열었다.

"풍신에게 벌을 내리시려거든 먼저 저부터 벌하십시오. 그는 제 시종이지 않습니까. 먼저, 그는 아무 잘못도 범하지 않았습니다. 게다가 잘못이 있더라도 제 명령을 따랐을 뿐이니 제가 대신 벌을 받아야 옳겠지요."

사련이 말을 마치자 국주의 얼굴에 노기가 어른거렸다.

온 세상의 부자들은 대개 이런 변화를 겪기 마련이다. 아들이 어릴 때는 제 아버지를 천하에서 제일가는 영웅으로 떠받들며 자신의 모범으로 삼는다. 하지만 어느 정도 머리가 크면 점차 아버지의 모든 것을 의심하기 시작하고, 심지어는 반감을 품다가 끝내 서로가 서로를 인정하지 못한다.

사련이 태창산에서 수행하는 근본적인 목적은 무예를 연마하고 도를 탐구하려는 마음에 있었다. 하지만 사실 그는 수행하는 장소나 수행자의 신분에 대해서는 전혀 집착하지 않았다.

이른바 '도(道)'란, 글자를 보고 풀이하면 '사람이 길을 걷는다'

는 뜻이 된다. 오로지 한마음으로 도를 추구한다면 어디에서나 수행할 수 있으니 꼭 엄격한 형식을 갖추고 도관에 들어갈 필요는 없었다. 그러나 사련이 산에 오르겠다며 고집을 피우고 졸랐던 데는 또 다른 이유가 하나 있었다. 더는 아버지와 충돌하고 싶지 않다는 생각이 들었기 때문이다.

선락 태자 사련이 태어나자 선락 국주는 아이가 살아갈 앞날에 탄탄대로를 마련해 주었다. 어린 시절에는 그런대로 괜찮았다. 코흘리개 꼬마에게 무슨 고민이 있겠는가. 사련도 그저 부모님과 함께 금박전을 쌓으며 놀고 장난을 치는 것만으로 좋았다. 하지만 나이를 먹어 가면서 사련은 서서히 깨닫기 시작했다. 아버지는 자신의 아버지일 뿐만 아니라 한 나라의 국주였다. 두 사람의 의견과 방식은 수없이 마찰했다. 예를 들어, 흔히 말하는 '황실의 위엄'이 사련이 가장 싫어하는 것 중 하나였다.

계속해서 마찰하느니 멀리 피하는 편이 나았다. 궁에 돌아갈 때마다 그는 어머니와 이야기꽃을 피우면서도 아버지와는 마음속 이야기를 터놓은 적이 없었다. 서로가 상대에게 먼저 말을 거는 일도 극히 드물었다. 두 사람 사이를 중재하는 것은 늘 황후의 몫이었다.

가뜩이나 몇 달째 팽팽히 맞서고 있던 부자였다. 사련이 고집스레 의견을 꺾지 않자 국주가 입을 열었다.

"좋다. 하면 네가 풍신을 대신해 책임을 져라. 할 수 있는지 없는지 지켜보마!"

사련이 대꾸했다.

"당연히 할 수 있습니다!"

부자가 또 으르렁대자 황후가 급히 말했다.

"꼭 이리 다퉈야겠습니까?"

이때, 아까부터 말이 없던 풍신이 갑자기 왼손을 들어 자신의 오른팔을 내리쳤다. 우드득, 소리에 놀란 사람들이 한쪽을 돌아보았다. 그의 오른팔도 척용의 팔처럼 힘없이 아래로 늘어졌다. 사련은 놀란 동시에 화가 치밀었다.

"풍신!"

풍신의 이마에 식은땀이 흘렀다. 그는 군말 없이 척용을 향해 무릎을 꿇고는 사련이 막을 틈도 주지 않고 땅에 머리를 세 번 내리찧었다. 척용은 퍽 기고만장해져서는 하하, 소리를 내며 웃었다.

"됐다, 아쉬운 대로 이만 용서해 주마. 처음부터 이리 나왔으면 좋았잖아?"

척용은 팔이 부러진 주제에 대승을 거둔 듯한 개운한 표정으로 자리를 떴다. 풍신은 여전히 바닥에 꿇어앉아 있었다. 옆에서 이 광경을 지켜본 모정은 무슨 생각을 하는지 얼굴이 어렴풋한 잿빛이었다. 사련은 아버지를 향해 홱 돌아서며 이를 갈았다.

"부황……!"

풍신은 왼손으로 그를 붙잡았다.

"전하!"

황후 역시 사련의 팔을 감쌌다. 사련도 마음속으로는 잘 알고 있었다. 풍신은 열네 살부터 자신을 따르면서 황후의 예쁨을 듬뿍 받았다. 그는 부자의 다툼으로 황후가 속상해하는 모습을 보다 못해 자신의 팔을 부러뜨린 것이다. 사련이 지금 화를 터트리면 풍신의 성의가 헛수고로 돌아가게 된다. 억지로라도 참아야 했으나 가슴속 분노는 들끓은 지 오래였다. 국주는 그제야 안색을 살짝 누그러뜨리더니 침착한 얼굴로 어의사를 빠져나갔다.

평소 풍신을 아낀 황후는 한숨을 푹 내쉬었다.

"에그, 착한 아이 같으니. 괜히 억울한 일을 당하였어."

풍신이 대답했다.

"부디 그런 말씀 거두십시오. 전 제 소임을 다했을 뿐입니다."

이 말을 들은 모정의 눈빛이 마치 조용히 냉소하는 듯 가물거렸다. 사련은 눈을 감고 황후에게 말했다.

"모후, 정 척용을 말릴 수 없으시다면 그냥 가둬 두세요."

황후는 한숨을 내쉬며 고개를 끄덕이고는 다시 고개를 가로저으며 자리를 떴다.

사련은 어의 한 명을 데려와 풍신의 오른팔을 맡기고 운을 뗐다.

"풍신, 미안해."

다른 사람들이 떠나자 풍신은 금세 얼굴을 바꾸며 픽 비웃었다.

"이게 뭐 별겁니까. 보복이 두려웠으면 그렇게 때렸으려고요?"

잠시 말을 고른 그가 사련을 타일렀다.

"전하. 척용은 당연히 혼내셔야 맞지만 그래도 폐하께 화내지는 마십시오. 폐하께선 국주이시자 저희보다 한 세대 위에 계신 분이십니다. 생각하는 바가 저희와 다르시지요. 전하와 폐하께서 언쟁하시면 지켜보시는 마마께서도 속을 앓으십니다. 워낙 난처한 입장에 계신 분이 아닙니까."

사련이 어머니의 입장을 어떻게 모르겠는가?

척용의 모친은 황후의 친동생으로 언니와 무척 우애가 깊었다. 철없는 나이에 사랑에 눈을 뜨고 자유를 추구한 그녀는 달콤한 말에 홀랑 넘어가 정해진 혼사를 깨고 관청의 호위병과 사랑의 도피를 했다. 하지만 그 남편이 망나니일 줄 누가 알았으랴. 천금처럼 귀한 몸으로 개집 같은 오두막에 처박혀 지낸 지 반년이 지나자, 그 호위병은 본성을 드러내고 주색잡기에 빠져 흥청망청 살았다. 한술 더 떠서 척용이 태어난 뒤에는 아내에게 손찌검까지 했다. 결국 견딜 수 없는 지경에 다다르자, 그녀는 척용이 다섯 살이 되던 해에 아이를 데리고 맥없이 궁으로 돌아왔다. 추문을 일으킨 귀족으로 전락한 지 오래라 평생을 두문불출하며 우울하게 보내야 했으나 제 하나뿐인 아들만큼은 소중히 여겼다.

그러던 어느 해, 반란이 일어났을 때, 척용의 모친은 황후를 구하려다 불행히도 빗나간 화살에 맞고 말았다. 그렇게 그녀는 임종 직전에 척용을 사련의 어머니에게 맡겼다.

황후는 당연히 최선을 다했다. 하지만 남의 집 아들이란 참으로 곤란한 존재였다. 마음먹고 엄하게 가르치자니 너무 인정 없이 각박한 것 같았고, 정을 생각하면 차마 그러지도 못했다. 그렇다고 내버려 둘 수도 없었다. 방임한 탓에 지금 같은 성질머리가 박혔으니, 이대로 단속하지 않으면 앞으로 더 심각해질 터였다. 황후도 늘 이해가 가지 않았다. 분명 비슷한 방식으로 사련과 척용을 돌보았는데, 어째서 이토록 다른 성정으로 자라난 것일까?

이때 사련은 문득 방 안 침상에 계속 누워 있었을 아이가 떠올랐다. 발을 살짝 걷어 올리고 들여다보니, 그 아이는 어느새 또 일어나 앉아 있었다. 틈새로 바깥을 보고 있는 것 같았다. 사련이 발을 완전히 걷어 올리자 아이는 다시 얌전하게 드러누웠다. 사련이 말했다.

"방금 밖에서 싸우는 소리에 놀랐니? 괜찮아, 너와는 상관없는 일이었단다."

어의가 말했다.

"태자 전하, 꼬마의 상처는 처치를 끝냈습니다. 이제 안정을 취하기만 하면 됩니다."

사련은 고개를 끄덕였다.

"고생 많으셨습니다."

그는 다시 허리를 숙이고 아이에게 물었다.

"집이 어디니? 내가 데려다줄까?"

아이는 고개를 저으며 대답했다.

"집 없어요."

풍신이 천으로 고정한 팔을 받쳐 들고 다가오며 물었다.

"집이 없다? 정말로 어린 거지였어?"

왜소한 몸과 더러운 옷을 보면 그럴 만도 했다. 돌아갈 집이 없다 해도 아이를 황궁에 남겨 두거나 거리에 버려 둘 수는 없는 노릇이었다. 사련은 가만히 고민하다 입을 열었다.

"정 그렇다면 우선 태창산으로 데리고 가자."

그런데 모정이 갑자기 입을 열었다.

"거짓말입니다."

## 28장 올라가도 사람이요 내려가도 사람이라

사련은 고개를 돌리며 물었다.

"무슨 말이야?"

모정이 대답했다.

"황성의 집 없는 부랑아들은 모두 한 패거리입니다. 항상 저희 집 근처에서 구걸을 하지요. 제가 얼굴을 전부 아는데 이 아이는 본 적 없습니다."

아이는 입을 다물고 모정을 빤히 응시했다. 풍신이 의심스럽다는 투로 물었다.

"걔들이 누구한테 구걸을 해? 너? 줄 마음은 있고?"

모정이 풍신을 노려보며 말했다.

"그리 떼를 쓰는데 줘야지 별수 있어?"

풍신은 여전히 믿기지 않았지만 말을 아끼기로 했다.

"그렇군."

사련은 두 사람이 말하는 걸 보고 있자니 웃음이 났다. 모정이 다시 말했다.

"그리고 이 아이의 옷 곳곳에 바느질한 자리가 있습니다. 바늘땀을 보면 어른이 최근에 꿰매 준 게 분명합니다. 아이의 집에 나이 많은 사람이 적어도 한 명쯤은 있겠지요. 집안 형편이 나쁠 수는 있어도 절대 거지는 아닙니다."

사련은 당연히 옷감을 덧댄 바늘땀을 유의해서 보지 않았고 어른의 솜씨인지도 알아볼 수 없었다. 하지만 모정은 황극관 잡역부 출신에 집에서 자질구레한 바느질도 많이 해 온 몸이었다. 아이의 옷을 가만히 들여다보니 정말 모정의 말이 맞았다. 사련은 아이에게 물었다.

"집에 어른이 계시니?"

아이가 고개를 가로젓자 모정이 대신 대답했다.

"틀림없이 있습니다. 아이가 돌아오지 않았으니 지금쯤 가족들이 애타게 찾고 있겠네요."

이때 아이가 입을 열었다.

"안, 안 찾아요! 아무도 없어요!"

아이는 집으로 도로 보내지면 어쩌나 겁이 났는지, 말을 끝내자마자 사련을 껴안으려는 것처럼 두 팔을 벌렸다. 그 몸에는 여전히 진흙과 핏자국이 뒤섞여 있었다. 풍신이 보다 못해 끼어들었다.

"이 꼬마가 지금 무슨 짓이야? 아까는 상황이 급해서 넘어갔다만 이제는 정신 차려야지. 이분은 태자 전하시다, 태자 전하. 알겠어?"

아이는 화들짝 손을 움츠리면서도 끝까지 사련을 바라보며 말했다.

"집안싸움으로 쫓겨났어요. 한참 돌아다녔는데 갈 곳이 없어요."

세 사람은 서로를 멀거니 쳐다보았다. 이윽고 풍신이 말했다.

"그럼 어쩌죠?"

어의 한 명이 의견을 보탰다.

"전하께서 곤란하시다면 여기에 두셔도 됩니다. 궁인들을 불러 돌보면 될 것입니다."

잠시 고민한 사련은 가만히 고개를 저었다.

척용이 포기하지 않고 몰래 빠져나와 사고를 치지 않을까 걱정이 앞섰다.

"아무래도 상처가 나을 때까지는 내가 돌보는 게 좋겠어. 집으로 보내면 가족들이 잘 보살필 수 없을 것 같아. 풍신, 척용이 뒤엎은 노점을 처리하러 가는 김에 이 애의 부모님이 어디 있는지 찾아서 걱정하지 말라고 알려 주는 게 좋겠다."

풍신이 고개를 끄덕였다.

"알겠습니다."

그는 천으로 고정한 팔을 늘어뜨린 채 다른 손으로 아이를 들어 올리려 했다. 사련이 웃으며 말했다.

"다쳤는데 괜히 무리하지 마."

하지만 풍신은 대수롭지 않게 말했다.

"부러진 건 팔 하나고 다른 쪽은 멀쩡합니다. 설령 두 팔이 다 부러졌대도 이로 얘 옷깃을 물어서라도 산에 데려갈 수 있는데요."

모정은 뒤에서 남몰래 눈을 까뒤집었다.

"됐어. 그냥 내가 하는 게 낫겠다."

하지만 모정이 한 걸음 내딛자마자 아이가 침상에서 뛰어내리더니 입을 열었다.

"혼자 갈 수 있어요."

반항기가 덕지덕지 묻은 얼굴이었다. 계속 다가가야 할지 알 수가 없었던 모정은 다시 걸음을 내딛기가 무안해졌다. 갈비뼈 다섯 대와 다리 하나가 부러지고도 이렇게나 씩씩하다니. 꼬마를 지켜보던 사련은 웃어야 할지 안타까워해야 할지 영 판단이 서지 않았다.

"함부로 뛰어다니면 못써!"

그리 말한 사련은 허리를 숙이고 아이를 안아 들었다.

셋은 아이 하나를 데리고 궐문을 나섰다. 아까 척용이 거리에서 소란을 일으키며 행인들을 놀래고 여러 노점상을 뒤엎었던 지라 사련은 죄책감에 황성 백성들을 볼 면목이 없었다. 세 사람은 차마 얼굴을 내밀지 못하고 샛길만 골라 의기소침하게 걸음을 옮겼다. 가는 내내 아이는 사련의 팔 안에 얌전히 웅크려 있었다. 소리를 내지 말라고 했더니 입 한번 벙긋하지 않았다.

풍신이 눈을 부라리며 말했다.

"이 녀석, 어제는 날 걷어찼으면서 오늘은 왜 이리 얌전해. 정말 사람 봐 가면서 다리를 뻗는구만."

그러자 모정이 말했다.

"태자 전하시잖아. 당연히 평범한 사람보다 사랑받으실 테지."

왜 그런지는 모르겠지만, 모정은 아무리 좋은 말을 해도 말투나 문맥으로 사람을 다소 불편하게 만들 때가 있었다. 그런 탓에 풍신은 그를 상대하고 싶지 않아졌다. 한참을 걷다 말고 풍신이 다시 입을 열었다.

"안 돼. 역시 전하께서 정체불명의 꼬마를 안고 있는 모습을 남들에게 보일 순 없습니다."

사련이 물었다.

"이게 뭐 그리 대수라고?"

"당신은 태자 전하시잖습니까!"

그러던 풍신은 마침 앞쪽 골목 어귀에 세워진 낡은 수레 한 대를 발견했다.

"녀석을 저기에 태워서 끌고 갑시다!"

모정이 잽싸게 말했다.

"미리 말해 두겠는데, 난 저걸 끌고 산에 오르지 않을 거다."

풍신이 대꾸했다.

"너한테 기대한 적 없거든."

말을 마친 풍신은 손을 뻗어 사련의 품에서 아이를 끌어냈다. 손이 닿아 오자 아이는 또 발버둥을 치기 시작했다. 사련이 말했다.

"됐어, 됐어. 주인이 있을지도 모르잖아!"

그러거나 말거나 풍신은 이미 수레에 아이를 실은 뒤였다. 바로 이때, 멀지 않은 곳에서 누군가가 불쑥 말했다.

"당신은…… 태자 전하 아니십니까?"

곧이어 누군가가 큰 소리로 외쳤다.

"맞네, 맞아! 태자 전하네! 어제 가면이 떨어졌을 때 내 두 눈으로 얼굴을 봤소! 저 사람 맞소이다!"

"잡아!"

세 사람은 심장이 덜컥 내려앉았다. 사련은 어제 제천유에서 자신이 잘못을 범했다고 생각하지는 않았지만, 남들의 생각이 다를 수 있다는 것쯤은 잘 알았다. 열신무가 중단된 것은 황족들에게 금기로 통할 만큼 지극히 불길한 징조였다. 흥분을 가라앉힌 백성들은 어제 일을 곱씹어 보다가 그 사고가 무슨 의미인지 사방팔방 묻고 다녔을 터다. 그리고 답을 알아냈다면 너그러이 넘어갈 리 없었다. 게다가 척용이 소란을 빚어 원성이 자자한 이 시점에 붙잡힌다면, 위험할지도 몰랐다. 깊이 고민하기도 전에 모정이 사련을 홱 잡아당겼다.

"전하, 뛰세요!"

풍신도 수레를 끌며 재촉했다.

"전하, 전 팔이 부러져서 폭도들을 막을 수 없을 겁니다! 가세요!"

그러나 거리에 있던 백성들이 흥분한 표정으로 골목 밖까지 몰려들어 빠져나갈 만한 길을 죄다 가로막았다. 퇴로를 잃은 네 사람은 포위망을 좁혀 오는 부릅뜬 눈동자들을 멍하니 바라만 보았다. 사련은 두 눈을 딱 감고 생각했다.

'까짓것 호되게 얻어맞자. 내가 반격하지 않으면 돼!'

그런데 누가 알았으랴. 사람들이 몰려들기는 했으나, 예상했던 뭇매 대신 수많은 손이 뻗어 오더니 사련을 공중으로 던져 올리며 이구동성으로 환호했다.

"태자 전하!"

사련은 사람들의 손길에 한참 위아래를 오르내리면서도 차분한 모습을 지켰다. 왁자지껄한 목소리가 쏟아졌다.

"태자 전하, 어제 신무대로에서 뛰어오르신 그 모습, 얼마나 멋졌는지 모릅니다!"

찬탄하는 사람도 있었다.

"뛰어내리신 것도 대단했지요! 진심으로 말하는데, 저는 그때 신무대제가 친히 강림하신 줄 알았습니다! 소름이 다 돋더라니까요!"

또 다른 누군가가 단호하게 말했다.

"전하께서 아이를 구하신 건 옳은 일이었습니다! 우리처럼 가난한 집 애들 목숨은 목숨으로도 안 쳐 준답니까? 저라도 그리 했을 겁니다!"

어떤 사람은 분을 터트렸다.

"맞습니다. 오늘 누가 전하께서 큰일을 그르쳤다고 떠들어 대던데, 정말이지 더 들어 줄 수가 없었습니다. 만약 성루에서 떨어진 사람이 황실 친척이었으면 그렇게 말했으려고요. 전하, 그런 인간은 절대 신경 쓰지 마십쇼!"

"전하야말로 진정 저희를 위해 애써 주셨습니다……."

처음에는 죄책감이 들었고 도중에는 얼떨떨해졌다. 그리고 마지막에는 이 열기 넘치는 얼굴들에 감동했다. 그들이 사련을 빼곡히 에워싼 채 거리로 나오자 사람들이 구름같이 모여들었다. 풍신과 모정과 아이는 바깥 멀리 밀려났다. 비집고 들어갈 틈이 없어 길디긴 행렬 꽁무니를 쫓아가야 했다. 인산인해를 이룬 규모가 어제 제천유에 비견할 만했다. 사련은 떠나려고 시도할 때마다 번번이 안으로 끌려 들어갔다. 사람들은 다시 한번 그를 에워싸 높이 들어 올리고는 한사코 내려 주지 않았다.

사련은 저도 모르게 웃음이 비어져 나왔다. 한편으로는 마음이 놓였다.

'백성들과 국사의 의견이 완전히 반대잖아. 아무래도 내가 옳았나 봐.'

태창산에 돌아왔을 무렵, 노을은 언제나처럼 짙게 타오르고 있었다.

거대한 산문과 기나긴 청석 산길을 지나니, 물통을 이고 땔나무를 진 채 산을 오르내리던 도인들이 너도나도 사련 일행에게 인사를 건넸다. 대부분은 이 기이한 네 사람과 수레 한 대를 신기한 눈으로 바라보았다. 한 손으로 수레를 끌고 있는 풍신은 흡사 부지런하고 젊은 검은 소 같았다. 사련과 모정은 애써 웃음을 삼켰으나 나중에는 에라 모르겠다, 하는 심정으로 시원하게 웃어 버렸다.

아득한 단풍나무 숲 사이로 수레바퀴가 느릿느릿 굴러갔다. 사련은 산을 오르는 도중에 뒤에서 수레를 밀었다. 기분이 좋았던 그는 아이에게 내키는 대로 물었다.

"꼬마야, 대체 네 이름은 뭐야? '홍', 그다음은?"

아이는 그를 바라보며 작은 목소리로 말했다.

"그…… 저는 이름이 없어요."

사련은 순간 당황했다.

"어머니가 이름을 지어 주지 않으셨어?"

아이는 고개를 가로저었다.

"엄마는 돌아가셨어요."

사련은 안타까운 마음에 물었다.

"네 어머니는 전에 너를 뭐라고 부르셨는데?"

잠시 머뭇거린 아이가 대답했다.

"홍홍아."

사련이 싱긋 웃었다.

"정말 귀여운 아명이구나. 그럼 나도 그렇게 부를게."

어쩐지 홍홍아는 그와 대화를 나눌 때마다 수줍게 고개를 숙이는 것 같았다. 땅거미가 져 가는 지금, 먼발치 산봉우리마다 궁관의 등불이 한 움큼씩 타오르기 시작했다. 그중에서 가장 눈부시게 빛나는 것은 태창산의 최고봉, 신무봉이었다.

신무봉에 세워진 신무전은 대낮처럼 환했다. 알알이 눈부신 빛무리가 산꼭대기에 한데 모여 있었다. 그 모습을 바라보던 사련은 한숨을 지었다.

상심해서가 아니라, 이 광경이 너무도 아름답고 장관인 탓에 흘러나온 한숨이었다. 저 밝은 빛은 모두 신무전에 바쳐진 장명등이다. 그 하나하나가 신도들이 올리는 가장 정성스러운 기원이었다. 신전 안의 장명등이 많을수록 그 신관의 법력도 강해진다. 황극관의 신무전은 천금이 있다 해도 등불을 공양하기 어려운 곳이다. 재물, 권력, 능력, 인정, 인연, 이 다섯 가지 중 하나라도 제대로 갖추어야 등불을 공양할 수 있다. 그러나 이 세상에는 하나는커녕 이 다섯 가지를 전부 갖추지 못한 사람이 훨씬 많았다.

네 사람은 걸음을 멈추고 태양처럼 찬란한 신무전을 하염없이 바라보았다. 다들 표정이 가지각색이었다. 이때 어쩐지 귀에 익은 목소리가 사련을 불렀다.

"태자 전하!"

사련은 고개를 돌렸다. 곱상한 청년이 이쪽으로 황급히 달려오고 있었다. 다름 아닌 사상궁 문지기로 일하는 그 도인이었다. 사련은 정색하고 말했다.

"축 사형, 급한 일이라도 있으십니까?"

축 사형은 사련의 뒤에 있는 모정을 보자 조금 멋쩍은 표정을 지었다. 그는 모정을 못 본 체하며 말했다.

"국사께서 부르십니다. 한참이나 전하를 찾으셨습니다. 지금 신무전에서 기다리고 계십니다."

그 말에 사련은 잠시 멍해졌다. 어제 제천유에서 일어났던 사고 때문이겠거니 생각하면서 그가 대답했다.

"알겠습니다. 전해 주셔서 고맙습니다."

풍신과 모정을 홍홍아와 함께 선락궁에 돌려보낸 뒤, 사련은 홀로 신무봉으로 향했다.

대전 바깥. 향정[#8]에서 피어오르는 자욱한 연기가 온 신무전을 선경처럼 물들였다. 향정 양쪽에 세운 벽에는 장명등이 가지런히 줄지어 매달려 있었다. 모든 장명등마다 반듯하고 장엄한 예서체(隸書體)로 등불을 공양한 사람의 이름과 기원이 쓰여 있었다. 안으로 들어서니 대전의 양옆에도 장명등 행렬이 꼬리를 물고 늘어졌다. 신전 안에 공양하는 장명등은 신전 바깥에서 공양하는 것보다 훨씬 값비쌌다.

이 웅장한 신전 저 멀리, 국사가 신무대제 신상에 향을 바치고 있었다. 부국사 세 명은 그의 뒤쪽에서 나란히 신상을 향해

**#8 향정** 香鼎. 향을 피우는 화로

절을 올렸다.

안으로 들어선 사련은 고개를 숙이며 말했다.

"국사."

국사들은 절을 다 올리고 나서야 뒤를 돌아보고는 다가오라는 손짓을 했다. 사련은 앞으로 다가가 경건하게 향을 골라 바쳤다.

한참 뒤, 국사가 드디어 입을 열었다.

"태자 전하. 저희가 얼추 논의를 마쳤습니다만, 제천유 사건을 해결할 방법은 단 두 가지뿐입니다."

사련이 말했다.

"말씀하세요."

국사가 대답했다.

"첫 번째는, 전례를 망친 아이를 찾아내 제단을 세우고 의식을 치르는 방법입니다. 그 아이의 감각 중 하나 이상을 봉인해 속죄시키는 것이지요."

사련이 고개를 홱 쳐들었다.

"안 됩니다."

그는 단호하게 한마디를 덧붙였다.

"절대 안 됩니다."

국사는 고개를 끄덕이며 말했다.

"전하께서 이리 대답하실 거라 예상했습니다. 그래서 저희도 두 번째 방법에 비중을 두고 있습니다."

사련이 진중한 목소리로 말했다.

"말씀하세요."

"두 번째 방법은, 바로 태자 전하께서 선락국 만백성 앞에서 참회의 뜻으로 하늘에 사죄하시고 한 달간 면벽하시는 겁니다."

사련은 침착하게 말했다.

"안 됩니다."

국사는 한순간 당황했다.

"정말로 벽 앞에 앉아서 반성하시라는 게 아닙니다. 그저 성의만…… 크흠."

국사는 여기가 신무대제의 신상 앞이라는 것을 깨닫고는 급히 말을 바꾸었다.

"성심을 다하기만 하시면 됩니다."

그러나 사련의 대답은 여전했다.

"안 됩니다."

"이유가 뭡니까?"

"국사. 제가 오늘 하산해서 무엇을 보았는지 아십니까? 황성 백성들은 제천유에서 일어난 사고를 탓하기는커녕 되레 높이 평가하고 지지하더군요. 즉, 우리 백성들은 그 아이를 구한 게 옳은 선택이라고 판단한 겁니다."

사련이 덧붙여 말했다.

"한데 국사께서 말씀하신 방법대로 옳은 일을 잘못 취급하며 벌한다면, 백성들이 어찌 생각하겠습니까? 한 사람의 목숨을 구함이 7층 석탑을 짓는 것보다 낫다는 부처의 말씀을 부정하고, 제 입으로 그것이 죄라고 떠벌리란 말입니까? 그러면 앞으로 백성들은 어떻게 생각하고 행동해야 하겠습니까?"

국사가 대답했다.

"사실 이번 일의 옳고 그름은 중요치 않습니다. 지금 전하는 두 갈래 길에서 한길을 택하셔야만 합니다. 세상에 쌍방을 모두 만족시킬 만한 길은 없는 법이지요. 그 아이가 되었든 전하가 되었든 누군가는 책임을 져야 합니다."

"옳고 그름은 무척 중요합니다. 꼭 선택해야 한다면, 저는 세 번째 길을 택하겠습니다."

국사가 미간을 문지르며 말했다.

"글쎄요……. 태자 전하. 외람된 말씀이오나, 전하께선 어째서 백성들의 생각을 마음에 두십니까? 백성들은 원래 오늘은 이랬다, 내일은 저랬다 하지 않습니까. 이런 자질구레한 부분에 얽매이실 필요 없습니다. 절 믿으세요. 사람들은 이번 사건이 마무리되면 각자 제 할 일만 할 겁니다. 전하에게 감동하지도, 전하를 본받지도 않을 겁니다. 우리에겐 위쪽에 계신 분들을 잘 모시는 것이 더 중요하지요."

사련은 짧은 침묵 끝에 말했다.

"국사. 한 번도 입 밖에 내지는 않았으나, 사실 저는 황극관에 입문해 수행하고 고민하는 내내 한 가지 의문을 품고 있었습니다."

"의문이라니요?"

"우리가 이렇게 신을 공양하고 섬기는 게 과연 옳은 일일까요?"

국사는 순간 말문이 막혔다.

“사람들이 신을 공양하고 섬기지 않으면 우린 어떻게 먹고삽니까? 설마 전하께선 그 많은 신도들이 수천 년 넘도록 신관을 잘못 믿고 섬겼다고 여기시는 겁니까?”

사련은 고개를 젓고 진중하게 고민하다가 입을 열었다.

“물론 믿음은 잘못되지 않았습니다. 다만, 무릎 꿇고 숭배해서는 안 된다고 생각합니다.”

그는 고개를 들더니 휘황찬란하게 빛나는 거대한 신무대제상을 가리켰다.

“사람은 선경에 오르면 신이 됩니다. 천지신명은 사람에게 있어 선인이고, 스승이며, 등불입니다. 그러나 주인은 아니지요. 감사하거나 우러러볼 수 있어도 결코 숭배할 일은 아닙니다. 정월 제천유 의식이야말로 가장 적절한 자세라고 할 수 있겠지요. 마땅히 감사하고 함께 즐거워하는 것. 두려움에 떨며 비위를 맞추거나, 나아가 자신을 노비 취급하지 않는 것.”

국사는 꼿꼿하게 서서 침묵을 지켰다. 나머지 부국사 셋은 좌불안석이 되어 너도나도 고개를 돌렸다.

사련이 말을 이어 갔다.

“예기치 못한 사고였는데 뭘 어찌하겠습니까. 천 개의 등불을 공양해 긴 밤을 밝히라면 기꺼이 그리하겠습니다. 불구덩이에 뛰어들라고 해도 두려워하지 않겠습니다. 하지만 저는 옳은 일을 했다는 이유로 머리를 숙이지는 않을 겁니다. 면벽하고 잘못을 뉘우친다? 제가 뭘 잘못했습니까? 그렇다고 남들이 잘못했습니까? 척용 일도 마찬가지입니다. 풍신은 악행을 저지른 척용을 응징하고도 되레 벌을 받았습니다. 이게 무슨 도리입니까? 하늘에 눈이 달렸다면 분명 이런 일로 죄를 묻지 않겠지요."

국사는 시선을 다른 곳으로 돌리며 물었다.

"하오면 전하께 한 가지만 여쭙겠습니다. 만에 하나 하늘이 정말로 죄를 묻는다면요? 그때가 되면 사죄하시겠습니까?"

사련이 대답했다.

"정말 그런 일이 일어난다면 그건 하늘이 틀리고 제가 옳은 겁니다. 저는 하늘과 맞서서 끝까지 대항할 겁니다."

이 말을 들은 국사의 표정이 희미하게 변했다. 그는 웃으며 말했다.

"태자 전하, 참으로 용기 있는 발언이시군요."

부국사들이 나란히 그를 바라보며 입을 달싹였다. 바로 이때, 신전 바깥에서 난데없는 경종 소리가 메아리쳤다. 수많은 종을 한꺼번에 울리는 듯한 소리였다. 국사과 부국사들은 화들짝 자리를 박차고 나가 신전 뒤쪽으로 달려갔다.

사련도 국사들을 바짝 뒤쫓았다. 신무전 뒤쪽에 늘어선 건물들을 지나 칠흑같이 새카만 팔각전(八角殿) 앞에 다다랐다. 활짝 열린 전각 대문 안에서 희뿌연 연기가 으스스하게 쏟아져 나오고 있었다.

국사가 외마디 비명을 질렀다.

"축안은? 이놈이 어딜 간 게야! 대체 무슨 일이냐!"

보초를 서고 있던 도인 몇 명이 달려왔다. 선두로 보이는 사람은 바로 축 사형이었다.

"국사! 저 여기 있습니다! 저도 무슨 상황인지 모르겠습니다. 잘 잠겨 있던 문이 방금 갑자기 열렸습니다!"

국사는 머리를 부여잡으며 외쳤다.

"어서 새 봉혼(封魂) 단지를 가져와라!"

사련은 망설임 없이 앞으로 뛰어들었다. 제각기 크기가 다른 들쭉날쭉한 단향목 격자가 전각의 사방 벽면을 둘러싸고 있었다. 격자 칸마다 각양각색의 단지와 병, 옥합[#9] 따위가 놓여 있었다. 원래는 모든 용기를 제자리에 배치하고 붉은 마개로 단단히 틀어막은 뒤, 주문을 적은 부적으로 입구를 봉해 놓았었다. 그런데 지금은 상당수가 부서진 채였다. 온갖 용기가 계속해서 격자 아래로 떨어졌다. 바닥으로 떨어지지 않은 것들도 하나같이 휘청거렸다.

혼을 봉인하는 용기에는 저마다 작간을 부린 요괴들이 갇혀 있다. 태창산의 모든 신전 뒤쪽에 이런 전각을 세워 놓고 신성한 기운으로 요괴를 진압했다. 그러나 무슨 일이 벌어졌는지는 몰라도 갑자기 폭발해 전부 뛰쳐나왔다!

사련이 외쳤다.

"시간이 없습니다!"

---

**#9 옥합** 옥으로 만든 뚜껑이 있는 그릇

그는 말을 끝내기 무섭게 문을 걷어차 닫았다. 본디 문밖에 걸려 있던 자물쇠는 사납게 뛰쳐나온 원령들이 끊어 버린 뒤였다. 그는 패검을 뽑아 검 끝으로 허공에 글자를 휘갈기고 땅에 내리꽂았다. 2백 자루에 달하는 검을 가져온 덕분에 거의 매일같이 패검을 바꾸어 들었으나 무엇을 고르든 이 시대에 둘도 없는 명검이었다. 땅에 검이 비스듬히 꽂히자 과연 문은 더 이상 열리지 않았다. 원령 무리가 전각 안을 마구잡이로 들이받으며 발악하는 소리만 들려왔다.

전각에서 물러나 먼 곳을 넘겨다보니 산봉우리에 자리한 신전 뒤쪽의 전각마다 검은 구름이 치솟고 있었다. 하늘로 돌진한 원령들은 한 방향을 향해 물결치듯 몰려갔다. 축안이 소리쳤다.

"저기가 어디죠? 왜 몽땅 저쪽으로 날아가는 겁니까?"

국사가 윽박질렀다.

"정신을 어디에 두고 다니는 것이냐! 저기는 선락궁이다!"

사람들은 바람이라도 탄 것처럼 순식간에 선락봉에 도착했다. 태창산 산봉우리에 자리한 수많은 신전 뒤에서 솟구친 시커먼 연기가 선락궁 상공에 거대한 소용돌이를 그리며 끊임없이 밀려들었다. 국사가 물었다.

"선락궁에 무슨 일이 일어난 겁니까? 전각에 봉인해 놓은 요귀들이 모조리 끌려왔습니다! 저 안에 뭘 두셨습니까?"

사련도 아연실색했다.

"아무것도 없습니다! 그저……."

뭐가 있더라? 사련은 불현듯 깨달았다. 그 아이!

이때 축 사형이 말했다.

"국사 어르신, 큰일입니다! 선락궁 쪽에 불이 붙었습니다!"

그의 말대로 선락궁의 한 모서리가 타오르고 있었다. 길길이 치솟는 불길에 검은 구름이 불그스름하게 물들었다. 한편 태창산 아래, 멀리 떨어진 황성에서는 아직 잠자리에 들지 않은 백성들이 이 광경을 목격했다. 다들 큰일이 난 줄은 꿈에도 모르고 열성적으로 사람들을 불러모아 이 진풍경을 구경했다.

"와! 선산의 신들이 도술을 부린다! 정말 멋지다!"

사련을 포함한 일행이 금세 선락궁에 도착했다. 평소 시종을 많이 두지 않은 곳이라 다른 신전에서 달려온 도인 수십 명이 필사적으로 우물물을 퍼 올려 불길을 잡고 있었다. 사련은 자신의 두 시종이 보이지 않자 곧장 안으로 뛰어들었다. 선락궁 안은 온 태창산 전각에 봉인된 원령들이 죄다 모여든 탓에 코앞조차 분간되지 않을 만큼 어두웠다. 사련은 대전 중앙에 서 있는 희미한 두 그림자를 보고 소리쳤다.

"풍신! 모정!"

두 사람은 사령이 침입하지 못하도록 방어진을 치고 힘겹게 버티고 있었다. 아니나 다를까, 풍신의 목소리가 울려 퍼졌다.

"전하, 들어오지 마십시오! 이 꼬마, 이상합니다! 사령들이 전부 이 녀석에게 달려들고 있어요!"

사련은 그제야 알아차렸다. 두 그림자 뒤편에 머리를 감싸 안고 땅에 꿇어앉은 듯한 작고 검은 그림자 하나가 더 보였다. 그 그림자가 소리쳤다.

"내가 아니야!"

사련은 잠시 주위를 살피고 말했다.

"너희들, 그만 버티고 손 놔!"

모정이 외쳤다.

"그럴 순 없습니다! 진법을 거두면 놈들이 미칠 거예요! 여기서 가장 강한 놈을 찾을 때까지는……."

그러나 사련이 거듭 소리쳤다.

"겁내지 마. 놔! 지금!"

모정은 이를 악물고 풍신과 동시에 손을 뗐다. 원령들은 견제하던 힘이 사라지자 날카롭게 부르짖으며 날뛰기 시작했다.

그러나 다음 순간, 사련은 섬광처럼 손을 뻗어 검은 연기 한 가닥을 움켜쥐었다.

정말이지, 제대로 보지도 않고 맨손으로 낚아채 손안에 가둔 셈이었다. 사련이 그 원령을 붙잡자 온 선락궁 안을 휩쓸고 다니던 원령들의 움직임이 둔해졌다.

선락궁 바깥에 있던 모두가 조용히 고개를 끄덕였다.

혼돈 상태에 빠진 원령들이 한곳에 모인다면 본능적으로 그중 가장 강력한 원령을 따르게 될 터다.

그 한 마리를 잡으면 우두머리를 잃은 나머지는 한순간 방향을 잃게 된다. 지금 사련은 가장 강력한 원령을 한눈에 간파하고 그것을 움켜잡은 것이다. 자비를 베풀지 않고 손아귀에 힘을 가하자 원령은 먼지처럼 사라졌다.

곧이어 국사들이 소매를 들어 올리며 외쳤다.

"돌아와라!"

우두머리를 잃은 원령들은 우왕좌왕 헤매다가 마지못해 운명을 받아들이고 국사들의 소매 속 건곤대(乾坤袋)로 돌아갔다. 도인들은 곳곳에 남은 불씨를 죽였다. 신전 안의 짙고 검은 연기가 서서히 흩어지고 나서야 사련은 세 사람의 모습을 선명하게 볼 수 있었다.

풍신과 모정은 바닥에 한쪽 무릎을 꿇고 있었다. 여전히 놀란 가슴을 가라앉히지 못한 기색이었다. 아이는 두 사람의 뒤편에서 머리를 감싸 쥔 채 말이 없었다. 가까이 다가온 국사들이 아이를 보자마자 물었다.

"이 아이는 대체 뭡니까? 방금 풍신이 원령이 전부 이 아이에게 달려들었다고 했지요? 어찌 된 일입니까?"

사련이 대답했다.

"이 아이가 정월 제천유 때 성벽에서 떨어졌던 그 아이입니다."

국사와 부국사들은 흠칫 놀랐다. 국사가 다시 물었다.

"왜 이 아이를 데려오셨습니까?"

설명할 여유가 없었던 사련은 고개만 가로젓고 풍신에게 물었다.

"이 애가 뭘 했기에 전각의 원령들이 죄다 이끌려 왔어?"

풍신은 여전히 한쪽 팔을 천으로 매단 채 몸을 일으키며 말했다.

"저도 모르겠습니다! 하지만 산에 오르고 선락궁에 들어온 지 얼마 지나지 않아 이 시커먼 것들이 갑자기 다른 봉우리에서 날아왔습니다. 그러더니 선락궁 대전을 뚫고 들어와 이 애를 둘러쌌어요. 갈수록 머릿수가 많아져서 밖으로 빠져나갈 수도 없었습니다."

사련은 기둥과 벽만 남기고 새카맣게 타 버린 선락궁을 둘러보았다.

"그럼 이 불은 어떻게 된 거야?"

모정이 재 가루를 뒤집어쓴 얼굴로 말했다.

"나갈 수가 없으니 방어진을 그려서 버텨야 했습니다. 이 원령들은 촛불로 휘장을 태워서 저희를 진법 밖으로 쫓아내려 했고요."

풍신도 말을 덧붙였다.

"전하께서 빠르게 달려와 놈들의 급소를 붙잡아 주셔서 살았습니다. 그대로 불길이 번졌다면 진법에 사람까지 몽땅 타 죽었을 겁니다."

이 말을 들은 모정은 눈을 감고 가만히 고개를 숙였다. 한편, 국사들은 아이를 둘러싸고 자세히 살펴보기 시작했다. 사련이 물었다.

"국사, 아이에게 무슨 문제라도 있습니까?"

만약 문제가 있다면, 예컨대 요괴나 귀신에 씐 것이라면 사련이 한눈에 간파했을 터였다. 황극관에서 수행한 몇 년 동안 안력을 중점적으로 단련했으니 그의 눈을 속이기는 어려웠다. 하지만 이 아이에게서는 이상한 점을 찾아내지 못했다. 국사도 마찬가지였는지 고개를 가로젓고는 아이에게 물었다.

"네 사주팔자가 어떻게 되느냐?"

홍홍아는 모든 사람을 경계하는 것처럼 가시를 잔뜩 세우고 말없이 국사를 바라볼 뿐이었다. 사련이 부드러운 목소리로 말했다.

"말해 보렴. 국사는 네 명격[#10]을 봐 주려는 거야. 다 널 위해서란다."

사련이 말을 꺼내자 홍홍아는 기어드는 목소리로 자신의 생년월일과 생시를 알려 주었다. 국사는 미간을 좁히고 손가락으로 육갑을 짚으며 따져 보기 시작했다. 국사들은 서로 조용히 토론하더니 표정을 점점 굳혔다. 옆에서 지켜보는 사련의 표정도 덩달아 어두워졌다.

국사는 겉보기에는 서른 초반의 능글맞은 청년처럼 보이지만, 사련은 누구보다 잘 알았다. 제 스승은 황극관을 도맡아 다스릴 정도로 대단한 실력자였다. 선락국 수석 국사 매념경은 '점술'이라는 두 글자로 천하에 이름을 떨친 인물이다. 사련은 부국사들에게 검법을 배운 적은 있어도 수석 국사에게 관상과 점술을 배운 적은 없었다. 국사가 천금 같은 태자의 몸으로 이런 강호의

---

#10 명격 命格. 점성술에서 출생한 날과 시간으로 구분해 놓은 별자리

기술은 배울 필요가 없다고 했을뿐더러, 사련 본인도 흥미가 없어 대강 훑어보지도 않았다. 그러나 국사의 실력에는 의심할 여지가 없었다.

셈이 길어질수록 국사의 이마에도 식은땀이 쏟아졌다. 그가 중얼거렸다.

"어쩐지…… 어쩐지…… 제천유를 망칠 만했구나. 이 정도이니 전각의 음령(陰靈)들이 이 아이의 냄새에 흥분하고, 선락궁까지 불타 버렸지. 이…… 이건…… 이건 정말이지……."

사련이 물었다.

"뭐가 어떻단 겁니까?"

국사는 식은땀을 훔치더니 단숨에 여덟 장 멀리 물러나며 말했다.

"태자 전하, 참으로 지독한 것을 주워 오셨습니다! 이 아이가 얼마나 독한지 아십니까? 천살고성[#11]에 태어난 절멸의 명(命)입니다. 삿된 것들이 가장 좋아하는 명격이지요. 누구든 가까이하면 불운해지고, 곁에 머무는 순간 갑자기 횡사하게 됩니다!"

국사가 미처 말을 끝맺기도 전이었다. 커다란 고함이 울려 퍼지나 싶더니, 홍홍아가 벌떡 일어나 국사에게 달려들었다.

여린 목소리였으나 그 울부짖음 속에는 분노가 넘쳐났다. 한없는 고통과 절망에 사로잡힌 듯한 목소리에 듣고 있던 모두가 흠칫 동요했다. 온몸이 상처투성이인데도 눈에 핏발을 세운 미

---

**#11 천살고성** 天煞孤星. 점성술에서 악운에 해당하는 팔자

친개처럼 할퀴고 때리려는 모습이 과연 사납기 그지없었다. 부국사들이 홍홍아를 가로막았다. 국사는 연신 뒤로 물러나며 말했다.

"어서 저 아이를 산에서 내려보내라, 어서! 아무도 건드려선 안 된다. 내 진심으로 말하는데, 실로 독한 명이니 손끝 하나 대지 마라!"

부국사들도 황급히 그를 따라 피신했다. 풍신과 모정은 움직여야 할지 말아야 할지 갈피를 잡지 못했다. 아이는 사람들이 독사나 전갈을 피하듯이 자신을 피하자 한순간 얼이 빠졌다. 그러곤 한층 사납게 달려들더니 이를 세우면서 목이 쉬도록 울부짖었다.

"난 아니야! 아니야! 아니라고!"

문득 누군가의 두 손이 아이의 허리를 가로막고는 몸을 감싸 안았다. 아이의 머리 위에서 목소리가 들려왔다.

"네가 아니야. 네가 아닌 거 다 알아. 괜찮아, 뚝 그치렴. 네가 아닌 거 다 알아."

아이는 입을 꾹 다물고 자신의 허리께를 감싼 하얀 소매를 부여잡았다. 한참을 고집스레 버텼으나 결국 울음을 참지는 못했다. 동그랗게 부릅뜬 까만 한쪽 눈에서 눈물이 툭 굴러떨어졌다. 이내 서러운 울음소리가 터져 나왔다.

사련은 등 뒤에서 아이를 껴안고는 분명한 어조로 말했다.

"넌 아무 문제 없어. 네 잘못이 아니야."

홍홍아는 불현듯 몸을 돌려 사련의 품에 얼굴을 파묻고 악을 썼다.

문장화되지 않은 그 울부짖음에는 아무런 의미가 없었다. 흐느끼는 소리조차 되지 못했다. 그럼에도 듣고 있자니 모골이 송연해졌다. 이 소리의 주인공이 누구인지 보지 않았다면 한 어른이 이성을 무너뜨리면서 내지르는 비명, 혹은 단칼에 목이 베인 짐승의 단말마 같은 발악인 줄 알았을 터다. 마치 죽음만이 진정한 해탈이라는 듯한 아우성이었다. 누구든 이런 소리를 내도, 열 살짜리 아이만큼은 이런 소리를 내선 안 됐다. 때문에 자리에 있던 사람들은 충격에 휩싸였다.

한참 뒤 국사가 말했다.

"제 말은 진담입니다. 놓으시는 게 좋을 겁니다."

풍신은 그제야 정신을 차리고 말했다.

"전하! 빨리 놓으십시오, 그 아이는……."

그러나 결국 모진 말이 이어지지는 않았다. 사련이 대답했다.

"괜찮아."

반면 태자 전하의 안위가 최대 관심사였던 축 사형은 홍홍아가 피 섞인 눈물이며 콧물을 사련의 흰 도포에 묻히는 모습을 보고는 아이를 끌어내며 말했다.

"꼬마야, 이러면 못쓴다!"

누가 알았으랴. 아이는 힘껏 잡아당길수록 목청 높아 발악하면서 손발을 동원해 사련을 단단히 껴안았다. 도인 서너 명이 합세했으나 떨어질 생각을 않고 새끼 원숭이처럼 사련에게 매달렸다. 사련은 왠지 웃음이 나오면서도 가여운 마음이 들었다. 한쪽 팔로 홍홍아를 받치고 손으로 아이의 마른 등을 다독이던 그가 남은 손을 들어 올리며 말했다.

"됐습니다. 걱정할 필요 없어요. 그냥 이렇게 놔두죠."

이윽고 바르작대던 품속의 아이가 차츰 안정을 되찾았다. 사련은 그제야 낮은 목소리로 옆에 있던 사람에게 물었다.

"선락궁 화재로 다친 사람은 없어?"

모정이 대답했다.

"없습니다. 대전에 남아 있던 사람은 저희뿐입니다."

선락궁은 새카맣게 그슬려 폐허가 되어 버린 터라 더 이상 머물기 어려웠다.

건물만 탔을 뿐 다친 사람이 없다는 사실이 확인되자 다른 봉우리에서 건너온 도인들이 자리를 청소하기 시작했다. 사람들은 찬란한 금빛 잔재와 거뭇해진 보석을 뒤적이며 안타까워했지만 사련은 별로 개의치 않았다.

그가 일상에서 쓰던 물건은 조금 정교했을 뿐, 애초에 선락궁에는 어떤 귀중품도 두지 않았다. 가장 귀한 것은 그가 수집한 2백여 자루의 명검들이었다. 그러나 순금이 불을 두려워하지 않듯, 이 명검들도 맹렬한 불길을 견디고 단조된 검들이라 흠집 하나 나지 않았다. 사련은 그것들을 손수 끄집어내 국사들의 사상궁에 잠시 맡겨 두었다.

한편 홍홍아는 사련을 꽉 껴안은 채 한참을 울다가 지쳐 잠이 들었다. 사련은 아이를 태창산 아래로 데려가 처소를 마련해 주려 했지만, 우선 사상궁에 들르라는 국사의 말에 아이를 데리고 걸음을 돌렸다.

방 안 침상에 아이를 눕힌 사련은 이불깃을 잘 여며 주고 발을 내린 뒤, 풍신과 모정을 데리고 나왔다.

"국사, 이 아이의 명격이 정말 그리도 끔찍합니까?"

국사는 입을 비죽이며 대답했다.

"저 아이가 나타난 후로 무슨 일이 벌어졌는지 전하께서 직접 셈해 보시지요?"

세 사람은 침묵했다. 이 아이는 등장하자마자 만민이 지켜보는 가운데 성벽에서 떨어져 정월 제천유를 세 바퀴 만에 멈춰 세웠다. 다시 등장했을 때는 척용이 분풀이로 아이를 마차에 매달아 끌고 다니면서 길거리의 백성들에게 해를 끼쳤고, 풍신은 팔이 부러졌다. 사련은 국주와 갈등했으며 황후는 눈물을 보였다. 이제는 태창산 전각에 진압된 원령들이 봉인을 깨고 나와 선락궁까지 불태웠다. 말 그대로 액운이 그림자처럼 졸졸 따라붙은 격이었다.

"해결할 방법이 있겠습니까?"

사련의 물음에 국사가 되물었다.

"해결? 무슨 해결 말씀이십니까? 운명을 바꾼다고요?"

사련이 고개를 끄덕였다. 국사가 말을 이었다.

"전하. 전하께선 제게 점술을 배우지 않으셨지요. 그래서 이 방면에는 문외한이십니다. 점술을 아셨다면 이리 묻지 않으셨을 겁니다."

얼떨떨해진 사련은 옷매무새를 고치고 단정하게 앉았다.

"자세히 말씀해 주세요."

국사는 탁자에 놓인 찻주전자를 들어 차 한 잔을 따랐다.

"태자 전하. 전하께서 여섯 살이 되던 해, 폐하와 황후께서는 전하의 운세를 보기 위해 저를 궁으로 불러들이셨지요. 그때 제가 드렸던 질문을 아직 기억하십니까?"

김이 모락모락 솟는 찻물을 바라보며 사련은 짧은 고민 끝에 대답했다.

"'물 한 잔과 두 사람'을 말씀하시는 겁니까?"

당시 국사는 태자 사련의 명리를 셈하기 위해 다양한 문제를 준비했다. 그는 사련이 맞는 답을 내놓든 틀린 답을 내놓든 칭찬을 아끼지 않아 국주와 황후를 흐뭇하게 만들었다. 이 문답은 숱한 미담으로 전해지기도 했다. 하지만 그중에는 국사가 사련의 대답을 듣고도 평을 남기지 않은 문제가 하나 있었다. 바깥에도 자세히 알려지지 않았다. 심지어 풍신도 잘 모르는 데다가 모정은 들어 본 적도 없었다. 이 문제가 바로 '물 한 잔과 두 사람'이다.

국사가 입을 열었다.

"황량한 사막을 걷는 두 사람이 있다. 목마름에 죽기 직전이지만 남은 물은 한 잔뿐이다. 마시는 자는 살고, 마시지 못한 자는 죽는다. 네가 신이라면 누구에게 물을 주겠는가? 전하께선 우선 말씀하지 마십시오. 다른 사람에게 물을 테니 저 아이들이 어찌 대답하는지 보시지요."

국사가 말한 저 아이들이란 멀지 않은 곳에 서 있는 두 사람이었다. 모정은 가만히 고민하더니 신중하게 대답했다.

"이 두 사람이 각각 어떤 사람인지, 성품은 어떻고 무슨 공적을 쌓았는지 알려 주시지 않겠습니까? 속사정을 알아야 결정할 수 있습니다."

풍신도 대답했다.

"모르겠습니다! 저한테 묻지 말고 자기들끼리 알아서 하라고 해요."

사련이 풉, 하고 웃었다. 국사가 말했다.

"왜 웃으십니까? 전하께서는 본인이 뭐라고 대답했는지 기억하십니까?"

사련은 웃음을 거두고 표정을 가라앉혔다.

"한 잔을 더 준다."

이 말을 들은 풍신과 모정은 차마 못 들어 주겠다는 듯, 하나는 얼굴을 돌리고 하나는 고개를 숙였다. 사련은 뒤를 돌아보며 진지하게 말했다.

"너희들 왜 웃어? 나는 진지해. 내가 신이라면 무조건 한 잔을 더 줄 거야."

국사가 찻잔 위로 손을 흔들자 잔에 담긴 찻물이 마치 살아 있는 것처럼 느릿하게 물결쳤다. 그가 다시 입을 열었다.

"이 천하의 운수는, 좋든 나쁘든 모두 정해진 양이 있습니다. 이 한 잔의 물처럼요. 많은 물이라도 혼자 양껏 마시면 다른 사람은 마실 수 없습니다. 누군가가 많이 차지하면 누군가의 몫은 줄어듭니다. 예로부터 모든 분쟁이 이런 식으로 시작됐습니다. 사람은 여럿이지만 물은 한 잔뿐이고 누구든 그 물을 원했으니까요. 운명을 바꾸고 싶으십니까? 심히 어려운 일이지만 불가능한 건 아닙니다. 그러나 이 아이의 명을 고치면 다른 누군가의 운명도 바뀌니 업보가 늘어나겠지요. 한 잔을 더 주겠다는 전하의 말씀은, 오늘 세 번째 길을 택하겠다고 하신 것과 마찬가지입니다. 새로운 물길을 내시겠다니, 참으로 근사한 생각이지요. 하오나, 이는 거의 이룰 수 없는 일입니다."

잠자코 듣고 있던 사련은 그 말에 찬성할 수 없었지만 구태여 반박하지는 않았다.

"좋은 가르침 감사합니다."

국사는 그 차를 입에 머금고 목으로 넘긴 뒤에 대답했다.

"감사 인사는 되었습니다. 어차피 가르쳐도 전하께선 듣지 않으실 텐데요."

"……."

정곡을 찔린 사련은 가볍게 헛기침을 하며 말했다.

"국사, 오늘 신무전에서 제자가 잠시 감정에 취해 과격한 언사로 무례를 범했습니다. 부디 너그러이 용서해 주세요."

국사는 양 소매를 마주 겹치며 미소를 지었다.

"가장 아끼는 제자이자 태자 전하이신데 당연히 용서해 드려야 하지 않겠습니까? 전하. 전하께선 제가 그동안 본 사람들 중에서 가장 큰 복을 타고나셨습니다."

아리송해진 사련은 귀를 기울이고 집중했다. 국사가 말을 이었다.

"전하께선 천부적인 자질과 포부를 지니셨으면서도 기꺼이 정성을 쏟고 노력을 기울이십니다. 출신은 고귀하며 성품은 인자하고 선하시지요. 전하보다 '하늘의 총아'라는 말에 어울리는 자는 없습니다. 하오나 저는 전하가 불안합니다. 전하께서 그 관문을 넘지 못하실까 두렵습니다."

사련이 물었다.

"불안이라니요?"

국사가 대답했다.

"전하께선 벌써 이리 높은 경지에 오르셨으나 아직 한참 모르는 것들이 존재합니다. 다른 사람이 가르쳐 줄 수도 없는 것들이지요. 오늘 신무전에서 말씀하셨던, 신을 숭배하고 섬기지 말아야 한다는 말, 어린 나이에 그런 드문 생각을 했다는 점은 훌륭합니다. 하지만 동서고금을 막론하고 그런 생각을 한 것이 전하 혼자만은 아닙니다."

사련의 눈이 조금 커졌다. 국사가 말을 이었다.

"일찍이 수십 년 전, 심지어 몇백 년 전에도 오늘 전하처럼 생각한 사람이 있었습니다. 하지만 대세를 이루지 못했고 목소리도 작아 들은 사람도 몇 없었지요. 왜 그랬을까요? 생각해 본 적 있으십니까."

사련은 잠시 고민하다가 대답했다.

"비록 생각은 했으나 실천하지 못했고, 자신감도 부족했으니까요."

"하오면 전하는요? 전하께선 왜 그리 자신하십니까?"

사련이 되물었다.

"국사. 제가 선경에 오를 수 있다고 생각하십니까?"

국사는 그를 흘긋 바라보았다.

"전하가 아니면 누가 오르겠습니까. 그저 시간문제일 뿐입니다."

"그렇다면, 지켜봐 주십시오."

싱긋 웃으며 말한 사련이 하늘을 가리켰다.

"언젠가 제가 선경에 오르면, 오늘 제가 말한 모든 것을 대세로 만들 겁니다!"

뒤를 지키고 있던 풍신과 모정은 이 선전포고를 듣고는 저들도 모르게 고개를 살짝 쳐들었다. 풍신의 입가가 살짝 휘어졌다. 밝은 빛을 품은 모정의 눈은 사련의 것과 닮아 있었다. 국사는 고개를 끄덕이며 말했다.

"좋습니다, 지켜보지요. 그러나 저는 지나치게 일찍 선경에 오르는 것이 좋다고 생각하지는 않습니다. 하나 여쭙겠습니다.

'도(道)'란 무엇입니까?"

사련은 머리를 가볍게 숙이고 대답했다.

"국사께서 말씀하셨듯이 사람이 길을 걷는 것이 곧 '도'입니다."

"맞습니다. 그렇지만 전하께선 아직 먼 길을 걷지 않으셨지요. 그러니 이제는 산을 내려가 길을 걸을 때라고 생각합니다."

사련의 두 눈이 빛났다. 국사가 말을 이었다.

"올해 열일곱이 되셨으니, 이제 태창산을 내려가 바깥을 유랑하며 수련하셔도 좋습니다."

"마침 잘됐네요!"

사련은 황성에서 보낸 하루 내내 국주와 척용 생각에 속이 답답했다. 게다가 그토록 화려했던 선락궁이 불타 버렸으니 부모님과의 갈등을 피하기도 어려울 터였다. 그럴 바에야 더 멀리 떠나 자신의 길에 정진하는 편이 나았다.

이때 국사가 넌지시 말했다.

"태자 전하. 오랜 세월 입에서 입으로 전해지며 당연하게 굳어진 말이 하나 있습니다. 하지만 사실 이 말은 틀렸습니다. 그동안 깨달은 사람이 없었을 뿐이지요."

"어떤 말입니까?"

"사람은 위로 오르면 신이 되고, 아래로 내려가면 귀신이 된다."

짧은 고민 끝에 사련이 물었다.

"이게 틀린 말이라고요?"

국사가 대답했다.

“당연히 틀렸습니다. 명심하세요. 사람은 위로 올라가도 사람이며, 아래로 내려가도 변함없는 사람입니다.”

사련은 이 말을 가만히 곱씹어 보았다. 국사는 그의 어깨를 토닥이고는 뒤를 돌아보며 말했다.

“좌우간 저 아이는…… 너무 염려치 마십시오. 사람에게는 각자의 운명이 있어요. 돕고 싶어도 방법이 없는 경우가 많지요. 무슨 일이 생기면 그때 다시 얘기합시다. 우선은 밖으로 나가 열심히 경험을 쌓으십시오. 부디 성장한 모습으로 돌아오시길 바랍니다.”

그러나 아무도 예상치 못한 일이 일어났다. 그날 밤 아이는 황극관을 빠져나가 자취를 감추었다.

더욱 예상치 못한 일도 있었다. 고작 열일곱 살에 유랑을 떠난 선락국 태자 사련은 일념교에서 이름 없는 귀혼과 겨루어 대승을 거두었고, 그렇게 천둥과 번개가 내리치는 가운데 선경에 올랐다.

삼계가 뒤흔들렸다.

## 29장 공물을 받는 신선 태자, 한 장군을 만나다

"열어라—!"

우렁찬 외침과 함께 진홍색 비단이 땅에 내려앉았다. 곧이어 수천에 달하는 군중들이 하늘을 찌를 듯 환호했다.

황금으로 만든 태자 신상이 보였다. 한 손에는 검을 들고 다른 한 손에는 꽃을 쥐었다. 이는 '세상을 멸하는 힘을 지녔으나, 꽃을 아끼는 마음은 잃지 않는다'는 의미에서였다. 신상은 얼굴 윤곽이 부드럽고 눈매가 수려했다. 고운 선을 그리며 살짝 휘어진 입가는 웃는 듯 마는 듯 신비로웠다. 다정하지만 경박하지 않고 무심하면서 냉담하지는 않은, 자비롭고도 준수한 얼굴이었다.

이곳은 선락국의 영토 안에 자그마치 8천 번째로 세워진 태자전이다.

등선한 지 삼 년, 아무것도 없던 땅에 8천 채의 신전이 생겼다. 고금을 막론하고 누구도 받아 본 적 없는 유일무이한 숭배였다.

그러나 8천 번째 신전이라고 해서 가장 화려한 태자 신상을 들여놓지는 않았다. 태자 전하가 소년 시절에 수행하며 머물렀던 태창산 산봉우리는 지금 '태자봉'이라는 이름이 붙었다. 바로 그곳에 최초의 선락궁이 세워졌다. 최초의 태자 신상이 주조되자 국주 폐하가 친히 제막식을 거행한 곳이기도 했다. 높이가 다섯 장에 달하는 그 태자 신상은 무척 생동감이 넘쳤다. 머리부터 발끝까지 순금으로 만들어졌으니 두말할 것 없는 '금신(金身)' 그 자체였다.

선락궁은 문지방이 닳도록 참배객으로 문전성시를 이루었다. 신전 앞 거대한 향정은 들쭉날쭉하게 꽂힌 향으로 미어터졌다. 공덕함도 보통 사당의 것보다 훨씬 크고 튼튼했다. 크게 만들어 놓지 않으면 하루도 못 가 가득 차는 바람에 뒤에 오는 사람이 공물을 바치지 못하는 경우가 생기기 때문이었다. 사당에는 맑고 투명한 연못도 있었다. 이곳에 한가득 던져진 동전이 햇빛을 받은 물결 아래로 푸르게 반짝거렸다. 못에 사는 늙은 거북이들은 날마다 돌다리에서 날아오는 동전에 맞아 등껍질 안으로 숨느라 머리를 내밀지 못했다. 도인들이 아무리 말려도 유람객들은 꿋꿋했다. 궁관의 높고 붉은 담장 안에는 매화나무가 가득 심겼다. 그 가지마다 소원을 적은 붉은 끈이 숱하게 묶여 있었다. 꽃의 바다에서 붉은 띠가 휘날리는 광경이 비단처럼 화려하고 눈부셨다.

그리고 대전 안, 사련은 자신의 신상 밑에 단정하게 앉아 사람들을 굽어보았다. 아무도 그를 볼 수 없었지만, 그는 참배객들이 아래에서 분분히 의견을 나누는 모습을 지켜보았다.

"왜 이 태자전에는 절할 때 쓰는 방석이 없어요?"

"맞아. 관주도 무릎을 꿇지 말라고 하던데, 왜 사당에서 무릎을 꿇지 말라는 겁니까?"

누군가가 말했다.

"선락궁에 처음 오신 모양입니다. 선락궁은 다 이래요. 태자전하께서 등선하신 뒤로 수많은 사당지기와 관주들의 꿈에 나타나셔서 신도들이 무릎을 꿇을 필요가 없다고 하셨다지요. 그래서 모든 태자전에는 절하는 장소가 없습니다."

사람들이 자신을 보지 못하는데도 사련은 고개를 끄덕였다. 그런데 다른 몇몇 사람이 웃으며 말했다.

"그런 법이 어디 있소? 신선은 절하라고 있는 거 아니오? 뜬소문이겠지."

사련은 말문이 막혔다. 또 누군가가 맞장구쳤다.

"맞아, 무릎은 꼭 꿇어야지. 무릎을 꿇어야 성의 있어 보이잖아!"

"방석이 없으면 뭐 어떻습니까. 바닥에 꿇어앉읍시다."

그리하여 한 사람이 먼저 무릎을 꿇자 주변의 모두가 따라서

바닥에 꿇어앉았다. 신전 안팎으로 몰려든 사람들이 곳곳에서 신상을 향해 공손히 절을 올렸다. 다들 입속말로 조용히 소원을 빌고 복을 기원했다. 사련은 말없이 옆으로 비켜서며 생각했다.

'됐어, 서두르지 말자.'

다음 순간, 시끌벅적한 목소리들이 거대한 파도처럼 사면팔방에서 덮쳐 왔다.

"과거에 급제하게 해 주세요! 과거 급제! 올해는 꼭 붙어야 합니다! 붙으면 예참하러 오겠습니다!"

"평안한 여행길이 되기를!"

"마음에 드는 낭자들이 전부 제 사형을 좋아합니다. 그 사형을 좀 못생기게 만들어 주세요. 제발요."

"젠장, 나도 떡두꺼비 같은 아들놈 하나쯤 가져 봅시다!"

……별의별 기도가 다 있었다. 골치가 지끈거린 사련은 재빨리 주문을 외워 목소리를 전부 차단했다. 막 귓속이 조용해진 참이건만 별안간 커다란 고함이 울려 퍼졌다. 검은 옷을 입은 사람이 두 손으로 귀를 틀어막고 대전 뒤쪽에서 뛰쳐나오더니 으르렁거리며 외쳤다.

"무슨 죄다 개소리들이야!"

참배객들은 누군가 등장한 줄은 꿈에도 모르고 계속해서 절을 올렸다. 사련은 한숨을 내쉬고 그의 어깨를 두드리며 웃었다.

"풍신, 수고했어."

선락궁의 향불이 이렇게 왕성한데 사련이 날마다 듣는 기원이 어디 수천으로 그칠까. 그도 처음에는 새로운 힘을 얻은 만큼 의욕에 넘쳐 사사건건 직접 팔을 걷어붙였다. 그러다 감당할 수 없을 정도로 신도가 많아지자 풍신과 모정에게 일손을 빌려야 했다. 두 사람은 기원을 살펴보면서 사련의 직책에 걸맞은 것과 무시해도 될 만한 것을 구분하고, 그중에서도 중시해야 할 것들을 걸러 내 그에게 넘겨주었다.

모정은 기원을 보고할 때 좀처럼 불평하는 일이 없었다. 반면 풍신은 왜 다들 허구한 날 허튼 소원만 비는지 의문스러워했다. 하다못해 사람들은 잠자리 속궁합 같은 것마저 선락궁에 와서 빌었다. 무신인 사련이 어떻게 이런 일을 관장할 수 있겠는가? 이런 일이 계속되자 다른 신관들도 불만을 품기 시작했다. 떡하니 한자리 차지해 놓고 본분에 소홀하다, 소원을 이루어 주지도 못하면서 신도를 빼앗아 간다는 뒷공론까지 따라붙었다. 사련도 달리 할 말이 없었다. 풍신은 귀를 틀어막은 손을 쉽사리 내려놓지 못했다. 물론 귀를 막는다고 해서 달라지는 건 없었지만.

"전하, 전하는 왜 이리 여신도들이 많습니까!"

사련은 양 소매를 포갠 채로 둥글게 감도는 향연 사이에 앉아 싱긋 웃었다.

"여신도가 많으면 좋지 않아? 구름 같은 미인들 덕분에 눈도 마음도 즐거운데."

풍신은 소름이 끼쳤다.

"하나도 좋지 않습니다. 다들 하루 종일 좋은 외모, 좋은 혼사, 좋은 아들 낳기 말고는 다른 소원이 없나 봅니다. 진지한 내용이라곤 없어요. 보기만 해도 골머리가 아픕니다!"

사련이 웃으며 받아치려는 순간, 갑자기 사람들이 소란스러워졌다. 두 사람은 대전 바깥을 바라보았다. 누군가 소리를 죽이고 말했다.

"소경왕이 왔다! 빨리 피하자! 소경왕이 왔어!"

'소경왕'이라는 세 글자가 나오자 사람들은 마치 '대마왕'이라는 말을 들은 것처럼 질겁해서는 혼을 빼고 줄행랑쳤다. 신상을 참배하던 사람들은 회오리바람이 휩쓸고 지나간 것처럼 순식간에 뿔뿔이 달아났다. 이윽고 화려한 비단옷에 피풍의를 걸친 소년이 두 손으로 유리 등불을 받쳐 들고 문지방을 넘더니 아주 당당하고도 거드름을 피우며 안으로 들어섰다. 이 소년은 사련과 용모가 제법 비슷했으나 두 눈만큼은 겉멋에 흠뻑 취해 있었다. 이런 사람이 척용 말고 누가 더 있을까?

이제 척용도 열일곱 남짓 먹으면서 얼굴이 피고 성정도 침착해져 조금은 귀족 자제의 풍채가 엿보였다. 문으로 들어선 그는 시종들을 밖에 대기시키고 등불을 든 채 대전 안으로 걸어 들어왔다. 그러고는 피풍의를 벗고 깨끗한 바닥에 무릎을 꿇은 다음, 등불을 머리 위로 올리고 정중하게 허리를 숙여 예를 올렸다. 제단 위에 있던 두 사람은 서로를 마주 보았다. 풍신이 입술을 비죽거렸다. 사련은 그의 눈에서 짜증을 읽었다.

삼 년 전, 사련이 황성을 떠나 바깥을 유랑할 무렵 척용은 아직 근신 중이었다. 돌아온 뒤에도 이 사촌 동생의 얼굴은 미처 보지도 못하고 그날 밤 잠결에 요란한 소리와 함께 날아올랐다. 이 삼 년 동안 사련은 부모님과 국사를 비롯한 사람들의 꿈에 종종 현신했다. 척용의 꿈에도 한 번 현신해 앞으로는 남들에게 선행을 베풀어라, 성미를 죽이고 경거망동하지 말아라, 그리 타일렀다. 그렇게 척용은 여러 지역의 궁관과 사당 건축에 적극적으로 참여하고 공덕과 등잔을 공양했다.

척용은 성심성의껏 노력했으나 가끔가다 문제를 일으켰다. 풍신은 난장판을 수습하러 내려가느라 지쳤을 테니, 사련도 그가 왜 짜증을 내는지 이해할 수 있었다.

한편, 절을 다 올린 척용이 조금 원망스러운 투로 입을 열었다.

"태자 표형, 난 오늘로 5백 번째 등불을 바쳤어. 아우 되는 사람이 이렇게 충심을 다하는데 표형은 언제쯤 나를 보러 올 거야? 꿈에 나오기만 해도 괜찮아. 이모부와 이모도 표형을 그렇게 그리워하시는데 표형은 우리를 신경도 쓰지 않으니. 참 고고하고 냉정하구나."

그는 가까운 곳에서 풍신이 사련에게 귀띔하고 있다는 사실을 전혀 알아차리지 못했다.

"절대 대꾸하시면 안 됩니다. 제군께서 중대한 사안이 아니면 신관이 함부로 인간 앞에 현신해서는 안 된다고 말씀하셨잖아요. 친족은 특히 더 주의해야 합니다."

사련이 대답했다.

"걱정 마. 나도 잘 알고 있어."

척용은 등불을 들고 일어나 붓을 가져오더니 고개를 숙이고 등 위에 글을 써 내려갔다. 그간 척용에게 호되게 당해 온 두 사람은 참지 못하고 무슨 내용인지 확인하러 갔다. 아무개의 집안이 저잣거리 입구에서 참수되게 해 주세요, 같은 기원이 아니라 나라의 평안과 풍년을 바라는, 아주 정상적인 말들이었다. 두 사람은 그제야 나란히 안도의 한숨을 내쉬었다. 한 획씩 단정하게 글씨를 쓰는 척용을 보고 있자니 사련은 저도 모르게 한 가지 일이 생각났다.

척용이 어머니를 따라 막 집으로 돌아왔을 무렵, 한번은 여러 황실 친족들과 함께 복을 기원하러 태창산에 간 적이 있었다. 척용의 어머니는 천민과 눈이 맞아 달아났다가 돌아왔던지라 차마 얼굴을 내밀지 못했다. 그래도 아들에겐 복을 빌어 주면서 견문도 넓혀 주고 싶었다. 언제까지고 자신과 함께 구석에 틀어박혀 우물 안 개구리가 되게 할 수는 없었다. 그런 연유로 그녀는 황후에게 척용을 부탁했다.

물론 그녀는 되도록 남들 눈을 피해 지내 왔다. 하지만 귀족이 벌인 추문이란 늘 날개 돋친 화살보다 빠르게 퍼지는 법. 이 모자의 속사정을 황성의 누가 모르겠는가? 그래서 귀족 자제들은 태창산으로 향하는 내내 척용을 따돌리고 그와 말을 섞지 않았다. 사련이 그네를 발견하고 달려가자 모든 또래 아이들이 그와 어울려 놀았다. 다들 차례로 태자 전하의 그네를 밀어 주는 것을 영광스러워했다. 가장 높은 곳까지 날아오른 사련은 무심결에 고개를 숙였다. 황후의 그림자 뒤에 숨어 머리를 빼꼼 내밀고 부러운 눈으로 자신을 올려다보는 척용이 눈에 들어왔다.

신무전에 도착하자 어른들은 등불을 공양한 다음 국사들과 점대를 뽑아 길흉을 풀이하고 담소를 나누러 갔다. 신무전에 남겨진 아이들은 작은 등불을 공양하며 놀았다. 척용은 황후를 처음 만난 터라 그녀가 진작에 모자를 위해 등불을 공양했다는 사실을 몰랐다. 그저 정교하고 눈부신 등불들을 보니 자신도 복을 빌고 싶어졌다. 나이가 어리고 어수룩한 척용은 어머니의 복을 비는 축원문을 어떻게 써야 하는지 여기저기에 물었다. 척용과 친척인 몇몇 아이들은 평소 척용을 싫어하는 집안 어른들의 영향을 받아 척용 모자가 가문의 수치라고 생각했다. 그래서 일부러 악의를 담아 그를 속였다. 사련이 등잔에 정성스레 글을 쓰고 붓을 내려놓는데 뒤에서 괴이쩍은 웃음소리가 들려왔다. 뒤를 돌아보니 손에 먹물을 묻힌 척용이 등불을 보물처럼 끌어안고 함박웃음을 지으며 공양할 채비를 하고 있었다. 그 등불 위에는 '하루빨리 어머니와 황천으로 갈 수 있기를, 척용'이라는 글자가 비뚤배뚤 적혀 있었다.

사련은 그 자리에서 노발대발하며 척용이 든 등불을 내던졌다.

당시 그도 나이가 많지는 않았지만 모든 귀족 소년들은 겁에 질려 무릎을 꿇고 입도 벙긋하지 못했다. 한바탕 화를 낸 사련이 척용에게 새로 글을 써 주자 소년들은 더 이상 심술을 부리지 못했다. 나중에 산에서 내려올 때 사련은 또 그네를 타고 놀았다. 이번에는 척용이 황후의 뒤에서 뛰쳐나와 사련의 등을 밀어 주었다. 사련보다 키도 작으면서 그네를 미는 데 열성이었다. 아래에서 사련을 올려다보는 눈빛은 이제 부러움에서 숭배로 바뀌었다. 그 뒤로 척용은 사련의 꼬리가 되어 온종일 '태자 표형'의 꽁무니를 따라다녔다.

척용이 한때는 그래도 멀쩡한 사람이었다는 건 인정해야 했다. 다만 무슨 이유에서인지 자랄수록 비뚤어졌을 뿐. 이 삼 년 동안 사련은 신경을 쏟아야 할 사람도 사건도 너무 많아 척용을 지켜볼 틈이 없었기에 척용이 조금은 나아졌을지 알 수 없었다.

여기까지 생각했을 때 척용은 벌써 등불을 다 올리고 대전에서 물러갈 채비를 하고 있었다. 그런데 예상치 못하게 뒤로 물러나다가 누군가와 부딪치고 말았다. 척용은 잠깐 휘청하더니 홱 돌아서서 누군지 보지도 않고 욕을 퍼질렀다.

"뭐 하는 놈이야? 눈이 멀었냐! 아니면 선 채로 뒈져서 길을 비킬 줄 모르나!"

이 말이 튀어나오자 사련과 풍신은 나란히 이마를 짚었다.

'변한 게 없어. 역시 예전 그대로야!'

어쩌면 다섯 살이 될 때까지 부친과 함께 살면서 시정 골목의 정서와 부친의 거친 성격에 물든 탓인지도 모른다. 훗날 황후가 아무리 인내심을 가지고 척용을 가르쳤어도 그는 한번 욱하는 순간, 국사의 말을 빌려 말하자면 '본색을 드러냈다'. 척용과 부딪친 사람은 스물네다섯 살 남짓 되어 보이는 남루한 차림의 청년이었다. 먼 길을 걸어온 것인지 단출한 행낭을 등에 메었고, 짚신은 바닥도 이음새도 너덜너덜하게 닳아 있었다. 비록 얼굴빛이 초췌하고 입술은 메마른 데다가 광대뼈가 살짝 꺼졌으나 이목구비만큼은 단정하고 환했다. 여위었지만 허약한 기색 없이 눈빛이 형형했다. 그가 말문을 뗐다.

"여기가 어딥니까?"

"여기는 선락궁, 태자전이다!"

척용이 대답하자 그 청년이 중얼거렸다.

"태자전? 태자? 역시 황궁이 맞는 거지요?"

그는 대전 안에 놓인 황금 신상을 바라보았다. 쏟아지는 광채에 얼굴을 금빛으로 물들인 채 그가 거듭 물었다.

"이건 금입니까?"

아무래도 지나치게 화려한 이 궁관을 황궁으로 착각한 모양이었다. 옆에 있던 시종이 다가와 그를 내몰면서 말했다.

"당연히 황금이지. 태자전은 태자 신전이다. 황궁에 있는 태자전이 아니라! 여기가 어디인지도 모르다니, 웬 촌놈이 다 왔어?"

청년이 물었다.

"그럼 황궁은 대체 어디 있습니까?"

척용은 눈을 가늘게 떴다.

"그건 왜 묻는데?"

청년은 진지하게 대답했다.

"황궁에 가서 국주를 만날 겁니다. 그에게 할 말이 있어요."

척용과 시종들은 와르르 웃음을 터뜨리더니 경멸하는 표정으로 말했다.

"웬 놈의 시골뜨기가 황궁에 볼일이 있어? 국주를 만난다니, 네 맘대로 만날 수는 있고? 황궁에 도착하면 대문에도 들어가지 못할 거다."

그 사람은 비웃음을 사고도 동요하지 않았다.

"가 보겠습니다. 혹시 될지 누가 압니까."

척용은 폭소를 터뜨렸다.

"그럼 한번 가 봐."

그러면서 손을 쳐들고 일부러 반대 방향을 가리켜 주었다. '감사합니다' 하고 대답한 청년은 행낭을 고쳐 메고 뒤돌아 태자전 바깥으로 향했다. 돌다리에 다다른 그는 문득 걸음을 멈추고 아래를 내려다보았다. 맑은 연못 물 너머로 바닥에 층층이 가라앉은 동전들이 보였다.

이 청년은 잠깐 고민하나 싶더니, 곧장 돌다리 난간을 넘어 연못으로 뛰어내렸다.

퍽 민첩한 몸놀림이었다. 연못에 뛰어든 청년은 허리를 숙이고는 바닥의 동전을 한 움큼씩 건져 올려 자신의 품과 행낭에 욱여넣었다. 무엄하게도 신의 돈을 탐하는 사람은 난생처음 보는 터라 사련과 풍신은 얼이 빠졌다. 척용도 한순간 당황해 멍하니 있더니, 금세 노기등등하게 달려들어 난간을 내리치며 고함을 질렀다.

"제기랄! 지금 뭐 하는 거냐? 당장 저놈을 끌어내! 환장하겠네!"

시종들이 급히 물에 뛰어들어 청년에게 매달렸다. 그런데 누가 알았으랴. 청년이 무서운 기력으로 날리는 주먹을 아무도 당해 낼 수가 없었다. 위에서 지켜보던 척용은 펄펄 날뛰었다. 태자전 도인들도 속수무책이었다. 묵직하게 동전을 챙긴 청년은 행낭을 둘러메고 연못가로 올라오기 시작했다. 그때 청년이 이끼를 밟고 미끄러지더니 요란하게 물속으로 나가떨어졌다. 시종들은 그제야 청년을 붙잡고 뭍으로 끌고 나왔다. 척용은 그를 콱 짓밟으며 역정을 냈다.

"감히 이 돈을 훔쳐!"

척용이 다리를 들어 올린 순간, 옆에 서서 기회를 엿보던 풍신이 슬쩍 끼어든 덕분에 척용의 맹렬한 발길질은 상대방의 몸을 강타하지 못했다. 척용은 풍신이 제 옆에서 농간을 부리는 것을 볼 수는 없었으나 왠지 이상한 느낌이 들었다. 마치 귀신에게 다리가 눌린 것 같았다. 일고여덟 번 사정없이 발을 내리찍어도 여전히 이상한 느낌에 그는 울화가 치밀었다. 청년은 사레가 들렸는지 몇 번 콜록거리고 입을 열었다.

"어차피 연못 안에 버려진 돈인데 사람을 구하는 데 쓰면 안 됩니까?"

척용은 마음껏 발길질하지 못하자 결국 싫증이 났다.

"누구를 구해? 넌 뭐 하는 놈인데? 어디서 왔지?"

그저 청년에게 죄명을 씌워 감옥에 넣을 생각으로 던진 질문이었다. 그런데 아주 정직한 대답이 돌아왔다.

"저는 낭영이라고 합니다. 영안에 살고 있습니다. 그곳에 가뭄이 들었는데 물이 말라 작물이 자라지 못합니다. 다들 먹을 것도 없고 돈도 없습니다. 여기엔 물도 있고, 먹을 것도 있고, 돈도 있고, 금으로 조각상을 만들고, 돈은 연못에 버려두었는데, 어째서 우리에게 조금도 나눠 주지 못합니까?"

영안은 선락국의 경내에 자리한 큰 도시였다. 자리에서 일어난 사련이 어두운 표정으로 물었다.

"풍신, 근래 영안 쪽에 가뭄이 들었어? 난 왜 못 들었지?"

풍신이 고개를 돌리며 말했다.

"모르겠습니다. 저도 못 들었습니다. 이따가 모정에게 물어보죠."

# 30장 쓰러진 황금상과 죽은 아이를 묻는 장군

사련이 말했다.

"지금 바로 오라고 해."

풍신은 오른손으로 검지와 중지를 모아 관자놀이를 짚고 모정에게 통령을 보냈다. 한편 척용은 볼멘소리로 쏘아붙였다.

"영안 촌구석에서 온 놈이었구만. 황량한 땅에서 간사한 백성이 나온다더니. 가난하면 신선의 돈을 빼앗아도 되는 거냐?"

낭영이 대답했다.

"그럼 가져가지 않겠습니다. 내가 지금 당신들이 모시는 이 신선에게 절을 올리면, 무릎 꿇고 머리를 조아리며 고향 사람들의 목숨을 구할 돈을 달라 기도하면, 그분이 우리를 구해 주십니까?"

척용은 순간 말문이 막혔다. 만약 그렇다고 대답하면 이놈이 당당하게 돈을 가지고 달아나게 되잖아? 속으로 중얼거린 그가 잽싸게 대꾸했다.

"태자 전하는 신선이시다. 신선도 바빠 죽겠는데 네놈들 같은 간사한 백성을 상대할 시간이 있겠느냐!"

이 말을 들은 낭영은 느릿하게 고개를 끄덕이며 말했다.

"내 생각에도 상대해 주지 않을 것 같습니다. 우리도 절을 올리면서 빌어 봤단 말입니다. 애초에 별 소용도 없던데요? 죽을 놈들은 죽으란 거지요."

사련은 심장이 덜컥 내려앉았다. 한 도인이 고함쳤다.

"당신, 신전에서 이런 불경한 말을 하다니 천벌이 두렵지도 않습니까!"

낭영이 대꾸했다.

"상관없습니다. 벌할 테면 벌하라지. 이젠 우리를 버려도 두렵지 않은데 천벌이 두렵겠습니까?"

척용이 손짓하자 벼르고 있던 시종들이 우르르 몰려들어 청년을 둘러싸고 구타했다. 풍신은 그 안에 끼어들어 날아드는 주먹과 발길질을 약하게 누그러뜨렸다. 낭영은 겉보기에는 호되게 얻어맞는 것 같았다. 하지만 그는 망연한 표정으로 피할 생각을 않았다. 이따금 손을 들어 등에 멘 행낭을 감쌀 뿐이었다. 척용은 볶은 해바라기씨를 한 손 가득 움켜쥐고는 입으로 까먹으면서 다리를 떨었다.

"쳐라, 이 본왕의 눈앞에서 매우 쳐라!"

참으로 악당에 가까운 태도였다. 낭영은 그가 자신을 본왕이라 칭하자 돌연히 머리를 쳐들었다.

"당신은 왕입니까? 무슨 왕입니까? 황궁에 사는 겁니까? 국주를 만날 수 있습니까?"

척용은 아무렇게나 내깔겼다.

"난 네놈의 할아버지다! 아직도 국주 폐하를 만나 뵙겠다고 설쳐? 종일 국무로 바쁘신 분인데 네놈 따위를 상대할 시간이나 있겠냐!"

낭영은 여전히 고개를 든 채 고집스럽게 물었다.

"왜 날 상대할 시간이 없습니까? 신선도 날 상대할 시간이 없고, 폐하도 날 상대할 시간이 없다면, 그럼 대체 누가 날 상대해 줍니까? 대체 누구를 찾아가란 말입니까? 국주는 영안에 수많은 사망자가 나왔다는 사실을 알고 있습니까? 황성 사람들은 압니까? 알고 있다면, 어째서 돈을 물속에 버려두는 한이 있더라도 우리에겐 주지 않으려는 겁니까?"

척용은 히죽거리며 냉소했다.

"우리 돈이니 우리 좋을 대로 쓰는 거지. 설령 돈으로 물수제비를 떠도 남이 알 바 아니거늘, 왜 네놈들에게 나눠 줘야 하지? 가난이 벼슬이냐?"

나름대로 일리는 있었으나 지금 하기에는 정말 적합하지 않은 말이었다. 사련이 적당히 척용의 입을 틀어막으려는데 검은 옷을 입은 소년이 신전 뒤편에서 다급하게 모습을 드러냈다.

"전하, 무슨 일로 부르셨습니까?"

사련은 그에게 손짓하며 말했다.

"모정, 빨리 와. 요 며칠 동안 받은 기원 중에서 영안의 가뭄 소식을 들은 적 있어?"

모정은 어리둥절한 기색으로 대답했다.

"듣지 못했습니다."

풍신은 한창 정신없는 와중에도 툭 쏘아붙였다.

"어떻게 없어? 저쪽 백성들이 여기까지 피난을 왔는데!"

지나치게 단정적인 말투에 모정의 안색이 조금 굳어졌다. 그가 딱딱한 투로 말했다.

"내가 말한 건 사실이다. 정말로 없었어. 설마, 내가 일부러 알고도 보고하지 않았다는 건가? 그럼 너는 받은 적 있어? 혹 정말로 영안 사람들이 가뭄을 구제해 달라고 빌었어도, 태자전 당직은 홀수 달이 나고 짝수 달은 넌데 가뭄과 관련된 기원이 홀수 달에만 몰렸을 리는 없지. 그런데 너도 아는 바가 없잖아."

풍신은 멈칫했다. 생각해 보면 확실히 맞는 말이었다. 그가 대꾸했다.

"내가 언제 일부러 숨겼다고 했냐. 쓸데없는 생각 하기는."

또 말다툼이 불거질 분위기였다. 사련은 골치가 아파져서는 '잠깐 멈추라'는 손짓을 하며 말했다.

"됐어, 풍신은 그런 뜻이 아니었어. 둘 다 이제 그만."

두 사람은 곧바로 입을 다물었다. 이때 척용은 낭영이 얻어맞는 장면이 지겨워진 참이었다. 그는 작은 자루에 해바라기씨 껍데기를 담으며 말했다.

"이 도둑놈을 감옥으로 끌고 가라."

"명 받들겠습니다!"

시종들이 한목소리로 대답했다. 개중 몇 사람이 낭영을 끌어올렸다. 사련이 입을 열었다.

"우선 눈앞의 문제부터 해결하자. 저 사람을 구하고 영안에 관해 제대로 물어야겠어."

모정은 낯빛을 가라앉히며 조심스럽게 물었다.

"어떻게 해결하실 생각입니까? 함부로 현신하시면 안 될 텐데요."

선경에 오른 뒤로 사련이 도저히 이해할 수 없는 규칙이 바로 이것이었다. 신관은 창생을 돕는다고 하지만 한사코 거드름을 피우면서 중생 위에 군림한다. 함부로 현신할 수 없어 자꾸 손발이 묶이니 이렇게 괴로울 수가 없었다. 물론 사련에게도 다양한 작전이 있었다. 그는 고개 한번 까딱하지 않고 손을 뻗었다. 앞쪽에 있던 사람들이 그림자가 지면 위로 어른거리는 느낌에 의아해하며 돌아섰다. 다음 순간, 척용이 비명을 질렀다.

"태자 표형—!"

사련의 작전이란, 자신의 신상을 밀어 넘어뜨리는 것이었다!

검을 들고 꽃을 쥔, 온화하고 수려한 황금상이 기우뚱대나 싶더니 서서히 한쪽으로 넘어갔다. 척용은 친어머니가 목을 매고 걸상을 걷어차는 장면을 목격한 사람처럼 얼굴을 일그러뜨렸다. 그는 낭영 따위는 내버려 두고 허겁지겁 달려가 신상의 다리를 꽉 끌어안고 고집스레 버텼다. 처절한 고함 소리가 터져 나왔다.

"이 쓸모없는 놈들이 뭘 보고만 있어? 빨리 와서 받쳐! 태자 표형이 쓰러지지 않게! 쓰러지면 안 된다고!"

척용은 속이 뒤집혔으나 사련은 태연자약한 표정으로 그를 지나쳐 태자전을 빠져나갔다. 풍신과 모정의 얼굴은 굳어지다 못해 쩍 갈라질 지경이었다. 한참 뒤에야 풍신이 소리쳤다.

"전하! 저건 전하의 신상이라고요!"

신상이 쓰러지는 것은 좋지 않은 징조라 다소 꺼려지는 구석이 있었다. 이렇게 손수 자신의 신상을 밀어 버리는 신관이라니, 실로 금시초문에 삼계의 괴짜라 할 만했다. 사련이 말했다.

"커다란 금덩어리일 뿐이잖아. 이렇게 하지 않았으면 사람들의 주의를 끌지 못했을걸. 너희는 사람들이 못 벗어나게 황금상을 누르고 있어. 난 저 사람을 좀 만나 볼게."

풍신과 모정은 어처구니가 없었지만 명을 따를 수밖에 없었다. 두 사람은 각자 신상 옆에 서서 손가락 하나로 신상을 눌렀다. 그들은 이 정도 힘만으로도 충분했다. 반면 척용의 시종들은 젖 먹던 힘을 짜내도 신상을 일으켜 세울 수가 없었다. 다들 간신히 버티면서 이만 부득부득 갈았다.

"……누가 순금 아니랄까 봐, 무게가 엄청나네!"

바깥에 주저앉아 있던 낭영은 사람들이 더 이상 자신을 거들떠보지 않자, 금빛 찬란한 신상을 물끄러미 응시하다가 자리를 박차고 일어나 몸에 묻은 흙먼지를 털고 행낭을 멘 채로 뛰쳐나갔다. 사련은 그의 뒤를 좇았다. 한참을 달려 울창한 숲속으로 들어선 낭영은 사방을 둘러본 뒤에야 나무 아래에 앉아 숨을 돌렸다. 사련은 나무 뒤에 숨어서 속으로 주문을 외워 흰옷을 입은 도사의 모습으로 둔갑했다.

그는 둔갑한 모습을 위아래로 살피고는 허점이 없는 것을 확인하고 불진을 툭 휘둘렀다. 어떻게 등장해야 자연스러울지 고민에 빠진 순간, 낭영이 나무 옆 물웅덩이 가장자리에 쪼그리고 앉아 두 손으로 땅을 파기 시작했다.

"……."

이 청년은 손이 큼직해서 한 번 땅을 파낼 때마다 구덩이가 깊숙해졌다. 흙을 튀겨 가며 땅을 파는 모습이 마치 깡마른 검은 들개 같았다. 왜 갑자기 땅을 파는 걸까, 사련은 의문에 빠졌다. 그런데 이때 낭영이 손에 묻은 흙을 바지춤에 문질러 닦더니 웅덩이 물을 떠서 입으로 가져갔다.

이 모습을 본 사련은 더는 숨지 못하고 재빨리 다가가 그의 손을 막았다. 그러고는 소매 안에서 수통을 꺼내 건네주었다.

뺨이 불룩해지도록 웅덩이 물을 머금은 그는 입 안의 물을 삼켰다. 난데없이 등장한 어린 도사를 쳐다보며 그는 이상해하지도, 사양하지도 않고 수통을 받아 한입에 전부 들이켰다. 그는 수통을 비우고 나서야 입을 열었다.

"고맙네."

이미 난데없이 등장해 버렸으니 사련도 자연스러운 인사말은 생략하기로 했다. 그는 최대한 풍아하고 믿음직스럽게 불진을 휘두르며 말했다.

"친구. 어디에서 오셨고, 어디로 가십니까?"

낭영이 대답했다.

"우리는 영안성의 낭아만(郎兒灣)에서 왔어. 원래 목적지는 황궁이었지. 한데 이제 가지 않으려고."

사련은 멍하니 물었다.

"우리?"

낭영은 고개를 끄덕이며 말했다.

"우리. 나, 그리고 내 아들."

사련은 한층 혼란스러웠다. 그러면서도 마음 한구석이 문득 서늘해졌다. 낭영은 메고 있던 행낭을 끄르더니 입구를 벌리며 말했다.

"내 아들."

그가 메고 있던 행낭에 들어 있던 것은 놀랍게도 어린아이의 시신이었다.

아이의 몸은 무척 작았다. 두세 살도 채 되어 보이지 않았다. 누렇게 뜬 얼굴은 뺨이 움푹 꺼졌고, 이마에는 누르스름한 잔털이 가닥가닥 달라붙어 있었다. 땀띠도 약간 돋은 듯했다. 그 작은 얼굴은 기이하게 일그러져 있었다. 울먹이는 듯 몹시 괴로운 표정이었다. 눈은 이미 감겼지만 입은 벌어져 있었다. 하지만 더 이상 목소리를 내지는 못했다.

사련의 동공이 빠르게 조여들었다. 막대한 충격에 말이 나오지 않았다. 어쩐지 아까부터 이 청년의 표정이 이상하게 느껴진다 싶었다. 어디가 이상한지 콕 집어 말하기는 어려웠지만 아무래도 보통 사람 같지가 않았다. 말이나 행동이 뒷일을 전혀 생각하지 않는 것처럼, 막무가내에 두서도 없었다. 하지만 이젠 알 것 같았다. 이 사람이 지금 무슨 뒷일을 더 생각하겠는가?

사련에게 아이를 보여 준 낭영은 다시 아이를 감싸 넣고 행낭 귀퉁이를 꼼꼼하게 여몄다. 그의 열중하는 표정과 손길을 보며 사련은 문득 괴로워졌다. 그는 이렇게 어린 아이의 시신을 본 것이 처음이었다. 그가 더듬거리며 말을 꺼냈다.

"다…… 당신의 아들은 어쩌다 죽었어요?"

낭영은 행낭을 고쳐 메고 망연하게 대답했다.

"어쩌다 죽었냐고……? 나도 어쩌다 죽었는지 몰라. 목도 마르고, 배도 고프고, 병도 걸리고, 이런저런 원인이 있었겠지."

그는 머리를 긁적이며 말을 이어 갔다.

"이 애를 업고 영안을 빠져나왔을 때만 해도 조금씩 기침을 했어. 뒤에서 아빠, 아빠 하며 날 부르기도 했지. 나중에는 점점 말이 없어지더니 기침만 했고. 더 나중에는 기침도 하지 않길래 나는 애가 잠든 줄 알았어. 먹을 것을 찾아서 애를 깨우는데, 일어나지를 않더군.”

이 아이는 피난길에서 죽은 것이다.

낭영은 고개를 가로저으며 말했다.

“난 애를 돌볼 줄 몰라. 애가 죽은 걸 알면 내 아내가 나한테 죽어라 욕을 했을 텐데.”

그는 긴 침묵 끝에 한마디를 덧붙였다.

“아내가 나한테 욕을 할 수 있었으면 얼마나 좋을까.”

그의 표정은 시종일관 담담했다. 마치 말라 죽은 나무처럼. 조금의 생기도 물결도 일지 않는 메마른 못처럼. 사련은 목 안이 조여 왔다. 한참 뒤에야 그가 나직한 목소리로 말했다.

“저…… 저기…… 이제 묻어야죠.”

낭영이 고개를 끄덕였다.

“그래야지. 좋은 곳을 고르고 싶었는데, 여기가 괜찮겠어. 햇빛을 막아 주는 나무에 물도 있으니까. 애를 묻어 주고 돌아갈 거야. 아까 준 물은 고마웠어.”

그는 짧게 기침을 하고는 다시 허리를 숙여 손으로 구덩이를 팠다. 사련은 입속말로 읊조렸다.

“아니야. 나한테 고맙다고 하지 마…… 고맙단 말 하지 마. 그러지 마.”

이때 풍신과 모정도 자리에 도착했다. 한쪽은 구덩이를 파고 다른 한쪽은 멍하니 서 있는 광경에 두 사람은 어리둥절해졌다. 무기력해진 사련은 한참이나 몇 마디를 되풀이하다가 겨우 정신을 차렸다. 이 사람은 다시 영안으로 돌아가야 하니 물만으로는 부족할 터였다. 그는 소매 안을 뒤적거린 끝에 무언가를 꺼내 낭영에게 건넸다.

"이거 가져가요."

낭영은 손을 멈추고 사련이 내민 물건을 들여다보았다. 그건 손톱보다 작은 크기의 진홍색 구슬이었다. 맑은 빛깔과 반질반질한 윤기가 놀라울 정도로 아름다웠다. 정확히 무슨 물건인지는 몰라도, 이 작은 구슬의 값어치가 천 금에 달한다는 것만큼은 한눈에 알 수 있었다.

바로 삼 년 전 정월 제천유 의식에서 사련이 착용한 붉은 산호주 귀고리 중 유일하게 남은 한 짝이었다. 이 구슬이 기억에 깊게 박힌 모정은 한순간 표정이 희미하게 변했다. 낭영은 사양하는 법이 없었다. 그는 보통 사람이 지녀야 할 예절이나 겸손함 따윈 없는 것처럼 손을 내밀어 산호주를 받았다.

"고맙네."

낭영은 그 구슬을 허리띠 안에 정성껏 숨겼다. 그러고는 행낭을 벗어 구덩이 안에 조심히 내려놓으며 말했다.

"아빠가 곧 다시 찾아오마."

말을 마친 그는 진중한 손길로 행낭 위에 흙을 덮어 주었다. 사련은 이마를 짚고 눈을 내리감았다. 잠시 뒤 청년은 빠른 걸음으로 떠나갔다. 풍신이 이상하다는 듯 물었다.

"전하, 저 사람이 여기에 뭘 묻은 겁니까? '아빠'라고 했죠?

사람을 묻은 겁니까?"

모정의 관심사는 다른 곳에 있었다.

"전하, 방금 조사하면서 확실히 알아냈습니다. 영안은 원래 그리 풍요롭지 못한 곳이라 궁관이나 사당을 적게 세운 데다가, 영안 지역 도관에는 공물을 바치지 않은 자는 참배할 수 없다는 규칙까지 있다고 합니다. 그래서 태자전에는 부자들만 갈 수 있고, 재해를 입은 가난한 사람들은 발을 들이지도 못한다고……."

사련은 대답하는 대신 가라앉은 목소리로 말했다.

"너희들, 영안으로 가서 상황을 살펴봐. 나는, 국사를 만나서 대체 어떻게 된 일인지 확실하게 알아봐야겠어."

그가 이렇게 어두운 표정을 지은 건 처음이었다. 두 사람은 신경을 바짝 곤두세우고 대답한 다음 곧장 발걸음을 재촉했다. 사련은 방향을 틀어 태창산을 향해 달려갔다.

영안의 재난 피해는 분명 보통이 아닌 것 같았다. 하지만 설령 그가 기원하는 목소리를 듣지 못했더라도 황궁 쪽에서 몰랐을 리는 없었다!

## 31장 천상의 신은 인간사에 손을 대지 않으니

태창산, 태자봉.

유람객들은 정해진 시간이 되면 산에 더 머물 수 없었다. 다들 산문 밖으로 나가라는 요청을 받고 황극관을 떠났다. 선락궁 안에서 경문을 읽는 소리가 드문드문 흘러나왔다. 천여 명의 도인들이 야간 수행을 하는 중이었다. 국사 네 사람은 다섯 장 높이의 금상 발치에서 수행을 주관했다.

태자전 내부 양쪽은 바닥부터 천장까지 기원 등불이 즐비하게 늘어서 있었다. 하늘에서 날아든 사련은 신대 위로 사뿐히 내려와 자신의 신상 앞에 반듯하게 앉았다.

그는 손을 한 번 흔들어 맑은 바람을 일으켰다. 숱하게 걸려 있는 등불이 천천히 돌아가기 시작했다. 불빛이 가물거리자 도인들이 잇달아 고개를 쳐들었다. 감탄과 함께 소곤거리는 귓속

말들이 오고 갔다. 눈꺼풀을 내리깔고 의자에 맥없이 파묻혀 있던 국사가 홀연히 눈을 뜨고 말했다.

"오늘은 여기서 마치겠다. 모두 돌아가라."

도인들이 다 같이 일어나 물러갔다. 나머지 부국사 세 명은 사련의 실체를 볼 수 없었으나 누가 강림했는지 알아채고 눈치껏 자리를 비켜 주며 신전의 대문을 닫았다. 높다란 문이 닫히자 사련은 지체 없이 물었다.

"국사, 영안에 큰 가뭄이 들었다는 사실을 알고 계십니까? 부황 쪽에서는 아무런 소식이 없는 것 같은데 조정에 무슨 일이 생겼나요? 아니면 부황께서 구체적인 상황을 잘 모르고 계십니까?"

신관은 인간 앞에 마음대로 현신해서는 안 된다. 다만 한 가지 예외가 있다. 바로 국사나 장로 등 지위가 높은 수도자들 앞에서 나타나는 경우였다. 이렇게 수행의 경지가 높은 자들이 신관의 대변인으로서 인간 세상에 말을 전한다. 때문에 사련은 국사와 직접 대화할 수 있었다. '태자전에서는 무릎 꿇고 절하지 말라'는 규칙도 사련이 국사의 입을 빌려 전한 것이었다.

사련은 국주가 어떤 특별한 사정 때문에 여유가 없어 부득이하게 영안을 돌보지 못한 줄 알았다. 혹은 사람이 죽어 나갈 정도로 심각하다는 것을 전혀 모른다거나. 그런데 국사가 뜻밖의 말을 꺼냈다.

"국주 폐하께서는 평안하시고, 큰일은 없습니다. 영안의 재해에 관해서도 잘 알고 계십니다."

사련은 순간 당황했다.

"하지만 부황께선 황극관에 오실 때마다 영안을 위해 기원한 적이 없으신데요? 어찌 한 마디도 꺼내지 않을 수 있습니까?"

그는 비록 아버지와 오랫동안 사이가 좋지 않았지만, 국주가 결코 어리석은 군주가 아니라는 것은 잘 알았다. 스스로를 천자라 자부하고 신분과 지위를 중시해도 이재민에게 무관심할 정도는 아니었다. 국사가 대답했다.

"그건 국주 폐하의 문제가 아닙니다. 제가 폐하와 황후께 기원을 올리면서 영안을 언급하지 마시라고 조언했습니다."

"왜 그러셨습니까?"

"소용이 없기 때문입니다."

사련은 놀란 기색으로 물었다.

"소용이 없다니요?"

곧이어 그는 문득 깨달았다.

"그러니까, 제가 무신이라 가뭄을 관장할 수 없으니 제게 말해 봤자 소용없다는 말씀입니까? 하지만 국사께서 잊으신 모양이네요. 저는 무신인 동시에 선락 태자입니다. 제 백성이 지금 도탄에 빠져 있는데 어찌 가만히 지켜만 볼 수 있겠습니까?"

가만히 생각에 잠긴 그가 다시 말했다.

"당장은 영안의 이재민을 구제하는 게 급선무입니다. 수고스러우시겠지만 절 대신해 부황께 더 이상 신전과 사당을 짓지 말라고 진언해 주세요. 태자전이라면 벌써 전국에 차고 넘치니 더는 필요 없어요. 그리고 그 황금상들을 전부 녹여 구조금으로 보태는 겁니다. 서쪽 영안 지방이 가뭄으로 물 부족에 시달린다면, 강에 수로를 파서 동쪽의 물을 끌어다 농지에 물을 대고, 땅에 영양을 공급……."

그가 말하는 와중에 국사가 고개를 내저으며 중얼거렸다.

"너무 일러. 너무 일렀어."

의아해진 사련이 물었다.

"뭐가 이르단 말씀이십니까?"

국사가 대답했다.

"제가 전하께 너무 일찍 등선하시면 안 된다고 했던 이유를, 이제는 아시겠습니까? 전하의 백성이 아직 절멸하지 않았기 때문입니다."

"……."

사련은 눈을 부릅뜨고 잠긴 목소리로 쏘아붙였다.

"국사! 지…… 지금 뭐라고 하셨습니까? 무슨…… 백성들이 아직 절멸하지 않았다는 게 무슨 말씀입니까?"

"전하는 이미 신입니다. 하지만 늘 인간 시절의 신분을 잊지 못하고 속세에 미련을 두고 계시지요. 하오나 인간계에 미련이 있어도 전하가 손댈 수 있는 일은 없습니다. 결국 엉망이 될 뿐이에요."

사련은 신대 위에 앉아 있고 국사는 신대 아래에 서 있다. 분명 사련이 그를 내려다보고 있건만, 지금은 오히려 국사가 까마득한 위에 있는 것처럼 느껴졌다. 사련이 말했다.

"설마 그렇겠습니까? 뭐라도 하면 그만한 보답이 돌아올 겁니다. 조금이라도 구할 수 있다면 그리해야지요. 설령 단 한 사람만 구할 수 있어도 나 몰라라 하는 것보단 낫습니다. 부황께 말을 전하고 싶지 않으시면 제가 직접 찾아가겠습니다."

사련이 자리를 박차고 일어나자 국사는 그의 소맷자락을 움켜쥐고 소리쳤다.

"돌아와라! 신관이 어째서 함부로 평범한 인간 앞에 모습을 드러내면 안 되는지 아느냐? 수천 수백 년간 정해진 규율에는 다 이유가 있는 법이다. 어리석은 짓 하지 마라!"

사련은 뒤를 홱 돌아보았다.

"그럼 제가 뭘 할 수 있습니까? 이것도 안 되고, 저것도 안 되고! 지금 내 땅에서 수많은 사람들이 죽게 생겼습니다! 신은 창생을 구하는 존재이기 때문에 신이라고 불리는 것 아닙니까? 이런 때마저 나타날 수 없으면 언제 나타날 수 있습니까? 그럼 제가 선경에 오른 의미가 대체 뭡니까?"

국사는 그를 붙잡은 채 탄식했다.

"태자 전하. 아, 태자 전하. 제가 뭘 봤는지 아십니까?"

마음을 가라앉힌 사련은 이윽고 다시 자리에 앉았다.

"말씀해 주세요."

국사가 그를 응시하며 말했다.

"저는 전하의 앞날을 보았습니다. 온통 칠흑같이 새카맸지요."

사련은 국사의 시선을 빤히 맞바라보았다.

"잘못 보신 모양입니다. 저는 하얀 옷만 즐겨 입습니다."

"저는 전하께서 백성을 구하지 못하고 도리어 신단 아래로 끌려 나올까 걱정입니다."

"저의 백성들이라면 그러지 않을 겁니다. 다들 옳고 그름을 분명히 알아요. 제가 그들을 구할 수 없다면, 제가 신단을 지키고 있을 이유도 없습니다."

한참 뒤, 국사가 한숨을 내쉬며 말했다.

"국주께서 하신 일이 옳다고 할 수는 없겠지만 틀렸다고도 할 수 없습니다. 전하께선 이재민에게 구조금을 보내겠다 하셨지요. 사실 국주께서도 손을 놓고 계시진 않았습니다. 그 효과가 어땠는지는 한번 가서 보십시오. 게다가 강에 수로를 파서 물을 끌어오겠다고 하셨지요. 전하께서 직접 그 강을 보고 가능할지 판단해 보십시오."

사련은 고개를 끄덕였다.

"알겠습니다. 고맙습니다, 국사."

태창산을 떠난 뒤, 그는 서쪽으로 향해 선락국 영안성에 다다랐다.

이십 년 동안 태양이 이처럼 무덥고 치명적으로 느껴진 적이 없었다. 이곳 땅을 밟은 첫걸음부터 메마른 더위를 참기 힘들었다. 공기 중의 사물이 죄다 뒤틀려 있는 것만 같았다. 쏟아지는 뙤약볕 아래, 흙덩이로 조각조각 부스러진 대지가 노쇠하고도 을 씨년스러웠다. 길가에는 한때 수로로 쓰인 듯한 깊은 도랑이 있었는데, 가뭄으로 시커먼 바닥을 드러낸 채 이상한 비린내를 풍겼다. 한참을 걸었으나 논밭 하나 찾아볼 수 없었다. 사실 있었을지도 모른다. 다만 그게 논밭이었다는 걸 알아보지 못했을 뿐.

사련은 걸음을 내디디며 사방을 살펴보았다. 무덥고 퍼석한 바람에 긴 머리카락이 헝클어졌지만 정리할 마음은 전혀 들지 않았다. 이때 문득 누군가가 등 뒤에서 소리쳤다.

"전하!"

뒤를 돌아보자 검은 옷을 입은 두 사람이 다급하게 달려오고 있었다. 풍신과 모정이었다. 사련은 다짜고짜 물었다.

"무슨 정보 없어?"

풍신은 가슴께 앞섶을 붙잡고 펄럭이며 더위를 식히며 말했다.

"있습니다. 이 년 동안 서쪽 전 지역에 물이 부족했는데 올해 결국 한계에 부딪힌 모양입니다. 이곳 영안이 가장 심각합니다. 강은 마르고 비는 오지 않아 농사를 짓지 못한답니다. 부자들은 그나마 형편이 낫습니다. 돈만 있으면 멀리서 물과 음식을 구해 올 수 있으니까요. 그러나 대부분은 한참 전에 식솔들과 동쪽으로 이주했습니다. 남은 사람들은 가난하거나 거동이 불편한 자들뿐이고요."

사련은 미간을 찌푸렸다.

"국사는 부황께서 손을 놓고 계시진 않았다고 했어. 구조금을 보내라고 명하셨다는데 왜 아직도 이렇게 심각하지?"

모정이 차가운 목소리로 말했다.

"10할을 보내도 아래로 전달될 때마다 한 뭉씩 사라질 겁니다. 마지막에는 조금도 남지 않겠죠. 그러니 이렇게 심각할 수밖에요. 쓸데없이 좀 벌레만 배 불릴 바에야 아예 보내지 않는 게 낫습니다."

사련은 잠시 숨을 죽이고 분노를 삭이며 말했다.

"그 좀 벌레들이 삼킨 것을 고스란히 토해 내게 하겠어."

모정이 넌지시 충고했다.

"전하, 또 잊으셨군요. 이건 전하께서 관여할 일이 아닙니다. 신관은 인간계의 문제에 손을 대선 안 됩니다. 옛말에 두께가 석 자에 달하는 얼음은 하루 추위에 얼지 않는다 했습니다. 국주 폐하는 인간사를 맡아 관장하시는 분입니다. 그것이 폐하의 소임인데 그분마저 속수무책인 실정 아닙니까. 한데 수많은 신도의 기원까지 짊어진 전하께서 이를 어찌 해결하시려고요? 이것도 신경 쓰랴, 저것도 신경 쓰랴, 결국엔 두 마리 토끼를 다 놓치고 말 겁니다. 하물며 근본적인 해결책도 못 되겠지요."

풍신이 손으로 햇빛을 가리면서 말했다.

"근본적인 해결책이라면 역시 물이겠지. 차라리 국사를 통해 국주 폐하께 동쪽의 물을 서쪽으로 공평하게 나누자고 말씀드리면 어떻겠습니까?"

사련은 고개를 저었다.

"안 그래도 방금 국사와 논의해 봤어."

풍신이 물었다.

"국사께서 뭐라 하십니까?"

"……."

사련은 잠시 목이 메어 왔다.

"안 될 거란 식으로 말씀하시더라. 그런데 지금 보니까 정말로 어려울 것 같네. 물을 옮기려면 수로부터 파야겠지. 하지만 그러려면 백성을 징발해야 하는데, 몇 년이 걸릴지도 모르는 데다 백성들을 혹사하고 물자도 낭비하게 될 거야."

풍신은 고개를 끄덕였다.

"그렇긴 합니다. 멀리 있는 물로는 눈앞의 불을 끌 수 없죠."

사련은 잠시 망설이다가 입을 열었다.

"인간의 방법으로 해결할 수 없다면 천계의 방법을 시험해 봐도 괜찮을 것 같아. 몇 해 전에 새로운 우사가 등선했다고 들었어. 성정이 괴팍하다고는 하는데, 직접 만나서 비를 내리는 방식으로 동쪽의 물을 서쪽으로 끌어와 줄 수 있을지 부탁해 봐야겠어."

사련은 선경에 오른 이래로 군오를 만나러 가는 것 외에는 먼저 다른 신관을 찾아간 적도, 일부러 친한 척을 한 적도 없었다. 통령진 안에서도 누구나 차별 없이 대했다. 그가 다른 신관을 찾아가겠다는 것은 실로 드문 일이었다. 이때 모정이 말했다.

"안 됩니다."

사련이 그를 돌아보며 물었다.

"어째서?"

모정이 대답했다.

"전하, 아까 제가 자세히 조사해 보았습니다. 사실 지난 이 년 동안 영안성이나 서쪽 지역뿐만 아니라 선락국 전역에 물이 부족했습니다. 다만 선락국 동쪽은 바다에 인접해 있고 호수와 가까운 데다 강물도 지나가 물 부족이 크게 눈에 띄지 않았습니다. 덕분에 당장은 재해를 입지 않았죠. 하지만 전체적인 강수량은 예전보다 현저하게 줄어들었어요."

사련의 눈이 커졌다. 모정은 계속 말을 이었다.

"정말 수로를 파거나 비를 내리는 방법을 동원해 동쪽의 물을 서쪽으로 옮긴다면 영안 쪽도 확실히 숨통은 트이겠지만, 그래도 완전히 구제하지는 못할 겁니다. 잠깐이나마 목숨을 연명할 뿐이겠죠. 게다가 선락국 동쪽에 가뭄이 들 가능성이 아주 큽니다."

사련은 심장이 콱 조여들었다.

"그리고 선락국의 번화한 지역과 백성들 대다수가 동쪽에 몰려 있지. 서쪽의 세 배 이상. 특히 황성은 더 그래. 그런 곳에 가뭄이 들기라도 하면……."

풍신도 곧장 깨달았다.

"결과는 분명 영안보다 더 심각할 테고, 더 많은 사람이 죽을 겁니다!"

모정은 고개를 끄덕이고 어두운 표정으로 말했다.

"훨씬 더 심한 난리가 일어나겠죠."

사련은 숨을 깊이 들이마시고 입을 열었다.

"그래서 국사가 그렇게 말했던 걸까. 부황이 옳은 일을 한 건 아니지만, 그렇다고 틀린 것도 아니었다는 거. 단지 선택의 문제였을 뿐이야."

모정이 대답했다.

"그러니 전하, 아무도 태자전에서 영안을 위해 기도하지 않은 건 좋은 일입니다. 선택권은 국주 폐하께 맡기세요."

사련은 대답하는 대신 고개를 틀었다.

오는 길에 그가 본 사람들은 하나같이 거무스레한 살가죽에 뼈만 남은 채였다. 웃통을 벌거벗은 남자아이들의 앞가슴에는 갈비뼈가 앙상하게 드러나 있었다. 여인들은 얼굴 살갗이 거슬거슬하게 일어났고 두 눈에는 생기가 없었다. 사람들은 움직이려 하지 않았다. 움직일 힘도 없었다. 모든 것에서 죽음을 앞둔 악취가 풍겼다. 누구라도 마지막 숨을 내쉬는 이 땅에서 비명을 지르며 달아나, 풍요롭고 번화한 수도로 돌아가고 싶을 터였다.

오랜 침묵을 깨고 사련이 말을 꺼냈다.

"너희들은 일단 여기에 남아서 날 도와줘. 조금이라도 좋으니 최대한 물을 옮겨 줘. 난 잠깐 생각할 시간이 필요해서."

풍신이 말했다.

"좋습니다. 천천히 생각하세요. 답이 나오면 어떻게 해야 할지 알려 주시고요."

사련은 그의 어깨를 툭툭 두드리고 뒤돌아 걸음을 뗐다. 이때 모정이 그의 등 뒤에서 담담하게 말했다.

"전하, 부디 잘 생각하셔야 합니다. 우리는 열흘, 스무 날은 도울 수 있어도 몇 해씩 돕지는 못합니다. 백 명은 구할 수 있어도 수십만 명을 구할 순 없습니다. 전하는 어디까지나 수신이 아닌 무신이십니다. 설령 수신이라도 맨땅에서 물을 만들지는 못해요. 근본적인 문제를 해결하지 못한다면 이대로 밀어붙이는 것도 능사는 아닙니다. 계란으로 바위 치기일 뿐이죠."

## 32장 세상에서 그대를 만나고 빗속에서 꽃을 만나다

모정의 말에 사련의 발걸음이 한순간 멈칫했다. 하지만 그는 끝내 뒤돌아보지 않고 손을 흔들며 앞으로 걸어갔다.

선락 황성으로 돌아간 사련은 먼저 황궁으로 향했다.

자기 자신도 왜 황궁으로 왔는지 모를 노릇이었다. 적어도 부모님을 뵙기 위해서는 아니었다. 물론 그는 신관이 된 이상 두 사람 앞에 함부로 나타날 수 없었다. 하지만 결정적으로는 나이가 들수록, 집을 비운 세월이 길어질수록 부모님과 어떻게 말을 섞어야 할지 감이 오지 않았다. 아마 세상 모든 자녀들 대부분이 마찬가지일 것이다. 그래서 그는 몸을 숨긴 채, 너무나도 익숙한 황궁을 한바탕 누비고 다녔다. 국주는 어디에도 보이지 않았다. 마지막으로 서봉궁에 이르러서야 아버지와 어머니의 모습이 눈에 들어왔다.

두 사람은 궁인들을 내보내고 한담을 나누는 중이었다. 황후는 침상에 걸터앉아 황금 가면을 만지작거리고 있었다. 바로 삼 년 전 정월 제천유 때 사련이 썼던 그 가면이었다. 이 황금 가면의 윤곽과 이목구비는 사련의 실제 얼굴을 본떠 세심하게 조각한 것이라 사련의 얼굴에 바짝 밀착되었다. 쓰고 있을 때는 몰랐는데, 막상 다른 사람의 손에 들린 모습을 보니 조금 오싹했다. 국주가 옆에서 말했다.

"그만 가지고 노시오. 어서 내려놓고 내 머리 좀 문질러 줘."

사람들 앞에서 관례를 엄격하게 지키는 국주와 황후이지만, 사련은 어릴 때부터 두 사람을 똑똑하게 보아 왔다. 그의 부모님도 남들 뒤에서는 조잘조잘 떠들어 대는 평범한 부부일 뿐이다. 가면을 내려놓은 황후는 옆으로 옮겨 앉아 국주의 관자놀이를 문질러 주다가, 문득 그의 머리카락을 헤집으며 말했다.

"또 흰머리가 났군요."

사련은 가만히 아버지를 들여다보았다. 정말로 귀밑머리가 희끗희끗해진 것이 괜스레 더 나이가 들어 보였다. 그는 생각에 잠겼다.

'부황께선 얼마 전에도 황극관에 기원하러 오셨잖아? 그땐 검은 머리였는데 왜 갑자기 하얗게 셌지?'

황후가 구리거울을 들고 보여 주려 하자 국주가 말했다.

"되었소, 안 봐. 다음번 태창산에 가기 전에 다시 물들이면 까매질 것을."

사련은 그제야 깨달았다.

'부황의 머리는 요즘 들어 하얘진 게 아니야! 예전부터 세었는데 나를 보러 오실 때마다 까맣게 물들인 것뿐이었어. 그런데 난 온종일 신도들의 기원을 듣고 동분서주 일하느라 지쳐서 부모님을 뵈러 온 적이 거의 없었지. 그래서 눈치채지 못했던 거였어.'

생각이 여기에 미치자 그는 무척 죄송스러워졌다. 지금 제 부모가 자신을 보지 못해 천만다행이었다. 황후는 국주의 머리를 안마해 주면서 구박하는 투로 말했다.

"내가 날마다 일찍 쉬라고 해도 한사코 말도 안 듣고, 하루 종일 잔소리만 늘어놓는다고 불평하더니. 못생겨진 것 좀 봐요. 황아가 본다면 당신과 훨씬 말 섞기 싫어하겠어."

국주가 불퉁하게 대답했다.

"황아는 원래 머리가 굵어지고 나서부터 날 거들떠보지도 않았소."

말은 그렇게 하면서도 그는 침상 옆에 놓인 거울을 흘끔 쳐다보고는 투덜거렸다.

"그리 못생기지도 않았구먼. 예전 얼굴 그대로인데?"

사련은 저도 모르게 얼이 빠졌다. 아버지에게 자신 몰래 '나쁜 말'을 하는 새침한 면이 있으리라곤 상상조차 못 했기에 웃음보가 터졌다. 황후 역시 웃음을 참으며 말했다.

"그래요, 안 못생겼어. 건강이 하늘보다 중하니 오늘은 조금 일찍 쉬어요."

국주는 고개를 내저었다.

"쉴 수가 있어야지. 요즘 영안인들이 줄줄이 황성으로 달려오고 있소. 오는 건 좋지만 사방으로 소란을 일으켜 민심이 흉흉해졌으니, 난처하게 되었지."

알고 보니 제 아버지의 머리카락은 영안에 닥친 가뭄 때문에 하얗게 센 것이었다. 사련은 문득 말로 표현할 수 없는 괴로움에 휩싸였다. 황후가 고개를 끄덕이며 말했다.

"용이 그러던데, 오늘 그 아이도 한 영안인을 만났다고 하더군요. 사당의 돈을 빼앗으려 했다던데, 무섭기도 하지."

국주는 사색에 빠져들었다.

"그래, 무섭고말고. 몇십이나 몇백이면 그나마 낫겠소만, 행여나 몇십만 명이 몰려와 전부 황성으로 피난한다면 어찌 감당해야 할지 감도 잡히지 않소."

황후는 잠시 머뭇거리다가 말했다.

"확실하지도 않은걸요. 다들 규율만 잘 지킨다면 와도 상관없지요."

"일국의 군주가 '확실하지 않다'는 생각으로 모험을 감행해서야 쓰겠소? 게다가 그들은 절대 오면 안 돼. 몇 사람을 더 먹여 살리는 건 젓가락 몇 짝 더 얹는 것만큼 단순한 일이 아니오. 사정이 얼마나 복잡한데. 당신도 잘 모르니 얘기는 이쯤 하자고."

황후가 말했다.

"좋아요, 그만하지요. 당신이 말한 그런 것들, 난 원래 몰랐어요. 황아가 남아 있었더라면 좋았을 텐데. 적어도 당신의 근심을 나눌 수는 있었겠지요."

국주는 흥, 코웃음을 치며 대꾸했다.

"황아? 그 애가 뭘 할 수 있겠소? 걱정이나 끼치지 않으면 다행이지."

자신의 이름이 나오자 사련은 정신이 드는 것 같았다.

"황아 얘기는 되었소. 열몇 살짜리 애를 무슨 공주처럼 키웠어. 그 애가 알아도 무슨 소용이 있겠소. 공연히 걱정만 더하게 될 것을. 그 애는 하늘에서 잘 날아다니면 돼. 가능하면 아무것도 모르는 채로 자기 할 일을 해야지. 이제 그 애는 태자도 아니잖소. 인간 세상은 그 애와 상관없는 일이니, 실컷 날아다니게 두자고."

눈에 불을 켜고 자신을 나무라는 아버지의 목소리를 사련은 묵묵히 듣고만 있었다. 황후가 웃으며 국주를 살짝 밀었다.

"그 애가 공주인 거 이제 알았어요? 당신이 어릴 적부터 응석받이로 키워서 그렇잖아요? 왜 은근히 내 탓으로 돌려요?"

그녀는 말하다 말고 한숨지었다.

"그 아이는 다 좋은데 집 생각을 안 해. 예전에 황극관에서 수행했을 때도 걸핏하면 몇 달씩 돌아오지 않았잖아요. 그런데 등선하고 나서는 더 심해져서 삼 년이나 보질 못했어요. 언제쯤 만날 수 있으려나 모르겠네요."

그녀가 볼멘소리로 하소연하자 국주는 오히려 사련을 편들었다.

“여편네가 뭘 안다고. 천계의 규칙이 그러하다고 국사가 말하지 않았소. 한데 그 아이를 다시 평범한 인간 취급해서야 되겠소? 황아에게 돌아오라고 하는 건 그 애의 발목을 잡는 일 아니겠소?”

황후는 급히 대답했다.

“나도 그냥 좋을 대로 말해 본 겁니다. 그 애 앞에서 이런 부탁을 하진 않아요.”

그녀는 또 혼잣말로 중얼거렸다.

“신상을 보는 것도 좋지. 어차피 얼굴도 비슷하니. 도처에 널린 게 그 애의 신상이잖아.”

한참 두 사람을 지켜본 사련은 가슴이 시큰거렸다. 무언가가 목 안을 틀어막은 듯 답답하고 괴로워 더는 버티지 못할 것 같았다. 하지만 그는 모습을 드러낼 수 없었다. 천계의 규칙을 어기는 것은 두렵지 않았으나, 모습을 드러낸다 한들 마땅히 할 말이 없었다. 영안 가뭄에 대해서도 당장 내놓을 만한 해결책이 없었다. 갑자기 나타나면 부모님만 당황스러울 터였다.

그는 황궁에서 급히 물러나 바깥으로 빠져나왔다. 숨을 몇 번 깊게 들이마시고 나서야 마음이 가라앉았다. 정신을 다잡고 기운을 차린 그는 한숨만 쉬지 말고 움직이자, 그리 생각하면서 손으로 주문을 덧그려 흰 옷차림의 젊은 도사로 둔갑했다. 그러곤 황성을 한 바퀴 돌면서 곳곳을 측량하고 기록했다. 꼬박 하루를 바삐 뛰어다닌 끝에 확실한 답을 얻을 수 있었다.

선락 황성의 모든 강과 호수는 정말 예전보다 수위가 낮아졌다. 황극관에서 지내던 시절, 그는 몇 차례 몰래 산 아래로 내려가 선락국을 가로지르는 가장 큰 강, 낙하(樂河)에서 뱃놀이를 하곤 했었다. 그때만 해도 수면이 제방보다 약간 낮은 정도였는데 지금은 몇 자나 훌쩍 차이가 났다. 게다가 마을 주민들도 예전부터 이랬다고 입을 모아 말했으니 요 며칠 사이에 일어난 일은 결코 아니었다. 예전에는 신경도 쓰지 않았으나 지금 유심히 들여다보니 갖가지 섬뜩한 징후가 눈에 들어왔다. 처음에는 모정이 잘못된 정보를 전해 준 것이라 믿고 제 두 눈으로 직접 확인할 생각이었다. 하지만 모정이 늘 그래 왔듯이 그를 실망시키지 않았음을, 이제는 인정해야 했다.

모든 사실을 확인한 사련은 생각에 잠긴 채 강기슭에 우두커니 서 있었다. 이따금 행인들이 그의 어깨를 스치고 지나갔다. 웃는 얼굴로 고개를 까딱이는 사람, 호기심 어린 시선을 던지는 사람. 그보다도 대부분은 싱글싱글 웃으며 제 할 일을 했다. 얼마나 오래 서 있었을까, 하늘가에서 구름이 모여들었다. 부슬부슬 소리와 함께 사방에서 가랑비가 내리기 시작했다.

길을 가던 행인들이 바삐 머리를 가리고 하늘을 올려다보며 말했다.

"참 재수도 없군! 비가 오잖아! 얼른 돌아가세!"

"그래, 비는 딱 질색이야!"

빗방울이 후드득, 소리를 내며 사련의 얼굴과 몸을 때렸다. 그는 비로소 정신을 차리고 입속말로 중얼거렸다.

"비가 온다고?"

쏟아지는 비에 황성 사람들은 미처 피할 틈도 없었다. 선락국 한쪽에서 얼마나 많은 사람들이 이렇게 시원한 장대비를 간절히 기다렸는지는 하늘만이 알 터였다. 몇몇 사람들이 우산을 쓰고 달려가다가 비를 맞고 있는 사련을 보고 그를 홱 잡아당기며 재촉했다.

"도장 청년, 안 뛰고 뭐 하는 게요? 빗줄기가 점점 굵어지고 있소!"

사련도 얼떨결에 속도를 높여 사람들과 함께 긴 처마 아래로 달려갔다. 우산을 접은 사람들이 서로 유쾌하게 웃으며 말했다.

"오늘 집을 나서면서 구름이 잔뜩 낀 걸 보고 우산을 챙겼기에 망정이지, 하마터면 홀딱 젖을 뻔했어."

"비가 안 내린 지도 한참 됐잖아. 오랜만에 쏟아져서 그런가, 빗줄기가 굵어."

"이야, 보라니까! 또 억수로 쏟아지네! 금방 장대비가 되겠어!"

땅에 떨어진 빗방울은 산산이 부서져 사방으로 튀었다. 한없이 친근한 사람들의 말투에 사련은 여기가 자신이 나고 자란 곳이며, 이 사람들이 그가 잘 아는 선락국 백성임을 더욱 깊이 실감했다.

한담을 나누던 와중에 빗줄기가 차츰 약해지자 사람들이 말했다.

“지금 잦아든 김에 빨리 갑시다!”

다들 제각기 우산을 펴고 처마를 나섰다. 사련은 여전히 제자리에 서 있었다. 그를 돌아본 사람들이 몇 마디 상의하나 싶더니, 그중 한 사람이 다가와 낡은 우산 하나를 건네며 공손하게 말했다.

“젊은 도장, 혹시 못 가고 계신 겁니까? 아직 비가 제법 내리니 이 우산을 가져가 쓰시지요.”

사련은 그제야 정신을 차리고 물었다.

“고맙습니다. 그럼 당신은요?”

빗속에서, 앞쪽에 서 있던 몇 사람이 왁자지껄하게 외쳤다.

“우리도 우산이 있으니 같이 쓰면 됩니다! 그만 가자고!”

일행이 재촉하자 그 사람은 우산을 사련의 손에 쥐여 주고 곧장 뛰어갔다. 사람들은 찰박찰박 빗물을 밟으며 멀어졌다. 사련은 우산을 들고 잠시 서 있다가 문득 먼발치에서 허름하고 작은 사당 한 채를 발견했다. 그는 드디어 우산을 쓰고 빗속으로 나아갔다. 가까이 다가가니 사당 대문 좌우로 ‘몸은 무간에’, ‘마음은 도원에’라고 적힌 대련[#12]이 붙어 있었다. 역시 이 사당은 태자전이 맞았다.

삼 년 사이에 궁관 8천 채가 생겨났으니, 당연히 모든 사당이 태창산의 사당처럼 경탄을 자아낼 만큼 화려하지는 못했다. 개

---

**#12 대련** 문이나 기둥에 써 붙이는 대구(對句)

중에는 민간 평민들이 분위기에 휩쓸려 적당히 몇 채 세운 것들도 제법 많았다. 공덕함도 사당지기도 없이 흙으로 빚은 신상을 세우고, 접시를 늘어놓아 간식이나 과일 따위를 올리는 식이었다. 가끔 사려 깊은 누군가가 청소를 하다가 사당을 도맡아 관리하기도 했다.

이렇듯 볼품없는 태자전은 눈에 띄지 않는 한구석에 숨어 있기 마련이다. 사련은 안으로 들어서기도 전에 천진난만하다고 말할 수 있을 만한 태자 신상을 발견했다. 지나치게 알록달록한 옷, 분칠한 듯 새하얗고 큼직한 얼굴에 순박한 웃음까지. 말 그대로 커다란 인형 그 자체였다. 근심에 잠기지 않았더라면 그는 분명 웃음을 터뜨렸을 터였다.

이 삼 년간 사련이 본 태자상은 못해도 3천 개가 넘었으나 본인을 쏙 빼닮은 태자상은 한 번도 본 적이 없었다. 가장 닮아 봐야 7할 정도였고, 나머지는 너무 못생겼거나 너무 아름다웠다. 다른 신관들의 신상은 대부분 상당히 흉하게 조각되는데, 사련은 정반대였다. 어떤 신상은 본인이 민망할 정도로 심각하게 미화되기도 했다. 그는 흙으로 빚은 이 신상을 가볍게 훑어보고 말 생각이었다. 그런데 문득, 신상을 스쳐 가는 시선 끝에 새하얀 무언가가 밟혔다. 그는 다시 눈을 돌렸다.

이 투박한 진흙 태자상은 왼손으로 새하얀 꽃다발을 쥐고 있었다.

투명한 이슬이 살짝 맺힌 꽃잎은 무척 깨끗하고 여렸다. 공기

속을 희미하게 맴도는 맑은 향이 사랑스럽기도 했다. 보통 선락 태자상은 '한 손에 검을 들고 한 손에 꽃을 쥔' 자세로 조각된다. 하지만 왼손에 쥔 꽃은 당연하게도 황금이나 보석, 옥을 정교하게 다듬어 만든 꽃이다. 자신의 신상이 진짜 꽃을 든 모습을 본 건 사련도 이번이 처음이라, 저도 모르게 걸음이 앞으로 이끌렸다.

그는 자세히 들여다보고서야 깨달았다. 원래 이 진흙 태자상의 왼손은 흙으로 빚은 꽃을 들고 있었던 모양이다. 다만 신상을 만든 장인의 솜씨가 서툴러 꽃가지가 떨어진 것인지, 아니면 누군가가 장난으로 떼어 낸 것인지, 지금은 왼손의 주먹 가운데에 작은 구멍 하나만 남았다. 작고 하얀 꽃다발은 바로 이 작은 구멍에 꼭 맞게 꽂혀 있었다. 만약 누군가가 일부러 꽃을 꺾어다 이 흙 신상의 왼손에 쥐여 준 것이라면, 참으로 세심한 사람이 아닐 수 없었다.

그리 생각하고 있는데 불현듯 다급한 발소리가 들려왔다. 사련은 뒤를 돌아보는 대신 모습을 감추고 우산을 든 채 신대 위로 사뿐히 올라섰다. 그런 뒤에야 빙글 돌아서서 아래를 바라보았다. 사당 바깥, 희뿌옇게 쏟아지는 장대비를 뚫고 한 소년이 뛰어 들어왔다.

흠뻑 젖어 들어온 소년은 겨우 열둘이나 열셋 남짓 되어 보였다. 낡고 꾀죄죄한 옷차림에 얼굴에는 지저분한 붕대를 감고 있었다. 무언가 감싼 것인지 오른손으로 왼손 주먹 위를 빈틈없이 덮은 채였다. 소년은 사당에 뛰어들고서야 천천히 두 손을 펼쳤다.

작고 하얀 꽃다발이, 아이의 손안에서 조용히 피어났다.

사련은 무언가를 떠올리고 조용히 엇, 소리를 냈다.

붕대를 겹겹이 두른 이 얼굴은 삼 년 전에 만났던 그 어린아이를 연상케 했다. 하지만 확신할 수는 없었다. 비관적으로 생각하면, 홀로 태창산에서 달아난 아이가 정말 지금까지 삼 년을 더 살 수 있었을까?

이때 소년이 다가와 까치발을 딛더니 진흙 신상의 손에 있던 꽃을 꺼내 자신이 들고 있던 꽃다발로 바꾸었다. 신대 위에 앉은 사련은 또렷하게 볼 수 있었다. 새로 바꾼 이 꽃다발의 꽃잎은 한층 보드랍고 풍성하면서 함초롬했다. 향기도 훨씬 짙은 것을 보니 분명 지금 막 꺾어 온 것이다. 설마, 이 소년은 날마다 이 허름한 사당에 와서 진흙 신상의 왼손에 새로 꺾어 온 꽃을 쥐여 주는 걸까?

게다가 꽃을 바친 소년은 진흙 태자상 앞에 서서 합장을 하고 묵묵히 복을 빌었다. 남들처럼 다짜고짜 무릎부터 꿇는 대신, 사련의 말을 곧이곧대로 따르고 있었다.

장장 삼 년. 사련을 참배한 그 많고 많은 신도들 중에는 고관대작도, 이 시대의 명사도, 세간을 뒤흔든 인재도 있었다. 그런데 고작 열두세 살 먹은 이 아이가 처음으로 사련에게 진정한 '성심'을 보여 주었다. 하물며 옷차림도 초라해 화려한 금전에서는 들여보내 주지 않을 아이였다. 그러니 이렇게 허름한 사당에 와서 참배할 수밖에 없었으리라.

사련은 이 심정을 어떻게 설명해야 좋을지 알 수 없었다.

이때, 사당 문어귀에서 찰박찰박 물 밟는 소리가 들려왔다. 한 무리의 아이들이 우산을 쓰고 요란하게 뛰어가고 있었다. 그저 지나가는 길인 줄 알았는데, 웬일인지 사당을 지나친 소년들이 다시 뛰어오더니 진기한 무언가를 발견한 것처럼 손뼉을 마주치며 소리쳤다.

소년들은 사당 안에 있는 이 어린 신도와 엇비슷한 또래였지만, 하나같이 훨씬 키가 큰 것을 보니 부모님이 잘 먹여 키운 모양이었다. 게다가 명절이 가까워서인지 다들 새 옷에 알록달록한 꼬까신 차림이었다. 아이들은 사당 문어귀에서 발로 물장난을 치며 천진난만하게 웃었다. 악의라고는 털끝만큼도 찾아볼 수 없는 모습이었다. 마치 '못난이'라는 게 나쁜 말인지, 자신의 말이 누군가에게 상처가 되는지 전혀 모르는 것 같았다. 그저 순수하게 재미로 떠들어 댈 뿐이었다. 소년은 주먹을 꽉 부르쥐었지만 너무 자그마해서 조금도 위협적이지 않았다. 문밖에서 아이들이 거듭 소리쳤다.

"못난이가 오늘 또 사당에서 자려나 봐! 너 그러다 집에 가면 엄마한테 맞아 죽는다!"

사련은 미간을 구겼다. 소년의 붕대 아래로 드러난 한쪽 눈에 핏발이 돋았다. 소년은 주먹을 휘두르며 울부짖었다.

"난 집 같은 거 없어! 어머니도 없어! 그 사람은 내 어머니 아니야! 꺼져! 다 꺼지라고! 또 시비 걸면 전부 때려죽일 줄 알아!"

하지만 그 아이들은 겁도 없이 혀를 내밀면서 대꾸했다.

"배짱 있으면 때려 보든지! 네 아버지한테 다시 널 혼내 달라고 일러바칠 거야!"

한 아이도 눈을 흘기며 맞장구쳤다.

"맞아, 넌 엄마가 없지. 네 엄마가 널 버렸으니까. 게다가 집도 없어. 너희 집안사람들은 전부 널 싫어하잖아. 그러니까 이 구질구질한 사당에서……."

여기까지 말했을 무렵, 소년이 별안간 고함을 지르며 달려들었다.

덩치는 작아도 기세만큼은 충분했다. 벼락같은 목소리에 몇몇 아이들이 겁먹고 도망치려 하자 소년과 엉켜 싸우던 아이가 소리쳤다.

"뭘 겁내! 쪽수는 우리가 더 많다고!"

그러자 다들 방향을 틀더니 와르르 달려들어 소년을 붙잡고 때렸다. 이제 더는 지켜볼 수가 없었다. 사련은 손을 한번 흔들었다. 허공에 나타난 난데없는 괴력이 아이들을 둘로 갈라놓았다. 곧이어 땅 위로 세찬 물보라가 날아들어 아이들을 줄줄이 내동댕이쳤다.

역시나 아이들은 아이들이었다. 영문도 모른 채 나가떨어져 흙탕물을 먹고, 새 옷도 온통 젖어 저들이 비웃던 상대보다 더럽고 못나지자 시원한 웃음소리는 금세 서러운 울음소리로 변했다. 바닥에서 일어난 아이들은 훌쩍거리며 우산을 들고 냉큼 꽁무니를 뺐다.

사련은 고개를 내저었다. 사악한 요귀를 베고 평안한 여행길을 보우하는 어엿한 무신 신분으로 꼬마들의 싸움에 개입한 건 처음이었다. 나쁜 쪽을 쫓아냈으나 성취감은 눈곱만큼도 들지 않았다. 소년을 돌아본 그는 조금 멍해졌다.

혼란한 틈에 소년의 머리에 감긴 붕대가 반쯤 풀려 있었다. 드러난 얼굴 절반은 멍과 붓기로 울긋불긋했다. 분명 방금 맞아서 생긴 게 아니었다. 사련이 자세히 살펴보기도 전에 소년은 말없이 붕대를 고쳐 감더니, 진흙 신상의 발치에 무릎을 껴안고 앉았다.

본디 사련은 풍신과 모정을 불러 긴히 말을 전할 생각으로 이 태자묘에 온 것이었다. 하지만 예상 밖으로 마주친 꼬마에게 자꾸만 마음이 쓰였다. 그는 두 사람에게 소집령을 내린 다음 다시 한쪽에 쪼그려 앉아 소년을 들여다보았다. 머지않아 소년의 배에서 꼬르륵 소리가 새어 나왔다. 공양 접시에는 간식과 과일이 몇 개 있었다. 바싹 말라붙어 그다지 맛있어 보이지는 않았지만 없는 것보다야 나았다. 사련은 하나를 골라 소년에게 살짝 던져 주었다.

과일에 맞은 소년은 두 손으로 머리를 더럭 감싸 쥐고 움츠러들었다. 마치 몸에 날아든 게 돌이라도 되는 듯, 곧 더 많은 돌이 날아오기라도 할 듯이 방어적인 몸짓이었다. 한참이 지난 후에 소년은 사방을 두리번거렸다. 그제야 날아온 물건의 정체가 과일이고, 이 자리에는 다른 사람이 없다는 것을 알아차렸다. 소년은 잠시 망설이다가 과일을 주워 옷에 쓱쓱 문지르고는 공양 접시에 도로 올려놓았다. 배를 곪는 한이 있어도 쟁반의 공물은 입에 대지 않겠다는 태도였다.

뒤이어 소년은 문어귀로 걸어가 사당 밖으로 쏟아지는 장대비를 바라보았다. 먹을 것을 찾으러 가려는 모양이었다. 하지만 비가 너무 많이 내리고 있었다. 다시 비를 맞고 싶지 않았던 소년은 진흙 신상의 발치로 되돌아와 몸을 누이고 웅크렸다.

이때 명을 받은 풍신과 모정이 서둘러 도착했다. 두 사람은 사당 뒤편에서 돌아 나왔다. 풍신이 울적한 투로 말했다.

"전하, 이렇게 작은 태자묘는 또 어디서 찾으셨습니까? 왜 여기서 말을 전하시려는 건데요?"

다시 고개를 숙인 순간, 바닥에 둥글게 몸을 말고 누운 누군가가 보였다. 겨우 발을 피하면서 풍신이 고함쳤다.

"젠장, 웬 꼬마가 다 있어?"

모정도 고개를 숙여 가만히 살펴보고는 곧장 물었다.

"전하, 혹시 삼 년 전에 태창산에서 도망친 그 아이입니까?"

사련은 고개를 가로저었다.

"확실하진 않아. 이름도 모르고 얼굴이 어떻게 생겼는지도 모르거든."

세 사람은 아무것도 모르는 꼬마를 둘러싸고 몇 마디를 주고받았다. 소년은 땅 위에서 몸을 뒤척이더니 얼굴을 한번 문질렀다. 코와 입가에서 피가 잔뜩 묻어났다. 그 모습을 본 사련은 아이를 계속 저대로 내버려 두면 안 되겠다고 마음을 굳혔다.

“우선 아이를 내보내자. 날이 어두워졌어. 이 사당은 밤을 보내기에 좋은 장소가 아니야.”

풍신이 말했다.

“갈 곳이 없는 거 아닙니까? 그렇다면 여기서 밤을 보낼 수밖에 없을 텐데요.”

사련이 대답했다.

“집은 있어. 별로 좋은 것 같지는 않지만. 하지만 이 사당도 마찬가지야. 우선 밖으로 내보내야 음식이라도 찾아 주지. 게다가 몸에 상처도 있잖아.”

그러나 모정이 말했다.

“전하. 송구한 말씀이지만, 지금은 이런 사소한 일을 신경 쓰실 때가 아닙니다. 저희를 부르셨는데, 뭔가 결단을 내리신 겁니까?”

지금껏 상천정에는 온 신도들의 기원을 빠짐없이 받아 주는 신관이 아무도 없었다. 세상에 신도가 수천만인데 한 사람씩 돌보다간 귀찮아 죽어 버릴지도 몰랐다. 그래서 너무 하찮거나 미묘한 기원들은 못 들은 척 넘겨, 이런저런 번거로움을 덜기도 했다. 하지만 사련은 너무 어리고 혈기 왕성한 탓인지 아직은 이런 융통성 있는 대처를 배우지 못했다. 짧은 고민 끝에 그는 행인이 건네준 우산을 들고 사당 밖으로 나갔다.

사련은 천천히 우산을 펼쳤다. 빗방울이 투둑투둑 소리를 내며 우산 위를 때렸다. 바닥에 웅크린 소년은 이 소리를 듣고는 누군가 다가오는 줄 알고 몸을 꼼지락댔다. 그러다 누가 오든 무슨 상관인가 싶어졌는지 제자리에 도로 누웠다. 사련은 펼친 우산을 문어귀에 내려놓았다. 소년은 계속되는 빗방울 소리에 이상한 낌새를 느끼고 몸을 일으켰다. 비가 쏟아지는 바닥에 붉은 우산이 비스듬히 놓여 있었다. 외로이 피어난 붉은 꽃 같은 그 모습에, 소년은 어안이 벙벙해졌다.

그 소년이 달려가 우산을 끌어안자 모정이 말을 꺼냈다.

"전하, 이만하면 됐습니다. 너무 뻔한 행동을 했다가 아이에게 들키면 귀찮아질 겁니다."

사련이 미처 대답하기도 전이었다. 다시 안으로 달려온 소년이 그들의 뒤에서 큰 소리로 외쳤다.

"태자 전하!"

세 사람은 화들짝 놀라 나란히 뒤를 돌아보았다. 소년은 우산을 끌어안은 채, 벅찬 감정에 눈시울을 붉히고 진흙 신상을 올려다보며 소리쳤다.

"태자 전하! 전하 맞으시죠?"

풍신은 아까 사련이 이 소년을 위해 아이들을 내쫓아 준 것도, 과일을 던져 준 것도 모르고 신기하다는 투로 말했다.

"제법 똑똑한 꼬마네. 진짜 눈치챘잖아."

하지만 모정은 무슨 일이 있었는지 대강 짐작한 듯, 사련을 흘긋 쳐다보았다.

소년이 다시 외쳤다.

“만약 여기에 계신다면, 제 질문에 대답해 주세요!”

드높은 신단에 앉아 있는 날마다 사련은 ‘부디 현신해 주세요’라는 말을 수도 없이 들었다. 어떤 목소리든 자주 들으면 무뎌지기 마련이다. 하지만 이런 목소리가 들릴 때마다 사련은 눈길을 돌리지 못하고 걸음을 멈추곤 했다. 곁에 있던 모정이 넌지시 충고했다.

“전하, 상대하실 필요 없습니다.”

사련은 묵묵부답이었다. 소년은 양팔로 우산을 꼭 끌어안은 채 이를 악물고 말했다.

“저는 너무 고통스러워요! 하루하루 죽고 싶은 생각만 들어요. 이 세상 모든 인간들을 죽인 다음 저 자신도 죽어 버리고 싶어요! 사는 게 너무 괴로워요!”

열두세 살짜리 꼬마가 이런 말을 외치는 꼴이 퍽 우습기도 하고 애처롭기도 했다. 그러나 자그마한 몸에서 터져 나오는 무언가가 아이의 분노와 비명을 지탱해 주고 있었다.

풍신이 미간을 구기며 말했다.

“왜 저러는 거야? 이 세상 사람들을 다 죽이겠다니, 이게 어린애가 할 소리인가?”

모정이 담담하게 말했다.

“너무 어려서 그래. 좀 더 자라면 지금 겪는 일들이 별것도 아니었다는 걸 깨닫게 되겠지."

곧이어 모정은 사련을 바라보며 말했다.

"이 세상에 고통받는 사람이 얼마나 많습니까. 영안에 닥친 가뭄만 해도 그렇습니다. 어떤 영안인이든 저 아이보다 괴롭겠지요. 너무 신경 쓰지 마십시오. 전하께선 해야 할 일을 하시면 됩니다."

사련은 작은 목소리로 말했다.

"그럴지도 모르지."

누군가의 고통이란, 아마 다른 사람에게는 하잘것없이 작은 고민일지도 모른다.

소년은 고개를 들고 신상을 바라보았다. 한쪽 눈이 무섭도록 붉어졌으나 눈물은 흘리지 않았다. 한 손으로는 우산을 끌어안고, 다른 한 손을 내밀어 진흙 신상의 옷자락을 그러쥐며 소년이 물었다.

"전 대체 왜 이 세상에 살아 있는 건가요? 사람의 삶에는 대체 무슨 의미가 있어요?"

긴 침묵 속에서 돌아오는 대답은 없었다. 진작에 예상한 결과였는지, 소년은 천천히 고개를 떨어뜨렸다.

이때였다. 문득 한 목소리가 정적을 깨고 위쪽에서 울려 퍼졌다.

"어떻게 살아야 할지 모르겠다면, 나를 위해 살아가렴."

곁에 있던 풍신과 모정은 그가 정말로 대답할 줄은 꿈에도 생각지 못했다. 게다가 이런 대답이라니. 두 사람은 눈을 휘둥그레 떴다.

"……전하?"

소년은 세차게 고개를 쳐들었다. 눈앞에 보이는 사람은 없었다. 그저 진흙 신상에서 부드럽고 희미한 목소리가 흘러나올 뿐이었다.

"네가 한 질문은 나도 어떻게 대답해야 할지 모르겠구나. 하지만 네가 삶의 의미를 모르겠다면, 우선 나를 그 의미로 삼아 보렴."

풍신과 모정의 얼굴은 당장이라도 쪼개질 것 같았다. 두 사람은 동시에 사련의 입을 향해 손을 뻗으며 버럭 소리쳤다.

"그만하십시오, 전하! 규율을 어기셨습니다! 규율 위반이라고요!"

두 사람에게 입을 틀어막히기 직전, 사련은 서둘러 다시 한마디를 외쳤다.

"꽃 고마워! 참 곱더라, 정말 마음에 들어!"

## 33장 내리지 않는 비, 우사에게 삿갓을 빌리다

그 소년은 제자리에 꼼짝없이 얼어붙었다.

풍신과 모정은 팔다리를 몇 개 더 붙여서라도 사련의 입을 틀어막고 싶었다. 가까스로 사련을 끌어 내렸지만 그는 두 사람을 단번에 뿌리쳤다.

"알았어! 그만할게! 규율 어긴 거 알아. 너희들이 못 들은 척하면 되잖아. 너희들만 입 다물면 아무도 모를 거야. 딱 이번 한 번만. 밖에 말하지 마. 알았어?"

모정은 입에 버선이라도 처박힌 듯한 표정으로 고개를 내저으며 중얼거렸다.

"어쩜 그리…… 당당하게 '나를 위해 살렴' 같은 말을 하실 수가, 정말……."

별다른 생각이 없었던 사련은 모정의 말을 듣자 어쩐지 민망한 기분에 얼굴이 후끈 달아올랐다. 풍신이 냉큼 정색하며 말했다.

"됐어. 그만하시겠다는데 뭐 하러 또 말을 꺼내."

정작 본인도 입가를 실룩거리고 있었다. 지켜보던 사련이 결국 변명을 덧붙였다.

"왜, 뭐가 어때서. 내 말은 분명 도움이 됐다고. 봐 봐."

소년은 한참을 멍하니 앉아 있었다. 그러다 사련의 목소리가 더는 들리지 않자, 얼굴을 힘껏 문지르고는 제상에서 공양 접시를 가져와 품에 안고 버석하게 말라붙은 과일과 간식을 먹기 시작했다. 우악스럽게 음식을 씹는 모습이 작은 동물처럼 애처롭고도 사나웠다. 사련은 허리를 숙여 소년을 바라보더니 웃는 얼굴로 두 사람을 향해 말했다.

"너희들, 봐 봐. 도움이 됐잖아. 아까는 안 먹었는데 지금은 먹고 있어."

모정이 말했다.

"네, 네, 도움이 됐네요. 전하는 신이시니까요."

풍신도 말했다.

"그렇고말고요. 도움이 됐네요. 전하는 신이시니까요."

"……."

사련은 표정을 진지하게 바로잡았다.

"그래, 난 신이지. 너희들을 부른 건, 확실히 결단을 내렸기 때문이야."

이 말이 나오자 잠시나마 느슨했던 분위기가 다시 무거워졌다.

"어찌하실 겁니까?"

풍신에 이어 모정도 물었다.

"계속 관여하실 겁니까?"

사련이 대답했다.

"그래야지. 방법은 간단해. 선락국 내의 물이 부족하다면 선락 바깥의 나라로 간다."

모정은 머뭇거리며 말했다.

"다른 나라로 간다고요? 너무 멀지 않겠습니까? 아마 물을 관장하는 신관의 법보를 빌려야 할 텐데요. 더구나 다른 나라에 주둔하는 신관들이 꼭 동의하리란 법도 없고요."

물론 사련도 이 점을 고려하고 있었다.

"일단 시도해 볼게. 아무것도 안 하는 것보다야 낫겠지. 너희는 영안에 남아서 위중한 지역부터 서둘러 구제하도록 해. 난 상천정으로 돌아갈게. 질문 있어?"

풍신이 대답했다.

"없습니다. 뒤는 맡겨 주십시오."

모정은 잠시 고민하더니 다시 물었다.

"그러면 전하, 이쪽 태자전 신도들의 기원은요?"

사련이 대답했다.

"그것도 말하려던 참이야. 우선 네가 급한 것만 골라서 대신 해결해 줘. 크게 중요하지 않은 건 미뤄 놓아도 돼."

모정은 썩 낙관적인 표정은 아니었으나 꿋꿋하게 대답했다.

"당신은 태자 전하시니, 말씀대로 하겠습니다. 하지만 너무 오래 미루시지 않는 편이 좋을 겁니다."

사련이 두 사람의 어깨를 두드려 주자, 풍신과 모정은 예를 올리고 곧장 물러갔다. 자그마한 사당 안에는 다시 사련과 그 아이만이 남았다. 사당을 나선 사련은 뒤를 한번 돌아보았다. 그러고는 더 지체하지 않고 선경을 향해 걸음을 재촉했다.

사련은 물을 관장하는 신관들을 찾아갈 생각이었다. 그런데 이상하게도 하필이면 먼저 점찍어 둔 신관들이 자리를 비우고 없었다. 유일하게 남은 우사는 아예 선경에 거처를 두지 않았다. 사련은 선경 거리를 누비던 도중에 관문서 더미를 든 검은 옷의 문관과 마주쳤다. 그녀가 싱긋 웃으며 말했다.

"태자 전하, 드디어 돌아오셨군요."

사련은 부리나케 물었다.

"남궁, 마침 잘 만났네요. 우사의 관저가 어디에 있는지 아세요?"

이 검은 옷을 입은 여인의 이름은 남궁걸로, 하천정 소속 하급 문관이었다. 사련이 등선한 뒤로 각종 자질구레한 일들을 그녀가 맡아 전달하고 처리해 주었다. 소식이 빠르고 일 처리도 깨끗해 제법 호감이 가는 인물이었다.

"지금 우사 대인께선 아직 관저가 완공되지 않아 잠시 남쪽의 우사국에 머물고 계십니다."

그녀는 우사의 거처가 있는 방향을 손끝으로 가리켜 알려 주곤 다시 물었다.

"우사 대인은 왜 찾으십니까?"

"급한 볼일이 있어서요. 고맙습니다."

사련은 자리를 뜨려다 말고 되돌아섰다. 가볍게 헛기침을 한 그가 쭈뼛쭈뼛 말했다.

"남궁. 남궁은 상천정의 신관들을 잘 알잖아요. 혹시 우사 대인께서 뭔가…… 특별히 좋아하시는 게 있는지 알 수 있을까요?"

보통 선경에 새로 부임한 신관들 가운데 제법 영리한 사람들은 같은 천정 소속 신관들의 궁관을 찾아가 선물을 보내곤 했다. 바로 체면을 세워 주기 위함이다. 거의 불문율로 자리 잡은 일이었지만, 사련은 갑자기 선경에 오른 탓에 미처 언질을 받지 못했다. 나중에 국사가 일러 주었을 때는 이미 적당한 시기를 놓친 뒤라 다시 보내기가 어색했다. 게다가 뇌물을 주고받는 인간 세상의 탐관오리들이 연상되는 바람에 태자 신분으로서도 거부감을 느꼈다. 그래도 결국에는 이 순리를 따르기로 했다. 분명 언젠간 진실하고 정당한 방식으로 동료들과 친분을 쌓을 기회가 올 터였다.

청렴한 모습을 자랑해 놓고 이제 와서 신관들이 무엇을 좋아하는지 묻고 있는 꼴이라니. 남을 뇌물로 매수하려는 것 같아 부끄러움이 앞을 가렸다. 하지만 뾰족한 수가 없었다. 선경에 거처를 둔 신관들은 적어도 통령진에서 대화를 나눈 적이 있으니 도움을 청하기가 수월했다. 하지만 우사와는 아무 교집합이 없으면서도 처음 방문하는 것이니, 법보를 거저 빌린다는 오해를 살까 봐 부끄러웠다.

남궁걸은 빠르게 사련의 말뜻을 알아챘다.

"송구하지만 전하께 도움을 드리지 못할 것 같네요. 우사 대인이 워낙 조용하신 분이라서요. 저뿐 아니라 온 천계에서 대인의 개인적인 취향을 아는 사람은 없을 겁니다. 죄송합니다."

사련의 얼굴이 조금 붉어졌다.

"괜찮습니다. 신경 쓰지 않아도 돼요. 고마워요."

남궁걸이 말을 덧붙였다.

"하지만 긴한 용건 때문이라면 직접 찾아가 보셔도 괜찮습니다. 우사 대인의 성정이라면 전하를 만나 주실지도 몰라요."

사련은 거듭 감사를 표하고 그녀가 알려 준 대로 남쪽으로 내려가 우사가 머무르는 지역에 도착했다.

사련이 도착한 곳은 작은 마을이었다. 산과 강이 수려하게 펼쳐진 곳이었으나 그는 풍경을 감상할 기분이 전혀 아니었다. 논두렁을 따라간 끝에 '우(雨)'라는 글자가 새겨진 비석이 나타났다. 이치대로라면, 이 비석 뒤편부터가 우사의 임시 구역이고 여기서 일하는 자들 역시 우사의 수하들일 터였다. 길을 걷는 내내 사방으로 짙푸른 논밭이 펼쳐졌다. 안에는 음매, 하고 우는 소와 뱅글뱅글 돌아가며 물을 퍼 올리는 수차, 부지런히 모를 심는 농부들이 있었다. 논밭 가장자리에는 비뚜름한 초가집이 서 있었다. 우아한 선풍도골의 분위기라고는 눈을 씻고 보아도 없었다. 사련은 자신이 잘못 찾아온 게 아닌가 의심스러워졌다. 여기는 그저 한구석에 외떨어진 허름한 시골 마을 아닌가?

사련이 의심에 빠진 그때였다. 땅을 갈던 검은 소가 갑자기 '음매' 하고 길게 울부짖더니, 사람처럼 일어서서 앞발을 쭉 뻗고 직접 쟁기를 벗었다. 튼실한 몸뚱이가 서서히 가늘어지고, 기다란 주둥이도 갈수록 짧아졌다. 소는 눈 깜짝할 사이에 윤기 있는 털이 자르르한 검은 소에서 웃통을 벗은 농부로 변했다.

이 농부는 몸집이 크고 건장했다. 근육이 뚜렷한 몸에 각진 얼굴 윤곽, 매끈한 쇠코뚜레를 코에 차고 입에는 풀잎을 한 가닥 물고 있었다. 다른 농부들은 이 무시무시한 변신을 보고도 익숙하다는 듯이 밭일을 계속했다. 사련은 그제야 여기 사람들이 평범한 인간이 아니라는 것을 확신했다. 앞으로 다가간 그가 두 손을 맞잡고 공수하며 말했다.

"실례합니다, 도우. 혹시 우사 대인이 이곳에 머물고 계시나요?"

검은 소였던 그 농부가 언덕가를 가리키며 말했다.

"그래. 우사 대인께선 저쪽에 사신다."

"……."

사련은 몇 번을 다시 본 끝에 확신했다. 그가 가리킨 방향에는 바람이 불면 쓰러지고 비가 오면 빗물이 샐 것 같은 초가집 한 채뿐이었다.

민간에서 가장 초라하게 지은 태자전도 저 초가집에 비하면 훨씬 번지르르했다. 사련은 의문에 사로잡혔다. 소문에 따르면 우사 대인은 등선하기 전에 우사국(雨師國) 황족의 후손이었다고 했다. 그가 귀한 보석 따위를 선물로 준비하지 않은 건 바로 이런 연유에서였다. 아마 우사도 사련처럼 그런 물건에는 감흥이 없을 터였다. 하지만 왜 선경에 올라 놓고도 이리 빈궁하게 지내는 걸까? 어쩌면 수련의 일종일지도 모른다.

사련은 깍듯하게 예의를 갖추어 농부에게 감사를 표한 다음, 초가집에 가까이 다가가 바깥에서 목청 높여 말했다.

"우사 대인, 선락 태자 사련이 실례를 무릅쓰고 뵙기를 청합니다. 미리 연락드리지 못한 점, 부디 양해해 주셨으면 합니다."

집 안에서는 아무 소리도 나지 않았다. 아까 그 농부가 쟁기를 끌며 이쪽으로 다가왔다.

"오? 당신은 열일곱 나이에 선경에 올랐다는 그 태자 전하?"

사련이 대답했다.

"부끄럽습니다."

농부가 다시 말했다.

"부끄러울 것까지야. 다 사실 아니오. 한데 우사 대인께선 원체 사람을 잘 만나지 않으시고 최근에 부상까지 입으셔서, 아마 댁을 만나러 나오지 못하실 것이오."

그 말에 사련은 조금 실망했지만 시도라도 해 보자는 마음으로 입을 열었다.

"그럼 대신 말씀을 전해 주실 수 있습니까? 긴히 부탁드릴 일이 있습니다. 일단 들어 보시고, 대인께서 정 어려우시다면 절대 강요하지 않겠습니다."

농부는 히죽히죽 웃으며 말했다.

"말을 전할 것도 없소. 우린 댁이 뭘 하러 왔는지 알거든. 선락국에 물이 부족해서 심정이 말이 아니겠소이다?"

이 말을 들은 사련은 한순간 멍해졌다.

"선락국의 사정을 알고 계십니까?"

농부가 대답했다.

"알고말고. 후미진 산골 구석에 틀어박혀 있는 우리뿐만이 아니오. 지금 선락국에 큰 재난이 닥쳤다는 걸 누가 모르겠소? 댁은 자기 나라 사정을 잘 모르는 모양인데, 남들은 하루 종일 댁을 빤히 노려보느라 댁보다 잘 알거든. 어쩌면 속으로 기뻐하고 있을지도, 하하. 이재민을 구제해야 하니 법보를 빌려주십사, 대인께 그리 부탁하러 온 거지?"

그가 정곡을 찌르고 나서야 사련은 깨달았다. 상천정의 신관들은 때마침 자리를 비운 것이 아니었다. 그가 온 이유를 빤히 알면서도 공연히 휘말리고 싶지 않아 일부러 문을 닫아걸었거나 일찌감치 도망쳤던 것이다. 그는 한숨을 내쉬며 생각했다.

'애초부터 궁관을 일일이 찾아가 선물을 바쳤으면 일이 수월하게 풀렸을까?'

그리 생각하니 조금 서글퍼졌다. 그가 나직한 목소리로 입을 열었다.

"말씀대로입니다. 혹 우사 대인께서 불편하시다면 절대 귀찮게 매달리지 않겠습니다."

그런데 농부가 되물었다.

"왜 매달리지 않지? 체면 때문에? 다른 것도 아니고 댁네 백성들의 생사가 달린 일인데, 죽기 살기로 매달려야 하지 않소? 차마 굽히고 들어오지는 못하겠다? 젊은 사람이 이리 인내심이 부족해서야 쓰나. 내 솔직히 말하겠는데, 우사 대인께서 댁을 돕는 건 인정이고 돕지 않는 것은 본분일세. 기분이 좋으면 빌려주는 것뿐이지, 안 빌려줘도 나중에 원망하면 안 돼."

사련도 농부의 말이 일리가 있다는 것을 알았다. 하지만 가뜩이나 머리가 아픈 상황에 썩 우호적이지 않은 말투를 들으니 순간 속이 치밀었다. 그는 고개를 바짝 들고 정색하며 말했다.

"무슨 말씀을 하시는지 잘 압니다. 저 역시 뒤에서 원망할 생각은 전혀 없습니다. 한데 왜 벌써 그런 걱정을 하십니까? 귀찮게 하지 않겠다고 말씀드린 건 우사 대인께 공연한 폐를 끼치고 싶지 않아서였습니다. 하지만 우사 대인께서 괜찮으시다면, 제가 매달려서라도 법보를 빌릴 수만 있다면, 8천 궁관에 예를 올리고 머리를 조아리며 백 번 절하라고 해도 그게 어렵겠습니까?"

그 농부는 하하, 소리 내어 호탕하게 웃었다.

"화난 거요? 성질머리가 어린애로구먼. 받으시오!"

사련은 손을 들어 농부가 던진 푸릇한 대나무 삿갓을 받았다. 다름 아닌 농부가 등에 메고 있던 삿갓이었다. 사련이 물었다.

"뭡니까?"

농부가 대답했다.

"댁이 빌리려던 물건. 댁이 오면 주라고 우사 대인께서 내게 미리 맡겨 두셨소. 조심해서 쓰시오. 망가뜨리면 우리가 가만두지 않을 테니까."

사련은 눈을 휘둥그레 뜨고 다시 물었다.

"왜 빌려주시는 거죠?"

"방금 얘기했잖소, 기분이 좋으면 빌려준다고. 다른 신관들은 댁을 거절하는데 우사 대인께선 꼭 빌려주고 싶다고 하시더군. 그분 마음 가는 대로 하는 거지."

사련이 연신 외쳤다.

"고맙습니다, 고맙습니다!"

농부가 말을 덧붙였다.

"벌써부터 좋아하지는 마시오, 태자 전하. 우사 대인께선 한참 먼저 등선하셨지만 댁보다 신도가 적고 법력도 훨씬 부족하거든. 게다가 부상까지 입으셔서 법보를 빌려줄 수만 있을 뿐, 나머지는 당신 하기에 달렸소. 먼 곳의 물로는 당장 갈증을 풀지 못하는 법. 마찬가지로 이 '우사립'은 비를 옮길 수만 있지, 물을 만들어 내진 못하오. 선락국의 물이 부족하면 다른 나라에 가서 빌릴 수밖에 없잖소. 한데 그 다른 나라들은 마음을 정하지 못했지. 반면에 우리 우사국은 늘 물이 넉넉한 편이오. 그러나 이렇게 먼 거리라면 한번 쓸 때마다 법력이 크게 소모될 거요. 댁의 법력이 아무리 많아도 결국 바닥나는 때가 오게 돼."

그래도 자기 법보를 생판 남에게 빌려주는 것이 얼마나 어려운 일인지, 사련은 누구보다 잘 알았다. 그는 초가집을 향해 깊이 허리를 숙이며 말했다.

"우사 대인께서 흔쾌히 도와주신 것만으로도 감사할 따름입니다. 이 큰 은혜를 어찌 말로 갚겠습니까. 훗날 제가 도울 만한 일이 생긴다면 언제든 부르셔도 좋습니다. 그럼 이만 물러가겠습니다!"

법보를 빌린 그는 곧바로 남쪽에서 호수와 강을 찾아 우사립에 호수 물을 두둑하게 담고 천 리를 뛰어넘어 선락국 영안으로 되돌아왔다. 그러고는 가뭄이 가장 심한 마을인 낭아만을 찾아가 구름 위에서 삿갓을 뒤집었다.

이윽고 하늘에서 가랑비가 내리기 시작했다. 사련은 구름에서 뛰어내려 두 발을 땅에 디뎠다. 초주검이 된 마을 사람들은 현실을 믿을 수가 없었다. 누군가는 문을 박차고 나가 비를 맞으며 기쁨에 날뛰었고, 또 어떤 이는 얼굴이나 발을 씻는 대야들을 허겁지겁 꺼내 비를 받았다.

이 모습을 본 사련은 겨우 한숨 돌리고 미소를 지었다. 이때, 누군가의 목소리가 멀리서 자신을 불렀다.

"태자 전하!"

그는 뒤를 돌아보았다. 표정을 굳힌 모정이 나무 뒤에서 돌아나오고 있었다. 그 심상치 않은 안색에 사련은 불안한 예감이 들었다.

"왜 그래? 무슨 일이 생겼어?"

## 34장 닫힌 성문, 영안의 살길을 끊다

모정이 입을 열었다.

"전하, 어찌 며칠이 지나서야 오십니까?"

얼떨떨해진 사련이 되물었다.

"그렇게까지 오래 걸렸나?"

사방을 쏘다니고, 선경에 올랐다가 땅에 내려오고, 호수 물을 담고, 구름에 올라 비를 내렸다. 밤낮을 가리지 않고 일하느라 시간 가는 줄도 몰랐던 것이다. 모정이 대답했다.

"꼬박 며칠이 지났습니다! 태자전 신도들의 기원이 산더미처럼 쌓였습니다."

이때 사련은 빗줄기가 가늘어진 것을 느끼고 손을 내밀며 말했다.

"내가 일단 급한 것부터 처리하라고 했잖아?"

모정이 대답했다.

"물론 처리할 수 있는 건 전부 처리했습니다. 다만…… 저희 선에서 손을 댈 수 없는 기원이 대부분이었습니다. 그래서 저번에 전하께 너무 오래 미루지 마시고 빨리 돌아오시라고 말씀드린 겁니다."

말을 마치자, 비도 멎었다. 비가 지속되는 시간은 사련이 상상했던 것보다 훨씬 짧았다. 순간 마음이 무겁게 가라앉았다. 허공의 먹구름이 서서히 걷히더니 푸른 대나무 삿갓이 사뿐하게 떨어져 내렸다. 그는 두 손을 내밀어 삿갓을 받고 입을 열었다.

"하지만 지금 상황을 봐. 나도 몸을 뺄 여유가 없어."

모정이 미간을 찌푸리며 물었다.

"전하, 우사의 법보를 빌리셨습니까? 이건 어디서 옮겨 온 물입니까?"

"남쪽의 우사국."

"그렇게 멀리서요? 한 번 물을 옮기려면 법력이 제법 소모될 텐데요? 더군다나 비가 내리는 범위도 좁고 오래가지 못하는데, 이렇게 법력을 써 버리시면 태자전 신도들의 기원은 어찌 처리하시려고요?"

모정이 말할 필요 없이 사련도 잘 알고 있었다. 그는 무신이고, 태자전의 신도는 신전을 일으키는 토대이자 법력의 원천이었다. 지금 그의 행동은 본말을 전도하겠다는 것이나 다름없었다. 자칫하면 양쪽 다 제대로 돌보지 못하게 될지도 몰랐다. 하지만 이 외에 뾰족한 수가 더 있을까?

사련이 대답했다.

"나도 알아. 하지만 이대로 가다가 영안에서 폭동이라도 일어나면 태자전도 영향을 받게 될 거야."

"폭동이라면 벌써 일어나기 직전입니다!"

모정의 말에 사련이 흠칫했다.

"뭐?"

그는 모정의 보고를 듣고 속히 선락 황성으로 돌아갔다. 신무대로에 도착하자, 때마침 완전 무장을 하고 무기를 든 황실 사병들과 마주쳤다. 그들은 남루한 옷차림에 목과 손에 칼을 씌운 사내들을 압송해 가고 있었다. 거리 양쪽으로 몰려든 백성들은 저마다 격분한 기색을 감추지 못했다. 풍신은 검은 활을 들고 전투태세를 갖춘 채였다. 아무래도 양쪽 백성들의 폭동에 대비하려는 것 같았다. 사련이 외쳤다.

"풍신! 지금 압송되는 사람들은 뭐야? 무슨 일을 저질렀어? 어디로 가는 거야?"

풍신이 그의 목소리를 듣고 성큼 걸어왔다.

"전하! 이들은 다 영안 사람들입니다."

줄줄이 끌려가는 사내 수십 명은 하나같이 키가 훌쩍 크고 마른 데다 피부색이 조금 진했다. 노인 몇 명, 그리고 겁먹은 표정의 부녀자와 아이들이 사내들을 압송하는 사병의 뒤를 따르고 있었다. 사련이 물었다.

"저 뒤로도 전부?"

모정이 대답했다.

"전부입니다."

지난 몇 달간 영안에 큰 가뭄이 이어지자, 영안에 정착해 살고 있던 사람들이 연이어 동쪽으로 피난을 온 것이다. 수십 명 즈음에는 뚜렷하게 티가 나지 않았으나, 앞서거니 뒤서거니 밀려든 사람들이 이제는 5백여 명에 달했다. 이 5백 개의 새까만 머리가 한데 모여들면 상당한 진풍경이 펼쳐질 터였다.

이 영안인들은 이 낯선 땅에 아는 사람도 가진 것도 없는 처지였다. 게다가 입만 열면 외지 사투리가 고스란히 흘러나오니, 생소하고 번화한 도시에 온 뒤로는 자연스레 서로의 온기를 찾아 모여들었다. 그들은 선락 황성 곳곳을 돌아다닌 끝에 아무도 살지 않는 녹지를 찾아냈다. 그렇게 기쁜 마음으로 그 땅에 잠시나마 몸을 뉠 판잣집을 지었다.

다만 공교롭게도, 이 녹지는 사람이 살지는 않을지언정 황성 사람들이 깊이 선망하는 땅이었다. 황성 사람들은 향락 풍조가 몸에 밴 선락인 중에서도 보통 유별난 게 아니었다. 많은 백성들은 심심하고 한가할 때면 그 녹지에 가서 거닐고, 춤을 추고, 검법을 익히고, 시를 읊고, 그림을 그리고, 모임을 가졌다. 하지만 선락국 서쪽에 위치한 영안은 땅이 척박해 빈곤했던지라, 백성의 기질도 풍속도 선락국 동쪽과는 천지 차이였다. 황성의 백성은 영안인들과는 달리 자신들이 정통성 있는 '선락인'이라는 사실을 부러 가슴에 새기고 다녔다. 그러나 지금, 우르르 몰려든 난민 떼가 예전의 풍아했던 땅을 점거하더니 온종일 약을 달이고, 통곡하고, 옷을 빨고, 불을 피워 댔다. 고약한 땀내와 음식 찌꺼기 냄새가 사방에 진동하자, 견디다 못한 인근 백성들의 원성이 자자해졌다.

난민들을 이끄는 몇몇 노인들은 그 사실을 잘 알고 있었기에 다른 곳으로 터전을 옮기고 싶었다. 하지만 황성은 워낙 인구가 많아 어디로 옮겨 가든 사람투성이일 테니, 이 많은 사람을 수용해 줄 만한 곳은 찾기 어려웠다. 더구나 이 5백 명 중에는 부상을 입거나 병든 노약자들도 있어 잦은 이동은 삼가야 했다. 그래서 하는 수 없이 뻔뻔스럽게 외면한 채 몸을 사리며 꾸역꾸역 이곳에 남았다. 물론 황성의 백성들은 불만스러웠으나 결국 같은 나라의 백성이고 재난을 당한 사람들인지라 잠시 눈감아 주었다.

여기까지 들었을 무렵, 사병들은 영안 사내 수십 명을 저잣거리 입구까지 끌고 온 참이었다. 우렁찬 호령이 뒤를 이었다.

"꿇어라!"

영안 사내들은 다들 분한 기색이었으나 목에 칼이 채워져 있어 싫어도 무릎을 꿇어야 했다. 사련이 말문을 뗐다.

"네 말대로라면 양쪽이 서로 참고 있었단 거잖아. 그럼 지금 이건 무슨 상황인데?"

풍신과 모정이 미처 대답하기도 전에 인파 속에서 한 아낙이

목 놓아 외쳤다.

"이 막돼먹은 도둑놈들아! 좀도둑질도 모자라서 우리 서방님을 그 지경으로 때려 놔? 제대로 일어나지도 못하신다고! 서방님께 무슨 변고라도 생긴다면 내 네놈들과 사생결단을 낼 것이야!"

옆에 있던 사람들은 그녀를 달래기에 바빴다. 또 다른 누군가가 쏘아붙였다.

"고향을 떠나 남의 땅에 왔으면 분수를 지켜야 할 것 아냐!"

"그래, 어디 감히 남의 집에 와서 뻔뻔하게 물건을 훔쳐!"

칼을 찬 청년 하나가 홧김에 대꾸했다.

"애초에 우리가 훔친 게 아니라니까요! 먼저 싸움을 일으킨 것도 우리가 아닙니다! 그리고 우리 쪽에도 다친 사람이……."

한 노인이 큰소리로 호통쳤다.

"말하지 마라!"

그 청년은 씩씩거리며 입을 다물었다. 풍신이 말했다.

"어떤 황성 사람이 개를 잃어버렸는데, 예전에 영안의 어린아이가 배고픔을 참지 못하고 다른 사람의 오리를 훔쳐 삶아 먹은 일이 있어서, 이번에도 영안인이 잡아다 구워 먹은 게 아니냐는 의심이 돌았습니다. 그래서 영안인들에게 따지러 갔다가 말다툼이 불거져 싸우기 시작한 겁니다."

사련은 이해가 가지 않았다.

"개 한 마리 때문에 이 소동을 벌이고 이 많은 사람을 추포했다고?"

풍신이 대답했다.

"그렇습니다. 개 한 마리 때문에 이 난리입니다. 양쪽 모두 오래 참은 입장이라 사소한 일도 큰일로 번졌죠. 다들 상대방이 먼저 손찌검했다, 상대방이 잘못한 거다, 그리 호언장담하면서 난장판으로 싸우다 보니 어느새 일이 커졌습니다."

선두에 있던 사병 하나가 말했다.

"사람들과 작당해 난동을 부렸으니 엄벌에 처하겠다! 칼과 족쇄를 채워 대중 앞에 세울 터이니 다시는 죄를 범하지 마라!"

말을 마친 사병은 뒤로 물러섰다. 다음 순간 수많은 사람들이 영안 사내들을 향해 채소 이파리와 썩은 달걀을 던지기 시작했다. 노인 몇 명이 사방으로 허리를 굽히며 말했다.

"죄송합니다, 여러분. 죄송합니다."

"한 번만 봐주십시오, 부디 한 번만 봐주십시오."

사련은 자질구레한 일로 야단법석을 떠는 사람들이 참 황당하면서도 내심 조금은 이해가 갔다.

"그래서, 결국 저 사람들이 훔친 게 맞아? 그 개는 찾았고?"

풍신은 고개를 저으며 대답했다.

"글쎄요. 다 뜯어 먹고 뼛조각만 내놓으면 누가 찾을 수 있겠어요? 다만 표정을 보면, 왠지 저자들이 훔친 것 같지는 않아요."

하지만 황성 사병은 당연히 황성 백성들의 편을 들어 줄 테니, 실제로 도둑질을 했든 하지 않았든 싸움이 벌어졌다면 그건 영안인의 잘못이 되어 버린다. 더욱이 황성의 사내들은 풍류를 좋아해 영안 사내들보다 싸움에 약했다. 아마 이번에 외지인 한테 처참하게 얻어맞으면서 체면이 구겨지고 원한도 크게 맺혔을 터다. 사련은 고개를 내저으며 그들을 훑어보았다. 그런데 문득, 줄지어 서 있는 영안 사내들 한가운데에서 머리를 숙인 한 청년이 무척 눈에 익었다. 숲에 아이를 묻었던 그 청년, 낭영이었다.

사련은 어안이 벙벙해졌다. 이때 근처의 어떤 사람이 구시렁댔다.

"근래 몇 달 들어 황성에 영안인들이 자꾸 많아지는 것 같단 말이지. 오늘은 주먹질까지 하고 말이야."

"전부 이쪽으로 몰려오지는 않겠지요?"

상인처럼 보이는 한 사내가 양손으로 마구 손사래를 치며 말했다.

"국주 폐하께서 허락하지 않으실 게요! 우리 집도 며칠 전에 영안인한테 탈탈 털렸다고. 만약 전부 몰려온다면 정말 큰일 아니겠소?"

아까부터 머리를 숙이고 마구잡이로 날아드는 채소 이파리를 맞고 있던 낭영이 그 말에 갑자기 고개를 들고 물었다.

"당신이 봤나?"

상인은 예상치 못한 질문을 받고 엉겁결에 대답했다.

"뭐요?"

낭영이 다시 물었다.

"영안인이 당신 집 물건을 훔치는 걸 직접 봤나?"

"……."

잠시 침묵한 상인이 대꾸했다.

"직접 보지는 않았지. 그래도 이전까지는 아무 일도 없다가 너희들이 온 뒤로 갑자기 도둑을 맞았는데, 설마 너희들과 아무런 상관이 없으려고?"

낭영은 고개를 끄덕이며 말했다.

"그렇군. 잘 알겠어. 우리가 오기 전까지는 너희가 범인이었고, 우리가 온 뒤에는 뭐를 훔치든 우리가 범인……."

그의 말이 채 끝나기도 전이었다. 썩은 감이 날아와 마치 피를 토한 모양새처럼 그의 입가 위로 뭉개졌다. 상인이 푸핫, 웃음을 터뜨렸다. 낭영은 서늘한 눈빛으로 입을 다물고 침묵했다.

사련은 영안 청년들의 머리가 깨지는 일이 없도록 그들에게 날아드는 날카로운 돌멩이를 없애 주었다. 이 조리돌림은 초저녁까지 이어졌다. 구경꾼들이 서서히 자리를 뜨기 시작하자 사병들은 이쯤이면 충분하다고 생각했는지 거만하게 칼을 풀어주었다. 앞으로 다시는 말썽을 일으키지 말라느니, 그랬다간 가볍게 넘어가지 않겠다느니 하는 경고도 늘어놓았다. 노인 몇 사람은 웃는 낯으로 굽신거리며 다시는 실수하지 않겠다고 맹세했지만, 낭영은 무덤덤한 표정으로 제 갈 길을 떠났다. 그가 혼자 다니는 것을 확인한 사련은 기회를 엿보다 나무 뒤에서 튀어나와 그의 앞길을 막아섰다.

사련이 갑자기 나타나자 청년이 눈빛을 날카롭게 빛냈다. 당장이라도 사련의 목을 조를 기세였다. 하지만 찰나에 그를 알아보고는 뻗으려던 손을 거두며 말했다.

"당신이었군."

사련은 지난번 그 어린 도사의 모습으로 둔갑해 있었다. 그는 낭영이 방금 자신을 공격하려던 기세에 살짝 놀랐다.

'제법 실력자인 것 같은데.'

속으로 생각한 사련이 입을 열었다.

"제가 구슬을 드렸잖습니까. 왜 그걸 가지고 영안으로 돌아가지 않으셨습니까?"

낭영이 그를 바라보며 대답했다.

"내 아들이 여기 있으니까, 나도 여기에 있어야지."

곧이어 그는 허리띠에서 산호주를 꺼내 들었다.

"이거, 다시 가져가려고? 여기."

구슬을 건네는 그의 손에는 칼에 조여 생긴 피멍이 남아 있었다. 잠시 침묵이 흘렀다. 사련은 구슬을 받는 대신에 말했다.

"돌아가세요. 오늘 낭아만에 비가 왔습니다."

그는 다시 하늘을 가리키며 말했다.

"내일! 비가 더 올 겁니다. 장담할게요. 분명 내릴 겁니다."

하지만 낭영은 고개를 가로저었다.

"비가 오든 안 오든, 돌아갈 수 없어."

떠나가는 그의 뒷모습을 바라보며 사련은 잠시 넋을 놓았다.

끝없는 근심이 머릿속으로 밀려들었다.

선경에 오르기 전까지는 별다른 근심이 없었다. 하고자 마음만 먹으면 무엇이든 이루어 냈다. 그런데 선경에 오르고 난 뒤로 갑자기 끝없는 근심에 휩싸일 줄 누가 알았을까. 여기엔 다른 사람의 근심도 있고, 자신의 근심도 있었다. 무엇 하나 쉬운 일이 없었다. 별다른 대책도 없고, 힘도 닿지 않았다. 사련은 한숨을 푹 내쉬고 돌아서서 태자전으로 향했다. 이제는 여러 날 미뤄 놓았던 신도들의 기원을 처리해야 할 때였다.

그러나 가장 근심하고 있는 사람은 따로 있었다. 바로 국주였다.

선락 국주의 우려가 현실이 되었다. 이 5백여 명의 영안인은 단지 시작에 불과했다.

사련은 빌려 온 우사립을 들고 남쪽과 북쪽을 오가면서 혼자만의 힘으로 술법을 펼쳐 비를 내렸다. 비를 한 번 내릴 때마다 적어도 닷새 남짓한 시간과 어마어마한 법력을 소모해야 했다. 그가 아니고서야 이런 노고를 버틸 수 있는 사람은 결코 없을 터였다. 물론 군오는 예외다. 신무대제가 관할하는 땅은 이보다 훨씬 넓고, 정성을 쏟아야 하는 신도와 영토도 선락이라는 한 나라보다 훨씬 많다. 하지만 그런 군오에게 이런 일을 부탁해 폐를 끼칠 수야 있겠는가? 하물며 비를 내려도 영안의 땅 일부만 젖을 뿐이고 내리는 시간도 길지 않았으니, 완화책은 될지언정 근본적인 해결책은 되지 못했다. 그리하여 한 달 뒤, 영안인들은 본격적으로 무리를 이루어 동쪽으로 이주하기 시작했다. 처음에는 몇십이었던 머릿수가 이제는 몇백, 몇천까지 불어나 사람 물결을 이루었다.

다시 한 달이 지나자 선락 국주가 명령을 공포했다.

[몇 달 내내 분쟁이 그치지 않고 몸싸움이 빈번하니, 황성의 안위를 위하여 오늘부로 선락 왕도를 떠도는 영안인들을 황성에서 퇴출한다. 다른 도시에서 터전을 잡을 수 있도록 사람마다 소정의 여비를 하사하겠다.]

파도처럼 동쪽으로 밀려든 영안인들의 눈앞에서, 선락 황성의 대문이 굳게 닫혔다.

"문 열어!"

"들여보내 줘!"

사병들이 성안으로 물러난 동시에 천 근에 달하는 성문이 닫혔다. 병사들에게 문밖으로 쫓겨난 사람들은 시커먼 밀물처럼 몰려들어 문을 두드렸다. 성루 위에서 병사들이 고함을 질렀다.

"뒤로 물러나! 물러나라니까! 여비를 받은 자들은 이만 동쪽으로 떠나라!"

그러나 이 영안인들은 가뭄을 피해 고향에서 가장 거리가 가까운 황성으로 온 것이었다. 황성의 대문이 눈앞에서 닫혔으니, 살길을 도모하려면 멀리 황성을 돌아 더 동쪽에 있는 도시로 가야만 했다.

하지만 여기까지 오는 데만도 산전수전 다 겪느라 사상자가 쏟아졌건만, 계속 전진할 여력이 어디 남아 있겠는가? 사람마다 약간의 여비와 물, 건량을 나눠 주었다고 해도 도중에 며칠이나 버틸 수 있겠는가?

사람들은 맥없이 어깨를 늘어뜨렸다. 부엌살림을 질질 끌고 나온 사람, 아기를 업은 사람, 들것을 든 사람과 부축을 받는 사람, 바닥에 드러누운 사람까지. 다들 움직일 엄두도 내지 못하고 성벽 앞 땅바닥에 와르르 주저앉았다. 아직 분노할 기력이 있는 젊은 사내들은 성문을 두들기며 소리쳤다.

"당신들, 이럴 수는 없소! 이건 우리더러 죽으란 것 아니오!"

"다 같은 선락인인데 이렇게 씨를 말릴 셈입니까!"

한 사내가 목이 쉬도록 외쳤다.

"우리만 내쫓으면 그만이잖소! 난 들어가지 않을 테니, 내 아내와 아이만이라도 남을 수 있게 해 주면 안 되겠소?"

개미가 큰 나무를 흔드는 것처럼 성문은 꼼짝도 하지 않았다.

사련은 성루 위에 서 있었다. 흰 옷자락을 나부끼며 그는 성가퀴[#13] 너머를 내려다보았다. 황성 밖으로 보이는 것은 느릿느릿 들끓는 사람들의 머리였다. 새카맣고 빽빽한 모습이 그가 어릴 적 어화원에서 놀면서 보았던 개미 떼와 무척 닮아 있었다.

그때 그는 호기심에 한참 개미 떼를 들여다보다가 손가락을 내밀어 슬쩍 찔러 보려고 했다. 하지만 궁인이 다짜고짜 외치며

**#13 성가퀴** 몸을 숨기거나 적을 감시하기 위해 성 위에 낮게 쌓은 담

그를 막았다.

— 전하, 더러운 것들이니 만지시면 아니 되옵니다!

그러고는 치맛자락을 추켜올리고 바삐 다가와 개미들을 발로 밟아 죽였다.

한낱 땅강아지나 개미 같은 하찮은 벌레들은, 살아 있어도 빽빽한 모습 말고는 별 볼품이 없다. 그리고 진흙만도 못하게 짜부라져 죽으면 더욱 볼품이 없다.

황성 안. 집집마다 등불이 눈부시게 빛나고 풍악이 아스라이 흘렀다. 성벽 하나가 완전히 다른 두 세계를 갈라놓았다.

나중에 도착한 영안인들만 막으면 그만인 것을, 결국 안에 있던 사람들까지 쫓아냈다. 매정한 처사였으나 사련은 대충 이해가 갔다. 최근 몇 달 들어 황성의 백성과 영안의 백성이 빈번하게 마찰을 빚었다. 사내들을 이대로 성안에 놔두면 행여나 안팎으로 작전을 세워 소동을 일으킬지도 몰랐다.

그래도 한 가지만큼은 논의해 볼 수 있지 않나, 그런 생각이 들었다. 사련은 멍하니 입을 열었다.

"왜 부녀자와 아이들도 같이 내쫓아야 하지? 더 이상 오래 걷지 못하는 자들도 있는데."

풍신과 모정은 그의 뒤에 서 있었다. 모정이 말했다.

"보내려면 같이 보내야지요. 백성이 적고 많음을 걱정하기보다는 그들이 공평한지를 먼저 걱정하라 했습니다. 차별 대우는 사람을 자극하기 마련입니다. 왜 저들은 머무를 수 있는데 나는 머무를 수 없는가?"

풍신이 대꾸했다.

"참 쓸데없이 생각이 많아."

모정은 냉담하게 말했다.

"그리 생각하는 사람이 있을 거란 얘기다. 그뿐 아니라 아내와 아이가 남으면 사내들도 아주 멀리 떠나려 들지 않겠지요. 언제가 되었든 돌아올 테고요. 사람이 아니라 후환을 남기게 될 겁니다."

영안인들이 떠나지 않으니 성루의 병사들도 자리를 벗어날 수 없었다.

"쳇, 어디 한번 버텨 보든지!"

이미 국주 폐하의 명령이 떨어졌는데 여기 죽치고 앉아 있으면 뭐가 달라질 줄 아나? 하루 이틀은 어떻게든 버텨도 설마 몇 달, 몇 년을 버틸 수 있으려고?

황성의 병사와 백성들은 모두 이렇게 생각했다. 절망에 빠진 어떤 영안인들은 운명을 받아들이고 계속 동쪽으로 가는 도박을 감행했다. 다만 그 수는 많지 않았다. 대부분의 사람들은 여전히 성문 앞에 주저앉아 황성이 문을 열고 자신들을 들여보내 주기만을 간절히 기다렸다. 적어도 우선 잠시 머무르며 떠날 채비를 하고 싶었다. 그 뒤로도 새로운 영안인들이 속속 도착했다. 그들은 굳게 닫힌 성문을 보고 크게 낙담했지만, 사람들이 떼로 몰려 기다리고 있는 모습에 덩달아 기대를 품고 대열에 합류했다.

그렇게 사나흘이 흐르면서 성문 앞에 모인 사람들이 점차 불어났다. 수만에 달하는 사람들이 진을 쳐 한껏 장관을 이루었다. 다들 국주에게 받은 물과 건량으로 어렵게 버텼으나 금세 한계에 부딪혔다.

이 한계는, 바로 닷새째 되는 날이었다.

닷새 내내 사련은 하루를 셋으로 쪼개 썼다. 하나는 태자전의 신도들의 몫, 또 하나는 물을 옮기고 비를 내리는 몫, 나머지 하나는 성 밖의 영안 백성들을 돌보는 몫이었다. 풍신과 모정이 옆에서 도왔으나, 가끔은 이겨 내기 힘든 중압감에 몸이 따라주지 않는 때도 있었다. 그리고 닷새째 되던 이날, 그가 마침 성 밖을 비운 어느 시각, 쏟아지는 뙤약볕 아래 성문 앞에서 난데없는 비명이 울려 퍼졌다.

비명을 지른 것은 아이를 안고 있는 어떤 부부였다. 너도나도 몰려든 사람들이 한마디씩 물었다.

"아이가 왜 이래요?"

"배가 고픈 겁니까, 목이 마른 겁니까?"

곧이어 누군가가 급하게 소리쳤다.

"다들 이쪽에 물 좀 나눠 주시오! 아이의 안색이 심상치 않소!"

그 부인이 얼굴이 새빨개진 아이에게 울며불며 물을 먹였으나 아이는 물을 전부 토해 냈다. 아이의 아버지가 외쳤다.

"뭔지는 몰라도 병이 난 것 같습니다. 의원, 의원이 필요해요!"

그는 아이를 안고 성문 앞으로 달려가 문을 쾅쾅 두드렸다.

"문 열어요! 이 문 열고 사람 좀 살려 줘요! 사람이 죽어 갑니다, 내 아들이 죽습니다!"

물론 문 안쪽을 지키는 병사는 문을 열지 못했다. 정말로 누가 죽어 가든 말든, 문밖에 수만 사람이 몰려든 지금 문을 열면 다시는 못 닫게 될 테니 상관에게 보고하는 것이 최선이었다. 무더운 날씨에 며칠을 지키고 서 있느라 해이해진 장군들이 건성으로 대꾸했다.

"물과 음식을 줘라."

병사들은 밧줄에 약간의 물과 음식을 매달아 내려보냈다. 아이의 아버지가 말했다.

"감사합니다. 장군 형님들, 감사합니다. 하지만 저희는 물과 음식을 달라는 게 아닙니다. 혹 의원을 데려와 주실 수는 없겠습니까?"

퍽 난처한 부탁이었다. 의원을 찾도록 그들을 성문 안으로 들일 수는 없었다. 그렇다고 의원을 내려보내 줄 수도 없었다. 문밖으로 의원을 보내면 네댓새 동안 굶주린 백성들이 무슨 일을 저지를지 누가 알겠는가? 그리하여 장군들은 말했다.

"됐어, 내버려 둬. 무시해라. 설마 죽으려고. 다시 묻거든 이미 국주 폐하께 아뢰러 갔다고 말해라."

국주는 영안의 재난 때문에 나날이 골머리를 앓느라 툭하면 성질을 부렸으니, 아무도 이런 사소한 일로 그를 방해할 엄두를 내지 못했다. 물론 병사들은 명령대로 대답했다. 한숨 돌린 사내는 연신 고맙다고 외치며 국주의 은혜에 감사하는 마음으로 땅에 머리를 조아렸다. 그러나 한 시진 또 한 시진이 지나고, 작열하는 태양 아래 그림자가 이쪽에서 저쪽으로 옮겨 갈 때까지 의원은 좀체 나타나지 않았다. 품속의 아이는 갈수록 불덩이가 되어 가고 있었다.

아이를 끌어안은 부부의 손이 끊임없이 떨려 왔다. 사내는 식은땀에 젖은 얼굴로 중얼거렸다.

"사람이 오는 건가? 문을 열어 주려나?"

그는 끝내 참지 못하고 성루 위를 향해 크게 소리쳤다.

"장군님들! 죄송합니다만, 하나 여쭙고 싶은데…… 의원은 언제 옵니까?"

병사가 대답했다.

"이미 국주 폐하께 여쭈러 갔으니 좀 더 기다려라."

아래의 몇몇 백성들은 초조함에 몸이 달았다.

"두 시진 전에 갔다더니 왜 여태껏 오질 않아?"

병사들은 상부의 지시대로 대답을 끝내자마자 등을 돌려 버렸다. 성벽 아래 사람들은 화가 치밀었지만, 어쩔 도리 없이 부득이한 심정으로 마음을 썩였다. 다들 아이를 둘러싸고 의심스러워하기 시작했다.

"정말 국주 폐하께 아뢰었을까요? 우리를 속이는 건 아니겠지요?"

아이의 아버지는 더 이상 기다릴 수 없었다. 그는 마음을 다잡고 아이를 등에 업고 동여매면서 아내와 몇 마디를 나누었다. 부인은 자신의 목에서 호신부(護身符) 하나를 끌러 남편의 목에 걸어 주었다. 사내는 성벽을 향해 달려가 위로 기어오르려 했다.

그러나 성벽 바깥은 손으로 잡기 어렵게 만들어져 있어 그는 몇 차례 벽돌을 잡고도 기어오르지 못했다. 그러자 다른 사내들이 너도나도 외쳤다.

"도와드리겠소!"

사내들은 성벽으로 다가와 아이의 아버지를 받쳤다. 수십에 달하는 사람들이 줄줄이 몸을 보태 그를 몇 장 높이까지 올려 주었다. 그쯤에 다다르자 그 사내는 아까 물과 음식을 내려 주었던 밧줄을 간신히 잡고 계속해서 기어올랐다. 아래의 수만 사람들이 조마조마한 마음으로 그를 지켜보았다. 행여나 들킬세라 응원도 하지 못했다. 보초를 선 며칠 동안 난민들이 어떤 소란도 일으키지 않았으니 성루 위 병사들은 긴장이 조금 느슨해진 참이었다. 사내가 반쯤 기어올랐을 무렵, 병사들은 비로소 성벽에 누군가 붙어 있다는 것을 깨닫고 크게 고함을 질렀다.

"뭐 하는 거냐! 기어오르지 마라! 성벽을 기어오르는 자는 죽음으로 다스리겠다! 들었느냐, 죽음으로 다스리겠다!"

병사들이 위협하자 그 사내도 크게 소리쳤다.

"전 나쁜 뜻이 없습니다! 아이를 의원에게 데려가고 싶을 뿐, 다른 짓은 하지 않을 겁니다!"

사내는 그리 소리치면서 계속해서 성벽을 기어올랐다. 같은 시각, 밥을 먹고 있던 한 장군이 이 일을 듣고 펄펄 날뛰었다. 이자가 무사히 위로 기어올라 선례를 남긴다면 이제 수많은 영안인들이 그대로 따라 하지 않겠는가? 반드시 멈추게 해야 한다! 그리 생각한 그는 단숨에 걸어 나와 성벽 가장자리에서 아래를 향해 고함쳤다.

"죽고 싶은 게냐! 당장 내려가라. 내려가지 않으면 내 용서하지 않겠다!"

하지만 사내는 벌써 제법 높은 곳까지 오른 참이었다. 절반을 넘긴 지금, 조금만 더 힘을 내면 끝까지 오를 수 있으니 당연히 멈출 생각이 없었다. 그리고 이 장군은 툭하면 군영에서 독단으로 횡포를 부리는지라 누구도 그의 명령을 거역하지 못했다. 누군가 감히 명령을 거역한다면, 그 해결책이야 간단했다. 장군은 성벽 가장자리에서 검을 뽑아 내리쳐 밧줄을 끊어 버렸다.

사내는 끊어진 밧줄을 쥔 채 허공에서 추락했다. 쏟아지는 사람들의 비명 속, 그는 성문 바깥의 단단한 바닥에 묵직하게 부딪쳤다.

사련은 바로 이때 나타났다.

사내는 등으로 바닥에 떨어졌다. 그 등에는 아이가 업혀 있었다. 콰직, 소리와 동시에 짓눌린 아이가 으깨진 고깃덩어리가 되어 사방 몇 장으로 피를 흩뿌렸다. 사내도 두 눈을 부릅뜬 채 목이 부러져 버렸다. 뒤틀린 목에서 호신부가 미끄러져 내렸다. 호신부 정중앙에는 '선락'이라는 두 글자가 쓰여 있었다. 금실로 무늬를 수놓은 부적. 바로 태자전에서 내리는 호신부였다.

성벽을 오르기 전, 이 사내와 그의 아내는 호신부를 쥐고 마음속으로 태자 전하의 보우를 빌었다. 그래서 사련은 그들이 기원하는 목소리를 듣고 서둘러 도착한 것이었다.

그러나 그는 결국 영웅소설 속 주인공이 아니었다. 매번 칼이 휘둘러지기 직전에야 겨우 등장했고, 일촉즉발의 순간이 오고 나서야 누군가를 구했다. 그 부인은 남편의 시신을 뒤집어 아이의 상태를 확인할 용기조차 내지 못했다. 그녀는 얼굴을 가린 채 비명을 지르며 다짜고짜 뛰쳐나가 성벽에 머리를 들이받았다. 쿵, 소리와 함께 쓰러진 몸은 미동조차 하지 않았다.

사련이 지켜보는 앞에서, 순식간에 황성의 성벽 밑에 시신 세 구가 늘었다.

그가 미처 반응하기도 전, 성문 밖 백성들의 인내심이 한계에 부딪혔다.

누군가가 비난하기 시작했다.

"다 죽었어, 일가족 세 사람이 다 죽었다고! 봐라, 이게 바로 우리 국주 폐하를 위해 일하는 훌륭한 장군이다! 우리를 구해 주기는 무슨, 되레 사지로 몰아넣고 있어!"

"우리를 들여보내지도 않고 의원을 내보내지도 않고, 대체 어쩌란 말이냐? 처참하게 죽은 세 사람이 이리 지켜보고 있거늘!"

"영안인들은 모두 황성에서 나가라더니 왜 돈 많은 자들은 쫓아내지 않았소? 우리처럼 돈도 없고 권력도 없는 것들은 죽어도 싸다는 게요? 누가 모를 줄 알고!"

"이젠 못 참아……. 참는 것도 정도가 있지. 해마다 세금을 두둑하게 걷었으면서, 이재민을 구제할 때가 되니까 돈이 없어진 거냐?"

"그 돈을 탐관오리에게 흘려주고 제 아들의 사당을 세울지언정 이재민은 구제하지 않고 고작 물에 건량이나 나눠 주다니, 우리를 뭐로 생각하는 거야? 무능하다, 참으로 무능한 군주로다!"

성루 위 병사들이 큰소리로 사람들을 저지했다. 온갖 전장을 다 보아 온 그 장군은 별 신경도 쓰지 않았다. 그러나 형세는 조금씩 무너지고 있었다. 수천수만에 이르는 분노한 손들이 성문을 밀었다. 아예 자신의 머리나 몸을 던지는 사람도 있었다. 이번에는 더 이상 나무를 미는 개미가 아니었다.

성문이 움직이면서 성루 전체까지 서서히 흔들렸다!

사련은 태어난 이래 처음으로 이런 광경을 보았다. 그동안 그가 만났던 백성들은 모두 친절하고 화목하며, 여유롭고 사랑스러웠다. 이 일그러진 얼굴들, 마구 울부짖는 사람들이 보여 주는 완전히 낯선 세계에 그는 저도 모르게 등골이 서늘해졌다. 가장 무서운 요괴와 사령을 마주했을 때도 이런 느낌이 든 적은 없었다. 바로 이때, 성루 위쪽에서 분노가 담긴 외침이 울려 퍼졌다.

그는 뒤를 홱 돌아보았다. 아까 밧줄을 잘라 성벽 아래로 세 명의 목숨을 내다 버린 장군의 목을 어떤 키 크고 마른 그림자가 조르고 있었다. 우두둑, 무언가 부러지는 소리와 함께 그 장군의 목이 꺾였다.

갑작스레 나타난 인물에 아연실색한 병사들은 고함을 내지르며 검을 들고 그를 둘러쌌다.

"웬 놈이냐!"

"어떻게 올라왔지?"

사련은 금세 그의 손으로 시선을 옮겼다. 그 양손은 이미 피범벅이었다. 놀랍게도 틈이 없다시피 한 성벽을 맨손으로 잡고 기어오른 것이다. 이윽고 그 누군가가 돌아섰다. 예상대로 낭영이었다.

낭영은 병사들에게 꼼짝없이 포위되었으나 조금도 동요하지 않았다. 그는 성가퀴를 넘어 장군의 시신을 성벽 아래로 던지고는, 그 시신을 충격을 흡수해 줄 방석으로 삼아 뛰어내렸다.

뛰어내리기 직전, 그는 사련 쪽을 똑바로 응시했다. 그러나 그는 사련을 본 것이 아니었다. 그의 시선은 사련을 지나쳐, 뒤쪽 너머 황성의 중심에 자리한 황궁으로 가닿았다.

이날을 기점으로 선락국은 완전히 혼란에 빠졌다.

# 天官賜福

천관사복 3

**1판 1쇄 발행** 2022년 6월 10일
**1판 4쇄 발행** 2023년 11월 28일
**지은이** 묵향동후 **옮긴이** 고고
**펴낸이** 최원영
**편집장** 김승신 **책임편집** 원서은
**본문조판** 양우연 **마케팅** 김민원
**펴낸곳** (주)디앤씨미디어 **출판등록** 2002년 4월 25일 제20-260호
**주소** 서울시 구로구 디지털로 26길 111 제이앤케이디지털타워 503호
**전화번호** 02.333.2513
**B-Lab 공식 트위터** twitter.com/B_lab_BL/

**ISBN** 979-11-278-6456-9 04820
**ISBN** 979-11-278-6453-8 (세트)

**정가** 15,000원

晋江 文學城
WWW.JJWXC.NET

天官賜福